"나는 더 이상 공연을 전제로 작품을 쓰지 않는다"

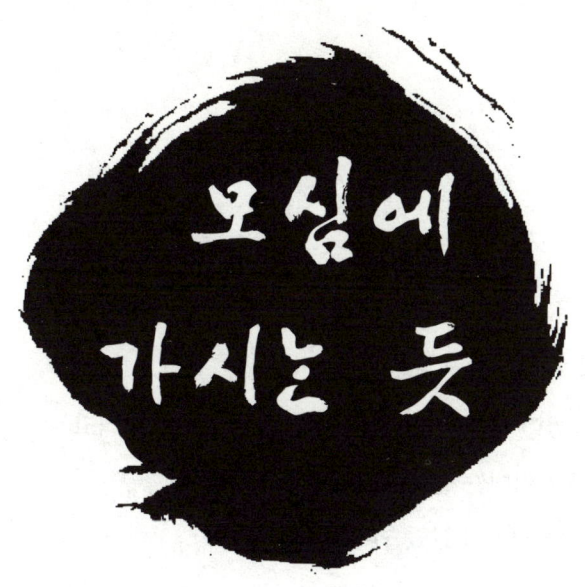

# 모심에 가시는 듯

至 氣 今 至 願 爲 大 降
侍 天 主 造 化 定
永 世 不 忘 萬 事 知

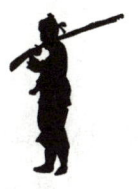

권 영 준 지음

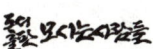

## 책머리에

중중첩첩 깊은 산속에서 길을 잃었습니다.
길이라 믿었던 길 아닌 길을 걷다 그 길조차 잃어버리고
바람 물결 일렁이는 울연한 나무그림자 사이로
한동안 우두커니 서 있었습니다.
그러다 '졸‥졸‥' 있는 듯 없는 듯
숲속 그득한 가뭇없는 고요 한가운데 숨죽이며 일어서는
작고 야윈 물소리를 들었습니다.
처음에는 그저 '산에서 솟아 돌멩이 사이로 흐르는 물인가?
바위틈으로 고여 있던 샘물이 가랑가랑 넘쳐흐르는 것인가?
생각하였습니다.

'더듬더듬' 소리 나는 곳으로 가보았습니다.
갈 수도 머물 수도 없는 길 아닌 길 한 켠
우거진 수풀더미 너머 올망졸망한 돌멩이 사이로
갓맑은 골시냇물이 골골이 흐르고 있었습니다.
말간 물가 '툭' 불거진 자그마한 바위 위에 쪼그리고 앉아
저 모르는 버릇으로 '후우~' 생각 없이 큰 숨 한번 내어 쉬고는
비스듬히 흘러 내려가는 가냘픈 물줄기를 오롯이 바라보았습니다.

그렇게 한참을 망연히 흐르는 물줄기를 바라보다
오른손 검지손가락 끝을 살며시 물거죽에 대어보니
이미 뒤돌아보아도 되물릴 수 없는 섯드른 길과 이르지 못한 길들이
저만치 '아른아른' 무성한 숲과 더불어 떠내려가고 있었습니다.
불현듯 다시 걷고 싶어졌습니다. 아니, 걸어야만 했습니다.

'끄응~차!' 굳어버린 무릎에 힘을 주며 저린 가슴을 펴고 일어서서
'소곤소곤' 수런거리는 물줄기를 길라잡이 삼아 거슬러 올랐습니다.
본시 물이라 하는 것이 높은 곳에서 낮은 곳으로 흐르며
길이 없어도 저 스스로 길을 내어 나아가는 것이기에
저 가자는 대로 따라 내려가면 어디로든 쉽게 갈 수도 있었을 것을
어찌하여 애써 거꾸로 오르려했었는지는 모르겠습니다.
아마도 길이라 믿고 싶었던 길 아닌 길을 걸으며
혹시라도 그 길의 끄트머리에 있을지도 모를 그 무엇인가를
찾고 싶었던 간절한 마음 때문이 아니었을까 생각해 봅니다.

이른 아침의 투명한 햇살과 밤의 짙은 어둠을 번갈아 지나치며
돌부리에 차이어 넘어지고 나무뿌리에 걸리어 고꾸라지고
풀잎에 베이고 가시덤불에 할퀴어 살점이 떨어져나가도
봄 나비 어지러운 꽃멀미를 상쾌한 여름 소나기로 씻어 내리고
울긋불긋 꾀꼬리단풍에 내려앉은 하얀 눈송이를 '훅~훅~' 불어가며
보드라운 눈 위에 짱짱한 얼음 발자국 '꾹꾹' 새겨 넣으며
하염없이 굽이굽이 거슬러 거슬러 올랐습니다.

그렇게 걷다 구름 잠긴 유심한 골짜기 어느 곳에선가
홀연히 하늘땅이 무너져 내리는 소리를 들었습니다.
서걱거리는 수풀을 젖히고 고개를 들어 아찔한 눈으로 바라보니
숲의 끝과 맞닿은 하늘가에서 별무리가 쏟아져 내리고 있었습니다.

　열 폭짜리 「관폭도觀瀑圖」를 그려보았습니다. 돌이켜보면 산머리에
를 오르려다 길을 잃었던 것이 오히려 다행스러운 일이 아니었는지도
모르겠습니다. 칠전팔도七顚八倒의 심산유곡에 숨어있던 웅장한 폭포
수를 발견했으니 말입니다.
　까마득한 기암절벽에서 '우르르릉~!' 우레와 같이 쏟아져내리는
장쾌한 물줄기와 비말飛沫이 분분紛紛한 새파란 용추龍湫에서 거칠게
일어서는 회오리 물결, 그리고 그 아래 유유히 헤엄치는 물고기들과
수풀 속 생명 가진 것들의 미묘한 소리들을 담아보자 하였습니다.
　이제 마지막 한 차례의 붓질만이 남았습니다. 그러나 그것은 제 몫
이 아닐 것입니다. 무릇 「관폭도」라는 것은 폭포와 주변의 풍광 그리
고 멀리서건 가까이서건 혹은 높은 곳에서건 낮은 곳에서건 그것을 완
상玩賞하는 고사高士, 바로 당신이 있어야 하는 까닭으로 말입니다.

己丑年 立夏 즈음에
권영준

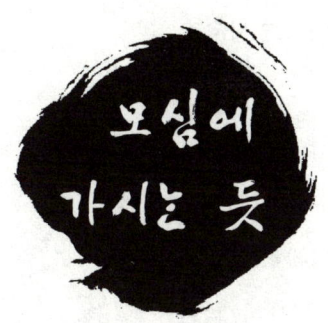

## 나오는 사람들

김태훈 / 소희

유인모 / 유씨부인 / 성미 / 청수

덕배 / 고은이 / 어진이

또새댁네 / 남이 / 서도중

황노파 / 응칠 / 응칠처 / 분이

궁궁이 / 대호

한칼이 / 두범어미 / 두범이

연화 / 난화 / 박주천

팽이할아범 / 천수

당코영감 / 이재필

만석 / 호봉

최명인 / 춘배

문일진 / 여찬성

강병두 / 김경삼

어느 늦은 겨울밤 … 어느 거친 돌산 깊은 골짜기 … 산목숨 하나, 그저 침이라도 한번 '꿀꺽~' 삼켜보면 그 소리 '쩌렁~!' 온 산을 울릴 듯한 깊은 고요 … 야윈 달의 핏기 없는 얼굴 위로 파르스름하니 서러웁게 빛나는 피맺힌 응어리 … 쏟아지는 눈물처럼 시린 달빛 사이사이 어슴푸레 드리워진 나무 그림자 … 이미 죽어 버린 것들이 앞으로 죽어 버릴 것들을 애도하며 흐느끼듯, 아득히 먼 곳 끝 모를 그곳에서 새어 나오는 여리고 긴 한숨처럼 생기 없는 바람 … 그 소리! … 이따금 험궂은 능선을 타고 흘러 들어오는 은은한 포성砲聲의 꼬리를 물며 골짜기 사이로 스며드는 불그레한 불빛 … '휘이잉~' 갑작스레 불어온 사나운 바람이 자그마한 바위와 돌무덤에 몸을 부딪고는 앙상한 나뭇가지들을 흔들어댄다. … 제법 굵은 나뭇가지 하나 휘뚝휘뚝 몸을 떨며 눈가루를 흩뿌린다. … '이크…!' 하는 외마디 소리와 동시에 한 사내, '바스락~' 돌무덤 뒤에서 웅크렸던 몸을 일으킨다.

한칼이    (화승총을 돌무덤에 걸쳐 두고는 옷 위에 내려앉은 눈가루를 부산스레 털어 내며) 웸메~ 징그럽게 차가븐 거…! 좆꼭댕이까정 홀딱 젖어부렀네. 뭔 염병헐 놈의 바람이 잠시잠깐 잠잠하더니 꼭 미친 갈보 년 속고쟁이마냥 이리 뛰고 저리 뛰고 지랄이당가…? 추워 디지겄는디….

천 수     (돌무덤 뒤에서) 그러게나 말여유. 지도 시방‥ 발꼬락이 시려 아조 죽것시유.

한칼이    시방 너 발꼬락이 문제가 아니어. 나는 거시기 요…, 붕알이 다 쪼그라들었당께.

한칼이, 양손을 비비적거리고는 바짓가랑이에 '쑤욱~' 집어넣어 불알을 만지작거린다.

한칼이    (만지작거리다가) 웸마마…? 것을 워쩐디야? 것 쪼까 보드 라고. 여… 잠지에 고드름이 다 열린 모양이네. (불알을 '툭툭' 털어보며) 아, 붕알서 서걱서걱 얼음 보숭이 부서지 는 소리가 난다니께. 염병…, 큰일 나 부렀네…. 오늘 우 리 매누라허고 두범이헌테 동생 놈을 하나 맹글어 줘야 허는디….

천 수    에이~ 그런 말 마셔유. 지가 아무리 몰라두 여지 여적 살 면서, 워서 넘 붕알이 얼어붙었단 말은 들어 본 적이 읎 구먼유.

한칼이    이잉…? 참말이여! 워째, 너… 으디 함 볼티어?

천 수    아녀유. 지가 것을 뭣 하러 봐유? 내 껏도 아닌디….(화승 총으로 받쳐 짚고 일어서며) 에구구구…! 쪼그리고 앉아만 있어서 그런감? 워째 쵣일 먹은 것도 읎는디 자꾸 오줌만 매렵구…, 그러네유.

한칼이    날이 겁나 거시기허게 추운께 그란 것이여.

천 수    뱃속선 꼬르륵 소리만 나고….

한칼이    창새기서 소피 내려가는 소린갑다. 엇따…! 나도 오늘 쓰 시기 전에 뜨신 소피가 나오는지 헛개피가 나오는지 확인 좀 해 봐야 쓰겄다.

빈손의 한칼이와 화승총을 어깨에 걸쳐 맨 천수, 돌무덤에서 서너 걸음 떨어진 앙상한 수풀더미로 향한다. … 둘, 나란히 선다. 바지춤을 내리고는 소변을 본다.

한칼이   으메~ 시원한 것…! 인자 살 것도 같으네…. 따끈이 따끈한 육수서…, 모락이 모락이 김 올라오는 것이…, 아적까정은 멀쩡한 것도 같다, 잉. 다행이여, 다행…. (슬쩍 보고) 월라라…?? 그란디 웨째… 너…, 거시기… 오줌발이 시원찮은 것 아니냐? 기냥 저 위에까정 뻗쳐 올라가야 허는디?

천 수    (싱겁게 웃으며) 아녀유. 시방 날이 솔찬히 춥고, 요 며칠 먹은 것도 별루 읎어 그란 것이구먼유. 낭중에 뭐라도 쪼매만 먹으면 금방 '벌떡!' 하고 인날 것이요.

한칼이   그러냐?

천 수    그라믄요!

한칼이   (입맛을 다시며) 그리어…. 참말로 좋겄다, 너는…. 고냥 처먹기만 허면 '벌떡벌떡' 마냥 일어나니께.

천수와 한칼이, 몸을 부르르 떨고는 바지춤을 추슬러 입는다.

천 수    쩌… 성님, 근디… 있잖아유….

한칼이   뭐?

천 수    거시기‥, 긍께‥.

한칼이    아, 긍께 뭐어?

천 수    쩌‥ 거시기‥, 성님은 똥 눠 본 지 얼마나 됐시유?

한칼이    것은 왜?

천 수    근자에 지가 똥이‥ 당최가‥, 안 나와서유.

한칼이    글씨‥? 나도 한 사나흘쯤 된 것 같은디‥?

천 수    지는 벌써 닷새나 되었구먼유.

한칼이    그라서?

천 수    아‥, 아네유. 그냥‥, 뭐‥ 똥이 안 나와도 괜찮은가 혀서
          유.

한칼이    아, 똥 안 싸면 드런 냄새 안 나고 좋지 뭘 그라냐?

천 수    ……

한칼이    허기사, 윗구녕으로 뭣을 처넣은 것이 있어야 밑구녕으로
          나올 것이 있지.

천 수    배 아프게 똥 눠 본 기억이 가물가물하구먼유.

한칼이    그라게나 말이다. 시상 잘 처먹고 잘 싸는 게 최곤디‥.

천 수    … (코를 훌쩍) …

한칼이    제미‥! 그리고 봉께 아그들이 걱정이다‥. 아그들이‥.
          그라녀도 한창 자랄 따라 뭣이라도 잽히는 디로 허천나게
          먹어 줘야 허는디‥.

천 수    … (입을 '쩝~' 다시고) …

한칼이    ……

갑자기 천수의 뱃속에서 크고 길게 나는 소리 "꼬르륵~~!'

천 수      ··· (자기가 놀라 눈을 동그랗게 뜨고는) ···

한칼이      ··· (고개를 돌려 천수를 보고) ···

천 수      ··· (그 시선에, 혹시라도 면박이나 당할까 짐짓 모른 척) ···

한칼이      ··· (그러나 그저 말끄러미) ···

천 수      (분위기를 바꾸어 모면하려, 재빠르게) 그란디 쩌기, 긍께··,
           성님도 혹··, 들으셨시유? 개남開南 장군님 이야기? 새벽
           에 측간서 별 봄서 똥 누시고 기시다 잽히셨다는디?

한칼이      잉···. 나도 듣긴 들었다. 거시기··, 태인 땅 매부 집서 똥
           싸다가 잡히셨다지?

천 수      야. 그라도 장군님께서는 바지춤을 턱 내리고 앉아 기신
           채로, "이놈들···! 내가 너그들 올 줄을 이미 다 알고를 있
           었다. 거서 잠시 지둘려라, 내 누던 똥이나 다 누고 가자!'
           호통을 치셨다는디요?

한칼이      암 암~ 당연히 그랬을 것이다. 아, 그 냥반이 으떤 냥반인
           디···! 이미 나이 열시 살 때··, 집에 세미稅米 받으러 온 관
           속 놈이 하도 행패를 부려 싸니께 담박에 메가지를 '콱'
           쥐어 틀어갖꼬··, 냅다 절구통에 쑤셔 박은 담에 관아로
           '척~' 허니 자기 발로 걸어 들어가서 곤장 백대를 '떡~'
           허니 맞아 주고, 방귀 한번 '뿡~' 뀌면서 '으메, 시원한
           거···! 궁뎅이 함 '툭···' 털고 나왔다는 냥반 아니냐, 그
           냥반이··. 참말로···! 호걸은 역시 호걸이랑께. 거시기··,

낭중에 들은 바로는…, 놈들이 잡아다 열 손가락 열 발가락에 대못질을 혀서 죽였다는디, '꼴까닥~!' 허고 숨넘어갈 때까정 '끽' 소리 한마디 내지 않으셨다는구먼. 그 냥반은 말이여, 이 우덜하고는 확실히 씨가 달라도 벨스럽게 다른 냥반이랑께. 아, 말을 안 혀 그라지, 대못이 잉…? 이…, 이… 이따만 했다는디 월매나 허벌나게…, 징그럽게 아팠을 것이여?

천 수      그러게유….

한칼이      겁은 겁대로 겁나게 났을틴디…. 시방 나는 공으로 생각만 혀도 참말로 놀라 까무러치겠구먼.

천 수      … (잠시) …

한칼이      … (그렇게) …


가까워진 대포 소리 … 포격에 의한 불빛이 주위에 어른거린다.


천 수      저 썩을…, 겁나게 나쁜 놈들은 뭘 먹었는지 힘이 남아도나 보네유.


천수, 걸음을 옮겨 멀리 산아래를 내려다본다.


한칼이      (따라 걸음을 옮기며) 오사리잡놈들이 죽은 벌거지 몸땡이에 구더기새끼맹키롬 디글디글 꾸물꾸물…, 웬갖 지랄 염병들을 하고 있는갑다.

| 천 수 | 엊그제보다도 한참 가차워진 거 같지 않아유? |
|---|---|
| 한칼이 | 보니, 그란 것도 같으네. |
| 천 수 | 그라고 쩌으기‥ 저짝에는, 사람들이 더 많아진 것도 같구유. |
| 한칼이 | 그라게, 잉. 뻑뻑한 것이 꼭‥, 제미 개 좆에 보리 깔깔이 끼인 것도 같네. |
| 천 수 | 쟈들은 그라도 밤에 불 땡게 춥지는 않겄네유. 토깽이도 잡아 구워먹을 수 있고. |
| 한칼이 | 우덜도 미친 척 하고 여서 '확~! 기냥, 불이나 함 때 볼까? |
| 천 수 | 아‥, 아녀유! 그러다 발각이라도 되면 워쩔려구유! |
| 한칼이 | 이잉‥? 등치는 곰탱이만한 놈이 간뎅이는 햇병아리 붕알만 혀가지고 놀라기는‥! 아, 알 거 다 알고 있는디 발각은 새삼 뭔 발각? 희부데데 눈뜬 닭새끼마냥 모이통에 대가리 처박고 '나 읎소' 하고 있으면 쟈들이, '웨메, 여그는 참말로 조용헌 것이 아무도 읎는 갑다' 허고 곱게 물러갈 듯싶으냐? 옆집 누렁이 하품하는 소리 하덜 말어. 쟈들은 한양서 여까지 우덜 씨종자를 말리겄다 온 놈들이여. 웬간하게 끝내지는 않을 것이구먼. 모르긴 몰라도 저‥ 저 왜잡놈덜 부러 땅 한 치 한 치 쇠꼬챙이 하나하나 '푹' '푹' 거리고 쑤셔감서 찾아 낼 것이구먼. |
| 천 수 | 그라도 부러 '나 여깄소.' 허고 알릴 필요는 읎잖아유. |
| 한칼이 | 아, 나가 부러 알리자 혔냐? 너가 하도 춥다니께 해 본 말 |

이지.

천 수       ……

한칼이     (몸을 떨며) 니미럴‥, 말하고 나니 또 징그럽게 추워지네.
           칼 맞아 디지기 전에 얼어 디지겠다.

천 수       지는 그 전에 배 곯아 디지겠시유.

한칼이     아, 처먹는 얘기는 그만 혀‥! 자꾸 힘 빠징께.


           천수와 한칼이, 돌무덤으로 되돌아온다. … 거기에 나란히 엉덩
           이를 걸친다.


천 수       인자, 입춘이 지났응께 대보름이 얼마 안 남았지유?

한칼이     벌써 그렇게 됐냐? (달을 보고) 그라고 봉께 쪼까‥ 몇 밤만
           지나면 꽉 차겠구먼. 염병‥! 조가 놈 만석보萬石洑 때려
           부순다고 고부 땅 말목장터서 들고 일어났단 소식 들은
           게 엊그제 같은디‥. (혼잣말 하듯) 벌써 일 년이 훌쩍 지나
           가 부렀네‥.

천 수       … (달을 본다) …

한칼이     … (잠시) …

천 수       ……

한칼이     제미‥. 낼 모래가 보름이라 그러냐‥? 워째 쩌서 눈꾸녁
           에 쌍심지 켜고 '휘휘' 싸돌아 댕기는 놈덜이 꼭‥, 우덜
           동네서 달집 태우고 쥐불놀이 하는 아그덜 같으다.

천 수       지는유‥, (침을 삼키고) '빠삭~!' 소리 나는 부럼허고 졸깃

졸깃 찰진 약밥에 오곡허고, 돼지머리 꾹꾹 누른 보쌈, 그
라고 또 이…, 따끈따끈한 명길이 국수가 생각나는디요.

한칼이  왜? 아예 반주 삼아 귀밝이술도 한잔 허시지.

천 수  헤헤…, 것도 좋지유.

한칼이  염병허고…! 그저 왼종일 처먹는 생각만 허고 계신다.

천 수  … (머리를 긁적) …

한칼이  허기사, 하루하루 배곯기를 밥 먹듯 하는 놈이 처자시고
마실꺼리 생각하는 것이 뭔 잘못이겠냐…? 조석으로 고
런 생각 조런 걱정 안 하고 사는 것들이 요상한 것들이
지…. 안 그러냐? 그리어…. 생시서 안 되는 것 맴으로라
도 실컷 해보드라고. 꿈에서나마 배꼽이 벌렁벌렁 우라지
게 처먹어 보고, 배때기 불룩불룩 오지게도 퍼마시고, 속
창새기 그득그득 똥 덩어리 두어 무더기 '뿌직뿌직' 싸질
러대며 오래오래 살아 보자. 그러다보면 혹시 누가 알겠
냐…? 감았던 눈 '떡~!' 허니 다시 뜨고 일어서면 시호時
好 시호 이내 시호, 요순임금 좋은 시절, 만세일지萬世一之
오만년지五萬年之 태평성대 와 있을지….

천 수  웨메, 성님…! 갑자기 뭣이 꼭, 그… 도통한 사람처럼 말씀
이 그리 청산유수…

한칼이  (빠르게) 쉿…!

천 수  …?!…

한칼이, 골짜기 아래로 향하는 좁은 고샅길에서 어떤 기척을 느

긴 듯 민첩하게 곁에 세워둔 화승총을 집어 든다. … 한칼이의 행
동에 겁먹은 천수, 허겁지겁 어깨에 둘러맨 화승총을 들어 내려
꽉 쥐고서는 주춤거린다. … 한칼이, 천수의 손목을 잡아끌어 함
께 돌무덤 뒤로 몸을 숨기고는 눈알을 번득이며 어두운 고샅길
방향을 노려본다.

한칼이        (잔뜩 긴장하여) 누구여…?


고샅길 어둑어둑한 곳에서부터 당코영감의 그림자, 비칠비칠 나
타난다.


당코영감      (숨이 턱에 닿은 듯 힘겹게) 날세….

한칼이        나, 누구?

당코영감      ……

천 수         (침을 '꿀걱' 삼키고는) 누구서유?

당코영감      나라니까….

한칼이        ……

천 수         긍께, 나… 누구냐니께요?

당코영감      ……

천 수         ('힐끗' 한칼이를 보고는 듬직한 그 모습에 용기를 내어) 쩌으
             기…! 거시기…! 참말로…! 소…솔직히 말씀하셔야 혀유.
             우…우덜 편이 아…아니면··, (화승에 부싯돌을 켜는 시늉을
             하며) 쏘…쏠 것이구먼유.

| 당코영감 | 거기 천수 아닌가? |
|---|---|
| 천 수 | … ? … |
| 한칼이 | …… |
| 천 수 | 누구셔요? |
| 한칼이 | (천수에게) 당코영감님 아녀? |
| 천 수 | 그란 것‥, 같은디요‥. (당코영감에게) 영감님이셔유? |
| 당코영감 | 그래, 날세. |
| 천 수 | 으메~ 영감님‥, 워째 큰일 나실라고라‥! 으째 이 야심헌 시각에 험한 산길을 올라 오신데요? 질도 미끄러운디‥. |

천수, 손에 들고 있던 화승총을 얼른 어깨에 둘러매고는 당코영감을 맞으러 고샅길로 향한다. … 도붓장수였던 당코영감, 등짐을 짊어진 채 한손으로는 보따리를 가슴에 끌어안고 다른 한손으로는 보따리를 꼭 쥐고 올라온다.

| 천 수 | 워메, 이 짐 좀 봐유‥. (보따리를 받아들며) 힘 드시지유? |
|---|---|
| 당코영감 | (보따리를 건네며) 하이구~ 죽겠네‥! 나도 이젠 늙었나 보이. 몸이 영 이전 같지가 않네 그려. |
| 한칼이 | 아, 고바우라 맨몸으로 올라오시기도 거시기 헐틴디, 뭣을 그리 바리바리 싸들고 오시었소? |
| 당코영감 | 아무리 난리 피난통 산 생활이라도 사람이 살아야 할 것인데, 이것저것 필요한 것이 있을 것 아닌가? (돌무덤에 등짐을 내려놓으며) 빈손에 눈치만 덜렁거리고 돌아다니는 |

것보다는 이렇게 장사치 차림으로 짐이라도 지고 다니는 것이 염알이꾼 의심도 덜 받으니 겸사겸사 몇 가지 들고 온 것일세. (천수에게) 그간 별 탈들 없었지? 우리 애기 만신님하고 도금찰都禁察께서도 별래무양하시고?

천 수      야.

당코영감   분이네 할머님은?

천 수      시방 아침저녁으로 정신이 오락가락허시기는 헌디, 여전하시구먼유.

당코영감   그나마 다행이구만. 아래쪽에서는 사방천지가 난리인데.

한칼이      아래쪽은 워떻소?

당코영감   (손사래 치며) 말도 마시게나. 민보군이라고 이건 어디 원… 사람 같지도 않은 것들이 마을이란 마을은 어찌나 들쑤시고들 다니는지…. 그나마 몇 안 되는 마을 장정들은 고사하고, 잇몸만 오물오물 수염 허여신 어르신부터 이제 겨우 코밑에 솜털이 뽀송뽀송한 아이들까지 사내란 사내들은 모조리 죄다 굴비 꿰듯 잡아 엮어다가 '비도匪徒다, 역적이다, 비적의 애비고, 역적의 새끼다' 몰아세워 가지고는 치도곤을 낸다니까. 문자 그대로, 포박捕縛이 여어관如魚貫이야. 포박이…! 에이~ 불한당에 인간말짜 같은 놈들…! 하는 짓들만 보면 아예 왜놈들보다 한술 더 뜨더라니까.

한칼이      제미, 육시럴…! 지에미랑 상피 붙어먹을…, 천하의 개 후레 잡놈들…!

| | |
|---|---|
| 천 수 | …… |
| 당코영감 | 그나저나 '금일이냐 명일이냐', 조짐들이 심상치가 않던데…. 무슨 수를 내든가 해야지, 그냥 있다가는 큰일 나겠어. |
| 천 수 | 조…, 조짐이요? |
| 한칼이 | 염병허고…! 뭣을 그라고 호들갑스리 놀란다냐? 깟 놈들…! 올라 올티면 올라오라 하시오. 거시기…, 앗쌀허게 한판 붙어 줄라니께. 청명에 디지나 한식에 디지나…, 까짓것…! 디지기밖에 더 하겄소? |
| 당코영감 | 하늘이 내린 목숨…, 다 명命대로 살아보자 싸우는 것인데, 쉽게 죽어서야 되겠나…? 싸울 때 싸우더라도 살 구멍 한번 찾아보도록 하세. 아직 피우지 못한 꽃들이 몇인데…. 꽃무덤이라면 우리 고향에 두고 온 것만으로도 충분하이…. |
| 한칼이 | …… |
| 당코영감 | 내일 아침 일찍 어르신 기침하시거든 찾아뵙고 여쭤보도록 하세나. 죽을 구멍에도 살 구멍이 있고 하늘이 무너져도 솟아날 구멍이 있다 하니, 무슨 방도가 있겠지. |
| 천 수 | …… |
| 한칼이 | 긍께, 뭔… 방도, 워떤 구녕 말씀이시요? |
| 당코영감 | 다들 모여 머리 맞대고 이야기 하다 보면 무슨 방도가 안 생기겠는가? 여보게, 천수. 거기 그 보따리 좀 줘 보게. |
| 천 수 | 야…. (보따리를 건넨다) |

| | |
|---|---|
| 한칼이 | 아, 하늘은 하늘잉께 무너지는갑다 혀도, 여 꼭대기는 뒤가 절벽이고 사방이 낭떠러진디 뭔 구녕이 있다요? 우덜이 날개가 있어 날아갈 것도 아니고, 으디 굼뱅이새끼마냥 땅굴을 파고 똥구녕으로 숨을 것도 아닌디. |
| 당코영감 | 글쎄, 날아갈 것인지 숨을 것인지 그것도 한번 이야기 해 보세나. |
| 한칼이 | 야?? 시방…, 것이 뭔 소리다요? |
| 당코영감 | 자…, 자…, 그 얘긴 나중에 하도록 하고, 것보다… (보따리를 뒤적거리다가 어른주먹만한 감자 두 개를 꺼낸다) 자, 이것 하나씩 들고. |
| 천 수 | (얼른 받으며) 웸메…! 찐 감자 아녀유? 허이구~ 감사혀라. 아직도 따끈따끈허네유. 안 그라도 여지껏 배곯는디 처먹는 타령만 혔다고 성님한티 한 소리 듣고 있었는디. |
| 당코영감 | (한칼이에게) 자네도. |
| 한칼이 | …… |
| 당코영감 | (건네며) 얼른 들어. 식기 전에. |
| 한칼이 | 지는 됐응께, 올라가, 노인네들하고 아그들헌티나 주시오. |
| 당코영감 | 넉넉하게 가져왔으니까 다른 사람들 걱정은 말고. |
| 천 수 | … (그제서야 한칼이의 깊은 속을 알고는 부끄러운 마음에 꾸역꾸역 입안에 밀어 넣고 급히 먹던 그대로) … |
| 당코영감 | 얼른…! |
| 한칼이 | … (그래도) … |

| | |
|---|---|
| 당코영감 | 아, 자네들이 먼저 먹고 힘을 내야 든든하게 지킬 것 아닌 가? |
| 한칼이 | ······ |
| 천 수 | 성님, 딱 한 개만 드셔보셔유. |
| 한칼이 | ··· (감자를 받아든다) ··· |
| 당코영감 | (하나 더 챙겨주며) 자, 이건 두범이 갖다 주고. |
| 한칼이 | 아니요. 됐소. |
| 당코영감 | 어허, 받아 두라니까··· ! |
| 한칼이 | 아니라니께요. 나만 애새끼 있는 것두 아닌디···. 이라시 면 나가 사람들헌티 거시기··· , 맴이 겁나게 껄적지근혀 요. |
| 당코영감 | 이런 답답한 사람하고는··· ! 아무럼 어린 것이 감자 하나 더 먹었다고 여기 사람들이 매정하게 뭐라 하겠는가? |
| 천 수 | 그려유. 얼른 받으셔유. |
| 한칼이 | 아니요. 여··· 사람들이 까칠허니 뭐라 헐까, 것이 무서워 그라는 것이 아니고라··· , 내 맴이 쪼까 거시기헝께 그란 것이오. 우덜은 대동大同 아니요. 대동! 그랑께 다 같이··· , 있는 것 꼭 같이 갈라 먹어야 안 혀요. |
| 천 수 | ···!··· |
| 당코영감 | 허허·· 원, 사람 참··· ! 손부끄럽게 감자 하나 가지고 별 생 각을 다 하는구먼. |

돌무덤 뒤편 바위 사이사이 산봉우리 쪽으로 이어지는 좁디좁은

비탈길 위로 이재필, 신식소총을 들고 나타난다.

이재필        아…, 뭔 놈의 말소리들이 '쩌렁쩌렁' 온 산을 다 울리는
                겨? 너그들 시방 달밤에 여 들놀음 나왔냐?

                이재필, 비탈길 아래로 내려온다. … 뒤이어 화승총을 메고 죽창
                을 든 만석과 칼을 찬 접사接司 대호, 그리고 비무장의 대정大正
                유인모, 차례로 내려온다.

천 수         (얼른) 나오셨시유?
이재필        그려. 두런이 두런이 너그들 잡소린지 거시기 구루뻑 포
                쏘린지 하두 웅웅거링게, 대체 뭔 일이 있나 혀고 나와 봤
                다.
당코영감    어이 재필이, 오랜만일세.
이재필        어이쿠, 당코영감님이셨구만이라…! 잘 댕겨는 오시었
                소?
만 석         오셨시유.
대 호         오셨어라?
당코영감    그래. 다들 잘들 계셨는가?
만석/대호   야.
유인모        잘 다녀오셨습니까?
당코영감    대정 염려 덕분에 별 탈 없이 잘 다녀왔습니다, 그려.
이재필        쩌기 엠병헐 놈들이 아래 짝서 눈꾸녁에 쌍심지를 켜고

있을틴디, 올라오시느라 욕 꽤나 보셨겠소, 잉.

당코영감 뭘…. 나 같은 늙은이를 누가 의심이나 하겠나? 잰걸음으로 바삐바삐 며늘아이 산달이라고 둘러대며 자발자발 고샅으로 올라왔지.

이재필 웜메‥! 솜씨도 좋으셔라.

한칼이 (만석과 대호에게) 벌써 너그 순번이냐?

만 석 야. 추운디 수고혀셨시유. 인자 고만, 얼릉들 올라가서 쪼까 쉬셔유. (천수에게) 너도 고생혔다. 별일 읎었지?

천 수 (삼키지 못하여 그대로 입안에 넣은 채) 야, 별일 읎었구만유.

이재필 주둥이엔 뭣을 하나 까득‥, 잔뜩 집어 처넣고선‥! 아, 시방 처먹느라 별일에 볼 일이 났는지 달일에 달거리가 났는지 알게 뭐여, 안 그리어?

천 수 감자 한 개 먹었는디요.

이재필 한 개를 드셨는지 한 관을 처 자셨는지, 것을 시방 누가 안당가?

한칼이 아따, 성님‥! 그란 것 아니오. 우덜 못 믿소?

대 호 못 믿을 행동을 하셨구만이라.

한칼이 뭣‥?

대 호 하나를 자셨건 둘을 자셨건, 것이 중한 것이 아니란 말이요. 허심허심허시더래두 쪼까 참아 뒀다 낭중에 자시던지, 그 아니고 영 꼴짝혀서 디질까봐 워찌 워찌 잡숫더래두, 살필 것은 신중하니 잘 살피고 계셨어야지라. 우덜이 쩌서 여까지 내려오는 동안 성님 두 분이 암 껏도 모르고 있었다는 것은 실로 말이 안 되는 것 아니겠소?

이재필    (얄밉게, 추임새로) 그라지, 잉‥.

한칼이    ‥ (실룩)‥

이재필    으흠~ 흠흠~!

대 호    쩌그 위의 목숨들 하나하나가 모두 성님들한테 달려 있다
        는 것을 잘 아실 틴디‥, 요로코롬 태만허게 굴면 으쌔 당
        연지사 안 되는 것 아니겠소? 잉‥?

이재필    (고개를 끄덕이며 간실간실) 암~ 암~! 나의 말이 바로 거시
        기‥, 그것이여. 요런 짓꺼리는 과거 우덜 군율로 치자면
        기냥‥, 메가지가 '뎅그덩' 날아갈 것이었구먼.

천 수    ‥ (목을 매만지며, 무안하여)‥

한칼이    옘병‥! 할 말 읎게 만들어 부네.

이재필    입이 열 개라도 말 못하는 것이 당연허지. 어디 그 입이
        말하는 입이당가? 처자시기 바쁜 주둥아리지. 안 그러신
        가, 천수?

천 수    ‥ (큰 죄라도 지은 듯, 어쩔 줄 몰라)‥

당코영감   허허~ 이것 참‥! 그렇게들 몰아세우니 되려 내가 부끄러
        워지는구만, 그래. 굳이 안 받겠다 몇 번이나 사양하는 걸,
        내 억지로 고집을 부려 준 것이니 말일세.

한칼이    아니오, 영감님. (이재필에게) 그려, 나가 잘못혔소. 죽을죄
        를 지었소.

천 수    지도 지송혀유.

이재필    흠흠~.

| | |
|---|---|
| 유인모 | 이제 그만하면 되었으니, 재필 아우께서도 이쯤에서 덮어 두시게. 허나 두 사람…. 대호 접사의 말이 틀린 것은 아니니, 야박하다 생각하지 말고 가슴에 꼭 새겨 두어 다시는 이런 일이 없도록 해 주게. |
| 천 수 | 야, 나으리. |
| 한칼이 | 야…. |
| 유인모 | (당코영감에게) 오시는 길에 명숙明淑과 대접주大接主 분들에 관한 소식들은 들으셨습니까? |
| 당코영감 | 듣긴 들었네만, 뭐… 별…, 신통한 소식이라 할 것이 없어서…. (피하려) 그 얘긴 나중에 하도록 하고…. 자~ 이제 그만 올라 가야 하지 않겠나? 땀이 식어 그런가…? 갑자기 한기가 이는 듯 하구만…. 자, 자, 어서 일어들 나세. (봇짐을 추슬러 메고 일어서려 한다) |
| 이재필 | 아따, 시방 금시 내려 왔는디 뭣이 그리 급하다 그러시오? 우덜도 궁금헝께, 들은 것 있으시면 얼릉 쪼까, 말씀 쪼까 해 보시오. |
| 당코영감 | … (유인모를 보고) … |
| 이재필 | (낚아채듯) 하이고~ 영감님도 참…! 아, 우덜이 어린애요? 다 같은 편끼리…. (유인모에게) 안 그렇소, 대정? |
| 유인모 | …… |
| 당코영감 | (잠시 망설이다가는) 허긴…, 어차피 모두 다 알게 될 일이니…. 그럼, 그렇게 하지. (봇짐을 내려놓고는 '털썩' 앉아, 손바닥을 비벼 털고는) 음~ 전명숙과 무장의 화중 접주, 금구 |

의 덕명 접주께선 그 뭐라던가⋯? 그⋯ 법⋯ 무슨 아문⋯, 권설재판소[1]라 했던가⋯? 아무튼 그런 곳에서 일본인 조사관들에게 국문鞠問을 당하고 계셨다는구만.

한칼이　니미럴⋯! 그 엠병헐 놈들은 왜⋯, 지들 나라 냅두고 넘의 나라서 감 놔라 대추 놔라 지랄이래요?

유인모　그라도 아적까정 살아 계시당께 참말로 다행 아니냐? (유인모에게) 안 그렇소?

유인모　⋯⋯

당코영감　그런데⋯. 그것이⋯⋯

모　두　⋯ (무슨 영문인지 모르는 가운데서 '혹시⋯?' 하는 불길한 생각이 들어) ⋯

당코영감　허허⋯, 것 참⋯⋯.

이재필　참⋯ 뭣 말이요⋯?

당코영감　세 분 모두⋯

이재필　세 분 모두⋯?

당코영감　곧 효수에 처해질 것이란 소문이 파다하다네⋯.

천　수　(자기도 모르게) 효⋯ 효수요?? 워⋯ 원제유?

당코영감　글쎄⋯, 벌써 여기 오기 아흐레 전부터 들린 이야기니⋯.

이재필　아흐레 전이라고라⋯?

모　두　⋯⋯

한칼이　(대수롭지 않게 여기려) 에이~! 아, 아흐레밖에 안 지났는디 뭘 걱정이시오? 아무렴 산목숨이 그간 워찌 후딱, 으찌 그리 되었겠소? 안 그렇소?

| | |
|---|---|
| 당코영감 | …… |
| 한칼이 | (유인모에게) 안 그렇소? |
| 모 두 | … (유인모를 본다) … |
| 유인모 | … (그저 말없이 어둡게) … |
| 모 두 | …… |
| 한칼이 | 에이, 아니랑께요. 그렇게 쉽게들 가실 냥반들이 아니요. 그 냥반들은 하늘이 내려주신 분들 아니요? 하늘이 ··! 그렇게들 생각 안 하시오? |
| 모 두 | ……… |
| 한칼이 | 잉?? |

갑작스레 '우루루루~! 불그스레 골짜기를 물들이는 그루프 포소리 … 유인모, 앞으로 나서 건너편 봉우리를 바라본다. … 유인모를 향하는 사람들의 불안한 시선 … 휴지 … 바람에 흔들리는 나무그림자 울뚝불뚝 마디 굽은 손가락들이 달의 파리한 얼굴을 할퀴어댄다. … 어디선가, 붉은 핏방울 하나 수면 위에 '툭' 떨어져 번지듯, 허공에 잠기는 이름 모를 산새의 기이한 울음소리. … 겁에 질린 채, 겹겹이 쌓인 구름 물결 속으로 몸을 숨기는 달! … 유인모, 고개를 돌려 어둑해진 밤하늘을 바라본다.

| | |
|---|---|
| 한칼이 | 대정 ··! |
| 유인모 | …… |
| 이재필 | 성님…?? |

유인모      ……

대 호      대정 으른…!!


부르는 소리에 '흠칫…! 유인모, 몸을 돌려 사람들을 바라본다.

… 사람들의 얼굴, 유혼幽魂처럼 허공에 일렁이며 떠 있다.

늦은 겨울 아침 ··· 망자와의 대화를 막아선 병풍인양 깎아지른 듯, 세상 끝에 우뚝 솟은 산봉우리 ··· 그 봉우리를 비껴 쏟아져 들어오는 이른 봄빛 닮은 금싸라기 햇살 한 무더기 ··· 산봉우리 바로 아래편, 커다란 바위 무리들이 마치 성곽처럼 둘러싼 제법 널따란 평지 ··· 평지 안쪽 양지 바른 바위 군락 사이사이, 자그마한 돌무더기와 나뭇가지로 쌓고 얽어 올린 초막이 세 채 ··· 조금 떨어진 그늘진 곳, 겨우내 내린 눈이 군데군데 남아 있는 바위 무리 사이 토굴이 하나 ··· 그 반대편으로 멀리 떨어진, 산 아래로 향하는 비탈길 입구 주변에 잘라낸 나무 둥치 여러 개 ··· 궁궁이와 아이들, 옹기종기 모여 앉아 손짓, 발짓, 눈짓을 더해 가며 말잇기 놀이를 하고 있다.

| | |
|---|---|
| 궁궁이 | 나나나나 ·· 나물 나물, 무슨 나물? |
| 성 미 | 진미 백숙 잣나물 |
| 청 수 | 먹고 취해 취나물 |
| 어진이 | 먹고 죽어라 죽나물 |
| 성 미 | 사시장춘에 대나물 |
| 청 수 | 쓷다 써서 씀바귀 |
| 어진이 | 잡아 뜯어 꽃다지 |
| 궁궁이 | 나물 나물 무슨 나물? |
| 성 미 | 골에 골골 고사리 |
| 청 수 | 대궁 꺾어 고사리 |
| 어진이 | 나립 꺾어도 고사리 |
| 성 미 | 한 돌 두 돌 돌나물 |

청 수      돌돌 말아 돌나물

어진이     휘휘 돌아서 물레동

궁궁이     헤헤헤헤··! 어어어··어지·· 럽다··! 보보보보·· 봄에··,
          봄에, 무무··, 무슨 나물?

성 미      한두 뿌리 도라지

청 수      쑥쑥 뜯어 쑥 포기

어진이     시큼이 털털 시금치

성 미      두릅 두릅 드릅나물

청 수      쑥쑥 뽑아라 나숭개

어진이     달래나 보자 달롱개. 이젠 나무 하자! 두 개씩··!

궁궁이     나나나나··나무··! 나무 하자··! 두두두두두··두 개씩···!

청 수      좋다! 그럼 내 먼저다. (점점 빠르게) 땅우에는 땅나무, 달
          속에는 계수나무, 산 우에는 산 나무, 아궁지 앞엔 땔나무,
          나무 나무 무슨 나무?

궁궁이     나나나나나·· 나무 나무 무슨 나무?

어진이     가자 가자 감나무, 가다 보니 가닥나무

성 미      십리의 절반 오리나무, 한 자 두 자 잣나무

청 수      양반 동네에 상나무, 마당 쓴다 싸리나무

어진이     밤에 밤에 밤나무, 등 밝혀라 등나무

성 미      한철에도 사철나무, 죽어서도 살구나무

청 수      잘못했다 사과나무, 앵돌아져 앵도나무

궁궁이     나나나나··나무 나무 무슨 나무?

어진이     오자 오자 옻나무, 오다 보니 오동나무

| | |
|---|---|
| 성 미 | 물가에는 물푸레, 간난아이 자작나무 |
| 청 수 | 따끔 따끔 가시나무, 벌벌 떠는 사시나무 |
| 어진이 | 방구나 뽕뽕 뽕나무, 몰라 묻냐 모과나무 |
| 성 미 | 거짓말 못해 참나무, 오매불망 오미자 |
| 청 수 | 깔고 앉아 구기자, '쿡' 찔렸다 피나무 |
| 어진이 | 뾸룩 뾸룩 배나무, 입 맞췄다 '쪽!' 나무 |
| 성 미 | 꿩의 사촌 닥나무, 바람이 솔솔 소나무 |
| 청 수 | 무서워라 엄나무, (크게) "댓기놈…!" 호통 친다 대나무 |
| 어진이 | 대낮에도 밤나무, 회초리다 싸리… |
| 청 수 | 아까 했다! |
| 어진이 | 뭣을? |
| 청 수 | 밤나무! |
| 어진이 | 아녀, 안 했다. |
| 청 수 | 아니다, 했다! |
| 어진이 | 안 했다. |
| 청 수 | 했다. |
| 어진이 | 안 했다. (고은이에게) 그치? |
| 청 수 | 했다. (성미에게) 그치? 밤에 밤나무, 낮에 밤나무. 두 번! |
| 성 미 | 맞다…! 했다. |
| 궁궁이 | (따라) 마마마마…맞다! 해해해해해…했다. |
| 어진이 | 바보…! 아니다! 너가 뭣을 아냐? 아까 참엔 밤에 밤나무고, 요번 참엔 낮에 밤나무다. (고은이에게) 그라지, 잉? 안 했지, 잉? |

| 고은이 | (웃으며) 두범이한테 한번 물어볼까? (곁에서 감자를 먹고 있는 두범이에게) 두범아, 아까 우리 어진이가 밤나무 했니? |
|---|---|
| 어진이 | 너어…! (주먹을 쥐고 흔드는 시늉을 한다) |
| 두범이 | … (머뭇거린다) … |
| 청 수 | (제법 위엄 있게) 너 똑바로 말해라. |
| 궁궁이 | 또또또또… 똑바로, 마마마마마마… 말…, 해라. |
| 두범이 | 어진이 성이 아까 참에 밤나무 했는디요. |
| 궁궁이 | (따라) 어어… 어진이 성이, 아아아아아…까, 바바바… 밤나무, 해해… 했는디요. |
| 청 수 | 봐라! 너 했다. (고은이에게) 그쵸, 누나? |
| 어진이 | 아녀…! 아니랑께! (두범이에게) 너는 감자 먹느라 암 껏도 모름서 왜 끼냐? 이거나 먹어라. (꿀밤을 한 대 먹인다) |
| 두범이 | 아야야…! 잉…. (운다) |
| 고은이 | 어진이, 동생한테 그럼 못써. 두범아, 이리 와. (큰누이처럼 두범이를 달랜다) |
| 어진이 | (고은이에게) 누난 으째 내 편 안 드냐? 누나는 시방부터 내 누나 아니다. 내 편 아니면 내 누나 마라. (청수에게) 다시 하자. |
| 청 수 | 싫다. 억지 부리면 같이 안 논다. (궁궁이에게) 그치, 형아? |
| 궁궁이 | (끄덕이며) 응응응…. 어어어어… 억지… 억지… 부리면, 가가가… 같이… 같이 안… 논다. |
| 어진이 | 억지 안 부릴텡게. 다시 하자. |
| 궁궁이 | 어어어어어… 억지 안…, 안 부린다. 다다다다… 다시 하 |

자.

청 수    좋다. 억지 부리기 없기다. 이번에 억지 부리면 너 뙤놈이 다.

궁궁이  너너너너너‥, 뙤뙤뙤‥ 뙤놈이다.

어진이  아녀. 내가 왜 뙤놈이냐?

청 수    그럼 왜놈이다.

궁궁이  왜왜왜왜‥ 왜놈이다. 아~아이쿠‥, 아이쿠 무서‥!

어진이  싫다. 너가 왜놈 해라.

청 수    그럼, 좋다. 지는 놈이 왜놈 하고 뙤놈 하는 거다.

궁궁이  왜왜왜왜‥ 왜놈하고, 뙤뙤뙤‥ 뙤놈이다!

성 미    난 빠질 테야.

궁궁이  (끼워 달라 조르듯) 나나나나나‥나는‥?나도‥!

어진이  우리 둘이 결딴 낼 꺼다.

청 수    좋다! 둘이 하자. (궁궁이에게) 형이 잘 봐 줘라. 억지 부리 나.

궁궁이  응응응응‥. 아아아아‥알았다. 어어어‥억지 부리면‥, 자자자자‥잡아간다.

청 수    자, 다시 하자.

어진이  내 먼저다! (몸동작을 섞어 상대방에게) 거미가 줄 똥 싸듯

청 수    (마찬가지로 대들듯) 두꺼비 파리 잡듯

어진이  새색시 방귀 뀌듯

청 수    사당패 장구 치듯

어진이  콩죽 먹고 설사하듯

| | |
|---|---|
| 청 수 | 냉수 먹고 트림하듯 |
| 어진이 | 망나니 곤장 치듯 |
| 청 수 | 땡초가 목탁 치듯 |
| 어진이 | 오뉴월 누렁이 패듯 |
| 청 수 | 양지 볕에 이 잡듯 |
| 어진이 | 흥부, 춘향이 볼기 치듯 |
| 청 수 | (어진이의 약을 올리고자) 왜놈 뙤놈 볼기 치고 탐관오리 매를 치듯 |
| 어진이 | (약이 올라) 나, 왜놈 아니랑께! |
| 성 미 | 이겼다…! |
| 궁궁이 | 이이이이‥이겼다…!! |
| 어진이 | 아녀! |
| 청 수 | 너가 졌다. 내가 이겼다. |
| 궁궁이 | 너너너너‥너가 지지지‥지고, 너너너너‥너가 이이이‥이겼다. |
| 어진이 | 아녀. 난 안 졌다. |
| 청 수 | 아니다. 졌다. (궁궁이에게) 그치 형아? 내가 이겼지? |
| 궁궁이 | 응응응응. 처처처처처‥청수‥, 청수‥, 이이이이이‥이겼다. |
| 어진이 | 아녀. 난 안 진다. |
| 청 수 | 너, 자꾸 우기면 쌍놈이다. |
| 궁궁이 | 싸싸싸‥쌍놈‥이다. |
| 어진이 | 나가 왜 쌍놈이냐? |

| | |
|---|---|
| 청 수 | 자꾸 우기니 쌍놈이지. |
| 어진이 | 아녀. 나 쌍놈 아니다. |
| 청 수 | 그럼 왜놈하고 뙤놈 해라. |
| 궁궁이 | 왜왜왜‥ 왜놈 하고, 뙤뙤뙤‥ 뙤놈 해라. |
| 어진이 | 싫다. 너 아부지한테 이를 꺼다. |
| 청 수 | 뭘? |
| 어진이 | 너 아부지가 이 시상에는 양반 쌍놈 읎 다 했다. 쌍놈 양반 갈르는 사람이 진짜 쌍놈이랬다. 그랑께 인자 너가 쌍놈이다. |
| 청 수 | 아니다. 너가 쌍놈이다. |
| 어진이 | 아니다. 너가 쌍놈이다. |
| 청 수 | 너가 쌍놈이다. |
| 어진이 | 너가 쌍놈이다. |
| 궁궁이 | 너너너너‥ 너가 쌍놈, 싸싸싸‥쌍놈이‥다. 이힉 ‥! |
| 청 수 | 아냐, 너다. |
| 어진이 | 아니다, 너다. |
| 청 수 | 너다! |
| 어진이 | 너다! |
| 청 수 | 너야! |
| 어진이 | 너야…! |

아드등거리는 어진이와 청수 ‥ 성미와 궁궁이가 끼어들어 말리려는 사이, 초막으로부터 너른 터로 나서는 덕배와 이재필 그리

고웅칠

덕 배      (아이들에게) 아, 왜들 거서 시끄럽게 그랴?

어진이    아부지! 있잖여유. 청수가유… (청수를 힐끗 본다)

청 수      너어…?!

궁궁이    너너너너너…너어~, 처처처…청수…, 청…수가…유…,

청 수      성아~!

덕 배      어허~! 사이들 좋게 놀아야지. 친구끼리 싸우면 되야?

웅 칠      추운데 바깥서 그라지들 말고 어여 일루 들어와서들 놀
          어. 으른들이 걸루 나가실텡게.

고은이    네! (아이들에게) 얘들아, 저리로 가자.


          고은이, 두범이의 손을 붙들고는 아이들과 초막이 있는 곳으로
          향한다. … 덕배와 웅칠,이재필은 아이들이 놀던 나무둥치로 발
          길을 옮긴다. … 그 사이, 초막에서 나오는 팽이할아범, 당코영감,
          유인모, 김태훈


청 수      (가며) 너, 치사하게 이르면 고자질장이 왜놈 고자다. 내가
          고추 뗄 꺼다.

어진이    너가 뙤놈 고자니까, 너나 떼라.

팽이할아범  뭐라꼬…? 고추 뗀다꼬? 떼서 뭐 할라꼬? 와? 실하게 여물
          었나? 카믄, 어디 이 할애비가 함 만져 볼까?

팽이할아범, 청수와 어진이를 붙잡아 고추를 만지려는 시늉을 한
다. … 청수와 어진이, '와~!' 소리를 지르며 도망간다.

팽이할아범    (웃으며) 고마, 중하게 잘 간직 하래이. 나중에 긴~하게,
쾌지랑 칭칭나게 쓸 데 안 있겠나?

지켜보던 김태훈의 얼굴에 자그마한 미소 한 점 흐릿하게 번진
다.

유인모      (고은이에게) 아침에 뭐 좀 먹었느냐?
고은이      네, 대정 어르신. 감자를 하나 반씩이나 먹었더니 힘들이
막 넘치는 걸요.
청 수      저는 두 개 먹었어요.
어진이      저도 두 개요.
궁궁이      저저저‥저는‥, 저는‥, 저도‥, 이이이‥이따만 거 두
두‥두 개요.
유인모      잘들 했다. 당코할아버님께서 너희들 생각에 어렵사리 가
져 오신 것인데 '고맙습니다.' 인사 올리고.
청 수      네. (당코영감에게) 할아버지, 고맙습니다.
성 미      저도요. 할아버지.
어진이      저도요.
궁궁이      저저저저‥ 저도, 저도요.
당코영감    (웃으며) 오냐 오냐. 많이 많이들 먹고 어서 어서 '쑥쑥~'

씩씩하게 자라기만 해라. 어디 보자…, 우리 두범이 도령
께서도 많이 먹으셨는가? (두범이의 손을 꼭 쥐며) 이런…!
손이 꽁꽁 얼으셨네. 얼른 들어가 손 좀 녹여야겠다.

유인모　그래, 아직 바람이 차니 어서 안으로 들어가도록 하거라.

고은이　네, 어르신. 말씀들 나누세요.


　　　　고은이, 아이들과 함께 초막으로 향한다. … 유인모, 김태훈, 팽이
　　　　할아범, 당코영감, 나무둥치 쪽으로 걸음을 옮긴다. … 초막에서
　　　　남이와 서도중이 나온다.


고은이　　(남이에게) 남이야, 안녕?

궁궁이　(더욱 심하게 더듬으며) 나나나나나…남이야, 아아아아아…
　　　　안녕?

남 이　……

어진이　　(남이에게) 성아, 우리랑 같이 놀자.

성 미　오빠, 우리랑 같이 놀자.

남 이　… (굳은 얼굴로) …

아이들　… (남이의 그 얼굴에) …

서도중　남이야, 동생들하고 같이 좀 놀지 그러니?

궁궁이　가가가가가…같이··, 노노노노…놀지··, 그그그그그…
　　　　그러니? 니··?

남 이　… ('힐끗' 곁눈질로) …

궁궁이　… (그 눈초리에 '찔끔!' 그러고는 코를 '훌쩍~') …

| | |
|---|---|
| 남 이 | 시방 양알머리 읎이 시시덕거리고 놀 때가 아니요. (아이들에게) 너그들끼리나 찌질이도 재미나게 놀아라. (나무등치가 있는 곳으로 향한다) |
| 아이들 | …… |
| 고은이 | … (물끄러미 남이를 바라보며) … |
| 청 수 | 형은 우리가 싫은가봐. |
| 궁궁이 | 우우우우우…우리가‥, 시시시시‥ 싫은가봐. |
| 고은이 | 아니야. 남이는 우리들 대장이라, 어른들 이야기하시는 것 잘 듣고 이따가 우리들한테 이야기 해 주려는 거야. |
| 궁궁이 | 대대대‥대장이야‥! 나나‥남이가…, 우우…우리‥대장‥! |
| 아이들 | …… |
| 두범이 | 누나, 춥다. |
| 고은이 | 그래, 알았다. 어서 안으로 들어가자. |

고은이, 아이들을 데리고 초막으로 향한다. … 뒤따라 쫄래쫄래 초막으로 향하는 궁궁이 … 김태훈, 가운데 즈음에 위치한 나무등치에 앉는다. … 그를 중심으로 팽이할아범, 당코영감, 유인모, 나무등치에 앉는다.

| | |
|---|---|
| 유인모 | (앉으려다, 웅칠에게) 이리 앉으시지요. |
| 웅 칠 | 아니여! 그짝은 대정께서 앉으셔야지. 나는 여 서 있는 것이 더 편혀. |

| 유인모 | 그럼…. (앉는다) |
|---|---|
| 팽이할아범 | 봐라, 남이야. 여 와, 할애비랑 같이 안 앉을래? |
| 남 이 | 아니요. 지도 그냥 여 서 있을라요. |

이재필과 덕배, 웅칠, 서도중 그리고 남이, 주변에 선다.

| 이재필 | 흠흠~! 근디, 거시기 그 뭣이다냐…? 것은 그렇다 치고…. 나가 말씀을 들어봉께, 당코영감님 말씀이 쪼까 앞뒤가 안 맞는 것 같은디요? |
|---|---|
| 덕 배 | 뭣이? |
| 이재필 | 사정을 미루어 생각해 봉께로 안 그렇소…? 저 염병헐 놈덜이 오늘이냐 내일이냐 처올라 올 것 같다믄서, 왜 거시기‥왜놈들은, 시방 금시로 물러간다는 말은 또 뭣이요? 그럼 즈그놈덜끼리서만 올라온단 말씀이시오? |
| 당코영감 | 말 한바 그대로네. 내, 민보군 진영에서 일본군 중위라는 자와 초토사招討使 군영의 군관들이 나누는 이야기를 직접 들은 것이야. 왜국으로부터 수일 내로 한양으로 회군을 하라는 영슈이 내려졌다는구만. |
| 이재필 | 참말이시요? |
| 당코영감 | … (고개를 끄덕) … |
| 이재필 | 엇따…! 허면 시방 인자, 우덜 상감 마님께서 드디어 정신을 차리셨는가? |
| 웅 칠 | 것은 또 뭔 말이여? |

| 이재필 | 아, 시상 어느 나라 어느 조정 어느 임금이, 넘의 나라 병 졸 데려다가 자기 나라 백성들을 처죽인다요? 것은 시상 말도 안 되는…, 염병헐 성은이 하해와 같이 거시기 망극 무지허신 개아들내미네 왕족보…, 왕 개아들 놈의 새깽이 들이나 행세허는 나라서나 가ㅍ한 것이지. |
|---|---|
| 유인모 | 허허~ 말씀이 지나치시네…. |
| 이재필 | 사실이 그렇잖소. 사실이…. |
| 덕 배 | 사실이건 오실이건, 것은 암껏 상관이 읎는디…. 것이 참 말이면 우덜헌티는 참말로 잘 된 일 아니겠소? 고…, 야차 같은 왜놈덜이 한양으로 홀쩍 떠나불면 우덜 숨구멍이 좀 트일 텡게 말이오. |
| 응 칠 | 그라지, 잉. |
| 당코영감 | 허나, 꼭 그렇다고만은 할 수 없으니 그것이 문제 아니겠나? |
| 응 칠 | 잉…? 것은 또 뭔 말이시오? |
| 당코영감 | …… |
| 응 칠 | …?… |
| 유인모 | 제가 말씀드리지요. 여러분께서도 익히 잘 아시다시피 왜 국의 군사들은 우리의 그것에 사뭇 월등한 신식무기를 손 발로 삼고 실전과 전술에 능한 군관을 머리로 삼은, 우리 로서는 실로 대적키 어려운 강병 중의 강병입니다. |
| 응 칠 | 그리어…. 참말로 징허게 흉악스런 놈들이여. 삼남三南하 도下道, 남북접南·北接을 가릴 것도 읎이, 모다 작살이 났 |

응께, 잉….

유인모 　　허나, 비록 저들이 그 인성이라는 것을 섬나라 오랑캐 특
유의 야만적이고 포악무도한 품성에 그 뿌리를 두었다고
는 하지만, 다른 한편으론 일사분란한 지휘체계와 서릿발
같은 기강과 군율 탓인지 아니면 우리 조선인들의 민심을
잃지 않기 위하여 필요 이상의 마찰을 피하려는 것인지,
그도 아니라면 우리가 알지 못하는 또 다른 안배가 숨어
있어서인지 그 깊은 내막까지는 저로서는 잘 알지 못하겠
지만, 그래도 전장에서 사로잡히거나 항복한 우리 동도東
徒중에서 '그저 배가 고파서, 혹은 관리의 학정을 못 이겨
단순 가담을 하였다' 자복自服을 하는 자, '앞으로는 절대
로 동학을 믿지 않겠다' 서약을 하고 전향을 하는 자들은
모두 탈 없이 순순히 풀어 주어 고향으로 돌려보냈다 합
니다. '절대 살려 보낼 수 없다.' 억지 부리는 민보군을 뒤
로 하고 말입니다.

모　두 　　……

유인모 　　그러나…, 이제 왜군이 모두 한양으로 회군을 하고 나면
이곳에는 민보군만이 남을 것인데…. (말꼬리 머금고)

모　두 　　… (침을 '꿀꺽') …

유인모 　　저 민보군이라는 무리들은 우리 동학당이라면 마치 제 부
모 원수 만난 듯 치를 떠는 자들이라 조정에서도 감히 어
찌 하지 못하는 자들이니…, 비록 적이긴 하나 왜군이 떠
나면 누가 저들을 통제할 수 있겠습니까? 하여 근심스러

운 것은, 저들의 광분한 칼부림을 어떻게 피해야 할지, 그
것일 따름입니다.

모 두      ……

당코영감   내 들기로도, 진작부터 올라오려고 발 동동 구르면서 이
바득바득 갈아대는 민보군을 그리 못하도록 붙잡아 둔 것
도 일본군이라더구먼.

모 두      ……

서도중    대정의 말씀과 영감님의 말씀 모두 옳으십니다. 저 역시
민보군에 관하여서는 누구보다도 잘 알고 있는 바, 그 우
두머리 되는 작자들 대부분은 동학당에 개인적인 원한을
가지고 있는 자들인지라, 그 아래 부리는 사람들의 패악
함과 무도함이 참으로 필설로 옮기기 불가할 정도입니다.

당코영감   게다가 일본군이 떠나면서 구루뿌 대포하고 신식 소총들
은 민보군에게 고스란히 넘겨 주고 간다고 하니….

이재필    이런 니미럴…! 앞구녕으로 호랭이 나간당께 뒷구녕으로
이리새끼 들어온단 소리구마, 잉…! 아, 그 제미 붙고 담양
潭陽 갈 놈들은 같은 조선인끼리 왜 우덜을 못 잡아먹어
안달이라요?


초막에서 들려오는 아이들의 떠들썩한 말소리와 웃음소리


덕 배     (초막을 바라본다) … ('꿀꺽' 침을 삼키고는) 그라믄, 인자 워
쩐다요?

| 응 칠 | 그라게··. 워쩐다냐? |
|---|---|
| 모 두 | ······ |
| 덕 배 | 쩌으기··, 나으리··? |
| 김태훈 | ······ |
| 덕 배 | 나으리··. |
| 김태훈 | ··· (눈을 감는다) ··· |
| 덕 배 | ··· (시선을 응칠에게) ··· |
| 응 칠 | ··· (그 시선에) ··· |
| 모 두 | ······ |
| 응 칠 | 으르신··? |
| 김태훈 | ··· (감은 눈으로 먼 곳을 보려는 듯 고개를 들고) ··· |
| 모 두 | ······ |
| 덕 배 | 그라믄··, 대정··? 대정께서는 워찌··, 워쩔 생각이시오? |
| 유인모 | ······ |
| 덕 배 | 잉? 대정? |
| 유인모 | ······ |
| 덕 배 | 워서 혼차 꿀뎅이를 자셨나? 워째··, 입을 꾹꾹 잠그시고 말씀을 안 하신다요? |
| 유인모 | ······ |
| 덕 배 | 이잉~?? 아, 이럴띠 대정하고 도금찰께서 뭔 말씀을 해 주셔야 하는 것 아니오? |
| 유인모 | ······ |
| 덕 배 | (다그치듯) 잉?? |

| | |
|---|---|
| 유인모 | (혼잣말하듯이, 작은 숨으로) 나오면 살고 들어가면 죽거니와…, 살아 있는 무리가 열에 셋이요, 죽어 있는 무리가 열에 셋…. 생을 움직여 죽음의 자리에 가는 자 또한 열에 셋[2]이라…. |
| 모 두 | …… |
| 덕 배 | 것은 또 뭔 말씀이다요…? |
| 유인모 | …… |
| 덕 배 | 대정 성님…! |
| 유인모 | …… |
| 덕 배 | 워메, *끄꿉헌 것*…! 환장해 불겄네…. 거시기, 그랑께…! 나도 쪼까 알아먹게, 앗쌀허니 말씀해 보랑께요! |
| 이재필 | 거 쪼까 양냥거리지 쫌 마시오…! 아, 상통천문上通天文에 하달지리下達地理‥, 육도삼략六韜三略을 무불통지하시와, 신통방통 영통靈通에 화통和通으로 와룡봉추도 울고 간다던 대접주들께서도 잉…? 워찌, 거시기 삐죽헌 수가 읆어갖꼬 죄다 잽혀 가서, 아침이냐 저녁이냐 도마 위 괴기맹키롬 생사를 장담할 수가 읆다는디…, 우덜 같은 쭉정이 꼬랑지가 뭔 신통 뾰족헌 수가 있겄소? |
| 덕 배 | 읆응께 내어야지. 읆다고 손 놓고 거시기‥, 짝은 며느리 강 건너 시아비 불알 구경허듯 그러고 있을 것이여? |
| 이재필 | 이잉…? 워째 소리를 높이고 그라시오? 성님이 그런다고 뭔 수가 나오요? |
| 덕 배 | 긍께…! 안 나옹께 나오게끄름 야그 쫌 들어 보자는 것 아 |

니냐!

이재필  염병‥! 자불자불 그 소리 듣고, 나오다가도 들어가겄다.

덕 배  뭣이여?

이재필  아니오, 됐소!

덕 배  ‥ (씩씩거리며) ‥

이재필  (반쯤은 '슬쩍' 진심을 내비치는 의도로) 허이고~ 니미럴‥!
이러다 우덜도 왜놈들 가기 전에 거시기‥, 손 털고 쪼
까‥ 투항이라도 해야 하는 것은 아닌지 모르겄네‥.

남 이  것은 아니지라, 잉.

모 두  ……

남 이  재필이 아자씨는 읎는 말이라도 뭔 말씀을 고로코롬 허
대게 하신다요? 죽기 살기로 싸워갖꼬 이길 생각을 해야
지. 항복 할 일이라면 뭐들라고 여까정 쇄빠지게 기어올
라 오셨소? 명색이 으른이 되어갖꼬 고렇게밖에 말씀을
못하시오?

이재필  뭐‥ 뭣이여? 허대게‥??

서도중  (타이르듯) 남이야.

남 이  ……

이재필  요 대통만한 것이 아조 '오냐 오냐' 해줬더니‥, 워서 눈
똑바라지게 뜨고‥!

남 이  ‥ (개의치 않고) ‥

이재필  흠흠‥. 아야, 이‥ 똥이란 것도 말이다. 시방, 눌 자리를
보고 퍼질러 싸야 허는 것이다. 너가 워서 자발이 읎이 으

|  | 른들 말씀하시는 디 감히 따따부따 낑거드는 것이냐? |
|---|---|
| 남 이 | 고렇게 말씀하시지 마시오. 아자씨는 법푸리(法軒) 으르신 말씀허신 것도 못 들어보셨소? "사람이 인위로써 귀천을 분별함은 곧 하늘의 뜻을 어기는 것이니, 비록 부녀자와 아이들의 말이라도 배울 것은 배우고 좇을 것은 좇아야 헌다. 이것은 모든 선을 다 한울의 말씀으로 알고 있음이니라." |
| 이재필 | 옴마마…? 시방…, 야…, 야, 말허는 것 들으셨소…? 으메~ 참말로…! 야 말하는 싹퉁머릴 봉께 아조…, 소강절邵康節이 똥구녕에 움막을 짓고 살겄네…? 어이~ 소진蘇秦이네 시아부지 짝은 조카 아들놈아…! 시방 너는 거시기… 한울님 말씀만 알고, 하늘 높으신 줄은 영 모르는 것이냐? 요…, 요… 싸가지 없는 놈아…!! |
| 연 화 | (비탈길로 올라오며 쩌렁쩌렁한 소리로) 무슨 말씀들을 그리 긴히 나누고 계시기에 뜻 깊은 법푸리 말씀에 높은 하늘…, 싸가지 소리까지 나오는 것입니까? |

아침 일찍 먹을거리를 구하러 내려갔던 무당 연화와 그녀의 신딸 난화, 그리고 박주천과 김태훈의 손녀 소희, 비탈길을 따라 올라온다.

| 응 칠 | (연화에게) 댕겨 오셨소? |
|---|---|
| 박주천 | 네. 다녀왔습니다. |

덕 배     쪼까 뭣이나··, 실한 놈 쪼까 건지셨소?

소 희     명이나물하고··, 칡을 좀 캐었어요.

응 칠     입춘도 벌써 지났는디, 거시기··, 워디 파릇파릇헌 봄보
          꾸 비스꾸레한 것은 영 안보이던가?

소 희     네. 아직 산 위쪽에는 안 올라온 것 같아요.

덕 배     쩌그 아래쪽엔 있기도 있을 것인디··, 여만 아적 엄동설
          한이구만··.

응 칠     (박추천의 허리춤에 걸려 있는 토끼를 보고) 토끼를 잡았나베?

이재필    또 토끼여? 거시기··, 까투리는 읎고? 염병··! 우덜이 자
          라새끼도 아닌데 위째 허구헌 날 토끼새끼만 걸려드는 것
          이여?

응 칠     으따··, 암 꺼나, 뭣이라도 있으면 된 것이지··, 뭣이 또
          아침부터 트재기냐? 일찍부터 인나갖고 여지껏 돌아댕기
          다 온 사람들헌티··. 것으로 따끈하게 탕을 끓이던가, 그
          아니면 푸짐하니 국으로 얹혀도 되겠구만··. 추운디 모다
          고생들 하시었소, 잉.


          꾸벅꾸벅 졸던 팽이할아범, 눈을 비비며 일어난다.


팽이할아범  (뜬금없이) 탕꾸욱··? 와? 벌써 밥때가? (박주천 허리춤의 토
          끼를 보고는) 봐라, 거 토깽이가 토끼가?

모 두     ···?···

팽이할아범  알았다··! 마··, 고마 잘~ 생각한 기라. 할 끼는 함 하긴

해야 안캤나…! 카면 내는 일어나야지…? ('으자자자~! 늘
어지게 기지개를 켜고는) 와…? 와 그라는데? 끝난 거 아이
가?

모 두        ……

팽이할아범    (손을 내저으며) 하이고야, 내는 모르겠다…. 너들끼리 찬
             찬히 이바구 카고 들어 온나. 내는 고마…, 먼저 일어날 끼
             구마. (일어나다가) 하이고, 우리 난화! 니는 언제 왔노? 봐
             라, 난화야. 이 할배랑 같이 안 갈래? 할배가 감자 구워 주
             꾸마.

난 화        … (연화를 본다. 동의를 구하려는 듯) …

연 화        … (고개를 끄덕) …

난 화        … (팽이할아범에게 뛰어간다) …

팽이할아범    그래, 고마 쌔리 가삐자. (난화의 손을 잡고 초막으로 들어가
             다, 문득) 봐라, 남이 니는? 니는 내캉 같이 안 갈래?

남 이        아니어라. 먼저 들어가셔요. 지는 이야기 쪼까 더 듣다 갈
             텡게요.

팽이할아범    춥다, 고마. 얼른 끝내고 들어오고….


             팽이할아범, 난화의 손을 붙잡고 어린아이처럼 흔들면서 초막으
             로 들어간다.


이재필        인자 저 양반까지 오락가락 허시는구먼….

덕 배        그라게 말이여….

모 두        ……

유인모        (연화에게) 앉으시지요.


        연화, 팽이할아범이 앉았던 자리에 가 앉는다. … 그녀 곁으로 박
        주천과 소희, 선다.


연 화        (덕배에게) 헌데, 남정네들끼리 무슨 일들을 도모하고 계
            시기에 이리 소리소리 언성들을 높이고 있는 것입니까?

이재필        암 껏 아니요.

덕 배        암 껏도 아니긴 뭐가 아니여? 거시기‥ 인자, 오늘 낼 큰
            싸움이 벌어질 것도 같은디, 워쩔 것인가 하고 있었소.

박주천        그 일이라면 어제 오늘 일도 아닌 것을, 새삼 아이에게 목
            소리 높여가며 이야기할 필요가 있는가?

덕 배        그란디 것이‥, 사정이 겁나 달라져서 그렇다는 것 아니
            요. 시방 왜놈덜은 금시 한양으로 물러를 갈 것이고, 인자
            민보군놈들끼리 밀고 올라온다는 소문이 파다헝께, 저 징
            헌 놈들을 워찌 해야 하나 이야기하고 있던 참이요. 까놓
            고 말혀, 우덜이 여서 그냥 끝까지 싸우다 모다 다 죽을 것
            이냐 아니면‥.

박주천        아니면?

덕 배        쟈‥ (턱짓으로 이재필을 가리키며) 쟈 말에 의하면, 시방‥
            일단 내려가 투항을 허고 후일을 도모‥

남 이        것은 절대 안 된당께요! 싸우다 죽으면 고만이지 후일은

또 뭣이라요…! 후일을 도모하자는 것이 말이 좋아 그랬
치, 겨우 저 모강지 붙이려 왜놈들헌티 꼬랑지 내리고 항
복하자는 것 아니오?

덕 배   야가 요로코롬 말대꾸를 헝께, 재필 아우가 고렇게 된 것
이여.

연 화   … (이재필을 본다) …

이재필   (그 시선에) 아…, 나가 참말로 나 혼자 살자고 고렇게 하자
하는 것은 아니오…! 거시기 긍께…, 그 모다냐…? 잉…!
말인즉슨, 것을 으르신하고 대정께서는 혹 워찌 생각하시
나 허고…. 아…, 아니…! 또 그렇게 헌다 혀도, 거짓부렁
으로 함 그렇게 혀 보는 것이 워떨까…, 그냥 지나가는 말
로 삼아 함 해 본 것이지….

연 화   ……

이재필   솔직히 말혀서, 여서 요로코롬 쓰잘데기 읎이 뭉기적거
리다 개죽음 당하는 것보다는 한결 나을 수도 있잖여요?

남 이   아자씨는 죽는 것이 고로코롬 겁나시오? 지는 아녀요. 시
방 지는 사내구먼유…!! 지는 죽으면 죽었지 저 살자고 거
짓부렁이라도 항복 같은 것은 안 한당께요. 저깐 놈들헌
티 절대로 고개 숙일 수 읎당께요.

연 화   옷호…! 우리 남이가 벌써 사내가 되었나?

남 이   고렇게 맨실맨실 웃지 마시오. 당골 아줌씨 눈에는 나가
아직까정 울동네 울냄이로 보이시오?

연 화   오호…?

| 남 이 | 지도 인자 열한 살이구먼유! |
|---|---|
| 서도중 | (남이 어깨에 손을 얹으며) 남이야, 그만 하려므나. |
| 남 이 | (뿌리치며) 치우시오! |
| 서도중 | … ? … |
| 남 이 | 울 아부지 비명에 명줄 끊고 횡사허신지 아적 한 해도 안 지났소. 생각 읎으신 울 엄니야 하냥 마냥 다정허신 양반 잉께, 워찌 워째 아자씨허고 뭔 정분이 붙어부렀는지는 몰러두요, 지는 안 그려요. 지는 절대로 잊지를…, 용서를 못혀요! 안 혀요!! |
| 서도중 | …!… |
| 남 이 | 워째요? 나가 못 본 것 같소? 나가 하냥 모르실 줄 아셨소? 나는 말이요, 시방…, 요새요…, 꿈에라도 고 생각이 들면, 자다가도 아조…, (가슴을 치며) 여‥ 여가…! 여 속에 여 옹 이란 놈이 옹알옹알 벌컥벌컥‥, 삭신이요……! |
| 소 희 | 남이야…. |
| 남 이 | 되었소…!! |
| 서도중 | … (어쩌지 못하여) … |
| 남 이 | … (애써 눌러 삼키며) … |
| 모 두 | …… |
| 김태훈 | 지나온 길 돌아보면 허물없는 이 어디 있겠는가…? 고치 면 곧 선善이 되는 것을…. 남이 네가 진정 올곧은 사내가 되고자 한다면 마음으로 용서하고 마음에서 풀어 버리는 것을 알아야 할 일 아니겠느냐? |

| 남 이 | (맺힌 멍으로) 워떻게유? 워떻게 지 아부지 죽인 웬수들을 용서한데요? 으르신도 울 아부지 여··, 여 가슴팍에 낫자루 꽂혔는 거 보셨잖여유? 겁나 눈깔 똥그랗게 뜨고 머리카락 풀 헤치고 간짓대 꼭대기에 매달린 울 아부지 대갈통을 보셨잖여유? 헌디, 워찌 지헌티 잊으라 말씀하신데유? 아녀요! 지는요, 하늘이 무너져도 절대로 그렇게는 못하는구만요. 아니요···! 안 하는구만요. 지는 올곧은 사내고 뭐고 다 필요 읎당게요. 지는유···, 저 민보군놈덜 하나라도 더 죽이고유, 울 아버지 원풀이하고, 그러다 죽을 것이구만유. |
|---|---|
| 모 두 | ······ |
| 연 화 | 그래···, 그래. 암, 그래야지. 그렇게 해야, 싸워야 네 아비 원冤이 풀린다면, 네가 맺고 죽어야 그 원이 풀린다면 당연히 그렇게 해야지. |
| 덕 배 | 워메~! 꽃단장허고 성내는 얼굴이 더 무섭다드만···, 그랴 녀도 등골이 싸헌디, 당골네께선 뭔 말씀을 그리 겁나 살벌하게 하신다요? |
| 연 화 | (편안한 미소로) 맺힌 것을 풀고자 한다면 실로 그렇게 해야 하지 않겠습니까? 칼 맞아 죽은 자는 칼로써 그 원을 풀고, 굶어죽은 자는 젯밥으로 풀고···. |
| 유인모 | 살심殺心을 가르치기에는 아직 어린 아이입니다. |
| 연 화 | 살심이라···. 살고자 하는 마음이 살심[3]이요, 뱀 같은 사심蛇心에 죽기를 각오하여 사심死心, 가슴이 불쾌하고 토할 |

듯 오심惡心에 참된 마음 찾아 구걸하듯 구심求心이라 하
지요. 그런 즉, 사심과 오심 없는 구심과 살심만이 신실한
진심 아니겠습니까? 미적이 미적미적··, 죽자 살자 뭇 중
생 실한 마음에 어찌 어른과 아이의 구별이 있겠습니까?

유인모     보살께서는 그리 어지러이 말씀하실 것이 아닙니다.

연 화     인륜은 천륜이라, 남의 천륜을 끊는 것보다 더 커다란 죄
         는 없다 하였습니다. 천생만민 필수지업이 제 각각 다른
         법. 자식 된 도리로 아비의 원冤을 풀고자 하는 저 아이의
         지고 정순한 마음을, 대정께서는 부려 길들여 교화라 고
         쳐 바꾸고 순화醇化라 이름하여 옥죄고 강제하여 더욱 커
         다란 원을 남기시려는 겝니까?

유인모     이르기를··, 원怨이 크면 풀어도 반드시 남는 것이 있다[4]
         하여, 풀고 풀어 풀자하여도 풀리지 않을 것이 원이라 하
         였습니다. 그런 즉, 굳이 풀려 할 일이 없어야 할 것 아니
         겠습니까?

연 화     (빙그레 웃으며) 허나 풀 수 있는 데까지는··, 고풀이를 하
         건 살풀이를 하건 힘닿는 대로 풀긴 풀어봐야지요.

김태훈     애써 풀려 하니 더욱 굳게 맺히는 것 아니겠는가? 본시 풀
         어야 할 것이 없거늘 어찌 맺힌 것이 있다 하겠는가?

연 화     (차갑지만 공손하게) 도금찰께서는 어찌 이미 있는 것을 없
         다 말씀하시는지요?

김태훈     ······

모 두     ······

김태훈    (혼잣말하듯) 허허~ 과연 그러한 것인가…? 난필자불연 이
         단자기연難必者不然 易斷者其然이라…. 불연불연우불연지
         사不然不然又不然之事하고 기연기연우기연지리其然其然又
         其然之理[5]인 저…, 불연이기연 기연이불연不然而其然 其然
         而不然 불연즉기연不然則其然하니 기연즉불연其然則不然[6]
         이거늘….

연 화    … (눈을 가늘게 뜨고) …

모 두    ……

박주천    (분위기를 바꾸려) 금일은 아침부터 불이 '가물가물…', 연
         이 '모락모락~'[7] '푼다, 만다.' 소리 나는 것을 보니…, 괘
         卦가 해에 걸리셨는가…?[8] 허면…! 어디 보자…, 눈뜬 판
         수의 판국이라, 들리는바 무서리가 거去하고서 된서리가
         래來 할 형국形局이라, 하니…! (눈을 감고는) 건천乾天에 태
         택兌澤, 이화離火에 진뇌震雷하고 손감간곤巽坎艮坤은 풍
         수산지風水山地하나니…. 해解는 감하진상坎下震上이요
         풀어짐이라, 천지가 해解함에 뇌우雷雨이 작作하며, 뇌우
         이 작함에 백과초목百果草木이 갑甲을 탁坼하니, 해의 시
         時이 크구나…. 허나…! 운수運數라 돌고 도는 수數…! 소
         식消息들이 생생하니[9] 역易이라 간역簡易에 변역變易이나
         또 역逆하여…, 이치를 바로 보니 쉬이 바뀌며 거스르고
         다시 뒤집어 역易아닌 역[10]이 다시 역易이 되는 법…. 허
         면…!! 돌고 돌아 천운天運을 바꾸는 것은 누구의 일인가?
         모사가 재인(謀事在人)한 것인가, 모사가 재천(謀事在天)인

것인가? 허허‥, 내 일찍이 듣기로, '사람이나 귀신이나 하나인 바, 동귀일체同歸一體한다.' 하였으나‥, 이제와 돌이켜 다시 보건대 동귀어진同歸於盡이었구나‥. 하여 그런즉‥! 죽자 사인死人이, 여‥천(如千)에 이르는 것[11] 아니겠는가? 혹‥, 그 아니면 하나는 일이요, 둘이 이, 셋이 삼하고, 넷이 사라‥, 사농공상士農工商 사인四人에 여汝도 천賤이라, 사해만인四海萬人이 더불어 천(與賤/事人如天)하다는 것[12]인가‥? 하하하‥! 옳거니‥! 한울을 기다리되 고약한 인생이라, 가련한 시궁창侍穹蒼 인생[13]‥!! 오심즉여심吾心卽汝心하니, 여심女心은 오심惡心에 악심惡心[14]이라‥. 이치가 그리 자명한 것이니‥, 불쌍 부단하여 (不常不斷) 고단 고단한 인생들‥! 인人이라, 인즉천(人卽天/人卽賤)하시고 인내천(人乃天/忍耐踐)하시여, 만사萬事 성사成事가 천한 것 인내忍耐에 달린 것[15]이었고, 혹‥, 그것이 아니라면‥!? 혹시나 본시나 인시천(人是天/人是賤)하나니 천시인(天是人/賤視人)[16]하시고, 천시(天時/賤視) 인사(人事/人死)[17] 인사 천시, 천시에 조응하여 인사가 일어나고, 인人이 사死함에 즈음하여[18] 천千 시屍가 일어나는 것[19]이 만사萬死가 필시 성成‥ 사死함[20]이니‥, 그리 자연이 당연하시고, 마땅이 지당하신 것 아니었던가‥? 핫핫하하‥!!

모 두    ‥‥‥

덕 배    으메, 성님‥! 것은 또 웬‥, 중년 멀끄댕이 잡고 싸우는디

버버리 맞장구치는 소리라요? 아, 우덜도 알아먹게끄롬 말씀 쪼까 쉽게 쫌 허시오.

박주천 쉽게? (빙그레 웃으며) 실로²¹…! 풀어 본즉 다시 말릴(卷) 것이니…, 우리 같은 천한 것들이 죽을 똥 살 똥 참을 인忍을 잘 하다 보면 곧 해가 날 것이요, 그 해가 '쑤욱~' 하고 나서면 만사가 '터억~' 하고 잘 풀릴 것이다. 뭐…, 그런 말 아니겠나? 그렇지…! 바로 그걸세. 하하하…!

덕 배 허면, 것은 좋은 것 아니요?

박주천 (자기 말에 스스로 취하여, 웃으며) 좋아…? 호사豪奢가 다 마摩하고, 공사公私도 다 망亡하는 것²²인데, 자네는 참으로 그것이 좋은가?

덕 배 것은 또 뭔 소리다요?

박주천 (허공에 던지듯) 일찍이 휴복休復이라…, 뙤놈 땡초 이르기를, '천반비 부득부득, 만반황 부득부득(千般比不得 萬般況不得)…, 고역유古亦有 금역유今亦有²³하다' 하였으나…, 세상일이란 것이 난지이유이難之而猶易하나 이지이유난易之而猶難²⁴하여, 진즉에 알다가도 모를 일이더니…. 듣자하니 금불문今不聞 고불문古不聞 금불비今不比 고불비古不比²⁵라…. 무이후유지無而後有之하고 유이후무지有而後無之하니, 무유생유無有生有 유생무생有生無生하고 생어무생於無 형어허形於虛 무무여無無如 허허여虛虛如²⁶…, 생사유무生死有無가 의불의儗不儗 지부지止不止²⁷하구나…. 그런즉…, 것이 그러하니 그러한 것인가? 그렇지 아니 할 수 있으니 그렇지 아니하다 할 수 있는 것인가? (덕배를 보고 빙긋이 웃고는) 하여 말인즉슨··, 풀어야 할 것이 있다 함은 맺힘이 있음이라, 유시有始가 유종有終이요. 맺힌 것이 없다 하니 풀 것도 없음이다, 하여 무시無始가 무종無終··! 허나, 인간지사人間之事 만유지사萬有之事가 부지연이지지不知然而知之 지연이지지자知然而知之者[28]라··, 연緣과 연이 맺고 맺히어 차유此有에 피유彼有하고 차기此起에 피기彼起하여 매듭에 매듭을 지음이라··. 유무시유무종有無始有無終이 오로지 매듭에 달린 것 아니겠는가? 허면 매듭이라, 그것은 또한 무엇인가? 매듭은 마디라, 곧 엉키고 맺힌 것 혹, 끝을 뜻하나니··, 끝이라 하는 것은 예컨대 맺어야하는 것(結)인가, 풀어야 하는 것(解)인가? 아니면 끊어야 하는 것(絶)인가? 이어야 하는 것(承)인가?

덕 배      ···??···

이재필    이런, 제미··! 누가 진즉 땡초에 시방 점장이 아니랄까봐, 끈뜻허면 야소록헌 중놈 무르팍에 은근짜 앉혀두고 속닥거리듯이 요상하게 자불거리시오? 피차 차피가 유시를 무시하건 말건 간에··, 인자 우덜이 거시기, 뭣을 워쩔 것인가··, 꼼지락 달싹 못혀고 여서 기냥 디져불 것이냐, 그 아니고 살자면 뭣이라도 워떻게 방도 비스꾸레 한 수를 낼 것인가를 정혀야 허지 않겠소?

남 이      죽자 허고 싸우는 것이 방도랑께, 아자씨는 뭣을 자꾸 워쩌자 저쩌자 그리 샛똥 빠진 소리를 하신다요? 디지겠단 소리도 한두 번이지. 낯살이나 자신 양반이⋯.

이재필　뭣이여⋯? 웨메⋯! 야가 인자는 아주 내놓고 대거리를 하는구마, 잉⋯. 어이, 아야⋯! 긍께 시방, 너 눈깔엔 나가 그리 놀놀하니⋯, 시피 보이는 것이냐? 너⋯, 혹간에나 나헌티 역부러⋯, 염장 지를라고 조댕이 싸불거려 쌌는 것이냐? 잉⋯? 그란 것이여? 야 이⋯, 염병헐⋯! 느자구 읎는 놈아⋯! 나가 너 애비 죽였냐? 이⋯ 이 썩을 놈아⋯!⋯!!

남　이　여서 울 아부지 얘기가 왜 나온다요? 나가 아자씨헌티 맬겁시 트재기 잡을라 그러겠소? 아자씨가 꼴시럽게 어른 소리 해싸니까 그란 것이지.

이재필　뭐⋯, 뭣이여? 워매⋯, 복장 터지는 거⋯! 나가 야 땜시 부훼가 나서 참말로 디져불겠네⋯. 요런 요⋯, 이⋯, 순⋯, 호로 잡열의 새끼가⋯!!

황노파　(초막에서 나오며) 왜들 이렇게 시끄러운 겨? 너거들 시방⋯, 아침 초장에 밥숟꾸락 놓고부터 타시락거리는 것이냐?

황노파와 그의 며느리 웅칠처 그리고 두범어미, 초막에서 나온다.

황노파　(오며) 사이들 좋게 놀어. 한 동네선 그저 이물 읎이 지내야 허는 것잉께.

응　칠　(달려가) 하이고, 참말로⋯! 거 따순데 얌잔히 계시잖고 으차꾸롬 나오셨소? 무릎팍이 쑤셔갖꼬 잘 걷지도 모다시

는 양반이…. (응칠처에게) 아, 이녁은 뭐 했는가? 엄니 못
나오시게 쪼까 말리잖고?

응칠처     엄니께서 진 죙일 껌껌헌 디만 계싱께 하냥 답답하신지
자꼬 나가자고 징징 보채싱게, 긍께 아들이 시방 햇볕 짱
짱허고 날도 쪼까 푹 하다고도 혀서…, 그라서 두범이네
허고 같이 함 나와 봤구만이라.

응 칠     암만 엄니가 퉁퉁 부리시더래도 이녁이 잘 구슬려야지….
혼글혼글 노인네 몸도 안 좋으신디, 허자는 대로 옴스라
니 다 혀주면 워쩔려고 그러는가? 안즉은 싼득싼득헝께
언능 모시고 싸게 들어가드라고.

응칠처     야. 그라녀도 그랄 것이오.

황노파     (응칠처에게) 아가, 너 아는 놈이냐? 원…, 꼭 뿌사리같이
생겨먹은 놈이 말뽄새가 영 졸갑스럽구마, 잉. 오…, 옴
마…? 야…, 야 좀 보소? (응칠에게) 너 시방 거시기, 너가
누구간디 으쩨 울 며느리한티 '엄니…, 엄니' 두렁거려
쌌는 것이냐?

응칠처     (황노파의 얼굴을 아이의 볼처럼 매만지며) 하이고, 울 엄니 참
말로 귀도 밝으시오. 벨 것 아니오. 나가 그냥 쪼까 아는
사람이요.

황노파     (응칠을 아래위로 살피고는) 낯뿌닥도 벨스럽게 생긴 놈이
뽀짝거림서 언감생심 워서 넘의 중헌 며느리한테 쏙닥쏙
닥 수작질이여?

두범어미     웻메…! 울 할마시, 아드님 얼굴은 몰라뵈두 며느리 중헌

|||
|---|---|
| | 것은 아시는갑네. 걱정 붙들어 매시오. 할마시 며누리가 누군디 저깐 사내헌티 눈꼽이나 떼 주겄소? |
| 응 칠 | (응칠처에게) 아, 뭣 하는가? 얼릉 모시고 싸게 들어가지 않고? |
| 황노파 | (응칠의 등판을 후려치며) 요런 요‥ 베라먹을 놈이 왜 넘의 며누리헌티 소락때기를 지르고 지랄이여, 지랄은! 이 염병헐 놈이‥! (한 번 더 후려친다) |
| 덕 배 | (나서 말리며) 하이고, 엄니‥! 그간 안녕하시었소? 엄니께서 시방 여그는 워쩐 일이시당가? (응칠에게) 뭐‥ 뭐여? 아니 요 양반이 울 엄니를 몰라 뵙고‥! 예끼, 이 양반아‥! 엄니, 요 양반이 청맹과니에 귀먹통이라, 아직까정 울 엄니 호랭이 명성을 듣도 보도 못한 게 저런갑소. 쪼까 이해하시오, 잉? |
| 황노파 | (눈을 꿈뻑이며) 너는 뭣이냐? |
| 덕 배 | 엄니, 저 덕배요, 덕배. |
| 황노파 | 덕배? |
| 응칠처 | 엄니, 모르시오? 아, 찔레낭구 집 시째, 순둥이 덕배. |
| 황노파 | 잉‥. 장깍쟁이네 맨사댕이 덕배‥?! |
| 덕 배 | 야. 엄니. |
| 황노파 | 그란디 너 시방‥, 으째 여서 할롱거리는 것이냐? 인자 금새로 어둑 깜깜해질 텐디 집에 안 기어 들어가고‥. 너 우리 응칠이놈 못 봤냐? 이 염병헐 놈이 도시 먼 지랄병이 도졌는지, 눈 뜨자마자 꼴 비러 댕겨오겄다 흑석에 방정 |

을 떨고 나갔는디, 아즉까정 안 들어오고 있다. 워디 한켠 나무 그늘짝서 자빠져 자고 있는 모냥인디…, 그러다 까치독배암헌티 깨물리기라도 허면…

덕 배 　으따…! 엄니! 날 샐라면 안즉도 당당이나 멀었소. 그런 걱정일랑 허덜 마시고 먼처 싸게 들어가시오. 워디 배암이 아무나 문다요? 나가 응칠이 성 찾아가꼬 얼릉 데꼬 갈 텡게.

응칠처 　그랍시다. 엄니하고 나하고 먼저 드가서, 분이 아부지 꼴 비고 내려오면 출출하다 할 텡게 자실 것 쪼까 미리 차려 둡시다, 잉?

황노파 　잉…? 잉…. 그려. (덕배에게) 워서건 우리 응칠이란 놈을 보면 느시렁거리지 말고 멕아지를 '탁' 잡아 갖꼬 끌고서라도 데꼬 와라, 잉? 이 엄니가 찐 감재에 싱건지 맛나 차려줄 텡게.

덕 배 　야, 엄니. 그리 할라니께, 먼처 싸게 들어가시오.

황노파, 절름거리며 아래로 이어진 비탈길로 향한다.

두범어미 　아이고, 엄니…! 그짝이 아니라 이짝이요, 이짝…!

황노파 　잉…? (그 자리에 멈춰 서서) 잉…. 그려…. (작은 걸음으로 절름절름 뒤를 돌다, '문득!') … (그렇게 잠시 구부정한 자세 그대로 천천히 고개 돌려 먼 산 바라보며) 으메~! 환허기도 한 것이…. 쩌어기…, 쩌짝에는 눈이 왔었는 갑다. 눈이….

| 모  두 | …… |
|---|---|
| 황노파 | 나가 쬐깐히 에렸을 띤, 눈만 오면··, 진종일 암 껏도 안 허고서, 쭈끄럼만 직살나게 탔었는디··, 참말로···. |
| 모  두 | …… |
| 황노파 | 하이고~ 겁나 흐드러진 거··! 아슴아슴한 것이···. 눈 맞은 낭구가 시상 꽃보다 더 이쁘네 그랴···. 쩌그 저짝 희켠 구름발치 너머에는 으떤 시상이 있을랑가··? 참말로··, 궁금도 허네···. |

황노파, 되돌아와 응칠처, 두범어미와 함께 초막으로 향한다.

| 덕  배 | 살펴 가시오, 잉? |
|---|---|
| 황노파 | (가다가, 그 소리에) 응칠아··! 응칠아! 응칠이 워디 갔냐? |
| 응  칠 | 아니오! 엄니, 응칠이 여기 있소. (황노파에게 다가서며) 찾으셨어라? |
| 황노파 | (얼굴을 쓰다듬으며) 하이고···! 날도 아쌀쌀헌디 워디를 그렇게 똥 매려운 강생이마냥 부잡스럽게 허대고 댕기는 겨? 고뿔 들라고···! 엄니가 아궁지 따땃하게 뎁혀났응게, 인자 고만 놀고 어여 들어가자, 잉? 누룽갱이 긁어줄랑께. (슬쩍 주위를 살피고) 그란디··, 쟈들은 시방 뭣이다냐? 참말로 모지락스럽게도 생겨먹었다. 좌우당간 너는 솔랑한 놈들허고는 절대로 쎗바닥 썪으면 안 되야. 번구잡스럽게 시시비비 혀 봐야 득 될 것 한 개도 읎응게. 뭐라 암만 |

씨부려 싸도, 부회가 치밀어도 잉…? '난 그저 못들은 갑
네. 모른갑네' 허고, 암시랑토 않게, 뾰족찮게, 미럭둥이
맹키롬 잉…? '꾹꾹··' , 잉? '꾹꾹' 참아야 하는 것이여.
알긋냐? 야참게, 잉? 야참게 살아야 혀. 그래야 오래 사는
것잉께. 알긋지? 잉?

응 칠        … (가슴이 미어져) …

황노파      아, 왜 대답이 읎냐? 알겄냐, 잉? 잉??

응 칠        (마지못해) 야, 엄니. 걱정 마시오.

황노파      그려··, 그려···. 어여 그려야 내 새끼지···!

응 칠        엄니, 그란디 말이요···. 나가 쪼까··, 것 좀 매조지하고 얼
           릉 따라 갈 텡게, 분이에미하고 먼저 드가 계시오, 잉? (응
           칠처에게) 아, 자네는 뭐다고 있는가? 얼릉 엄니 모시고 싸
           게 드가잖코?

응칠처      아···, 알았소. 자, 엄니··, 우덜은 인자 그만 들어갑시다.

황노파      (흐릿해진 눈으로) 잉···?

두범어미    하이고, 엄니. 얼릉 가잖께요···.

황노파      … (응칠처를 보고는 그저 눈을 끔벅) …

응칠처      … (고개를 끄덕이고는 그런 눈으로) …

황노파      잉··, 그라···.

두범어미    (팔을 부축하다가) 하이고, 울 엄니 팔 뻬다구 여윈 것 좀 보
           소. 성님이 떠업고 가야 쓰겄네. 자, 엄니, 여 업히시오.

황노파      … (그저) …

두범어미, 황노파를 도와 응칠처의 등에 업히게 한다.

응칠처       (황노파를 업고 초막으로 향하며, 노래로)
            둥게 둥게 두둥게야, 입으나 벗으나 두둥게야.
            둥게 둥게 두둥게야, 먹으나 궁그나 두둥게야.
            멍멍 개야 짖지 마라, 금동 개야 울지 마라.
            명잠 자고 복잠 자자, 우리 애기 잘도 잔다.
            자장 자장 워리 자장, 우리 엄니 잘도 잔다.
            복잠 자고 명잠 자자, 우리 애기 잘도 잔다.
            워리 자장 워리 자장, 우리 엄니 잘도 잔다.


            응칠처, 두범어미와 함께 초막으로 들어간다. … 모두, 그 여운에


덕 배       참말로…! 시방 맴이‥, 거시기허게 짜~ 해부네‥. 암만
            '효부, 효부' 해 싸도 저런 효부는 읎을 것이여‥. 고부가
            아니라 꼭 모녀 같응께.
이재필      것은 그라요, 잉. 모르긴 몰라두서‥, 심봉사네 청이 년도
            지 애비헌티 저러지는 않았을 것이요.
응 칠       (목에 힘을 주며) 너그들이 시방‥, 너그 형수를 인자 알았
            냐?
덕 배       울 성님이 장개 하나는 잘 가셨당게. 암 껏도 볼 것 읎는
            양반이‥.
응 칠       옴마…? 야 말하는 것 좀 보소…? 나가 왜 볼 것이 읎냐?

시방이야 나가 요렇코롬 살지마는, 그라도 소시적엔….

분 이      (큰소리로) 소시적엔 뿌사리를 이고 지고 대단하셨지라, 잉~!

무장을 한 여장부 분이, 날랜 걸음으로 비탈길에서 올라온다.

분 이      걱정 마시오. 인자, 울 아부지 원 읎이 힘쓸 일이 있을 것 잉께. (유인모에게) 댕겨왔어라.

유인모      수고하셨네.

응 칠      것은 또 뭔 소리다냐? 너, 시방… 워서 오는 것이냐?

분 이      식전부터 일찌감치 대정 으른 명을 받아 접사 오라비허고 쩌그 아래 애기바우 밑으로 한 바쿠 살피고 오는 것이요. (엉덩이를 털며) 으메~ 냥…, 미끄라지고 자뿌러지고…, 다 베라부렀네….

덕 배      애기바우? 그짝은 워띠어? 그 아래 모롱이쪽은?

분 이      그짝이나 아래짝은 아적까정 뭐… 별 무사혀요. 그란디 거서, 골짝 아래 저짝 위켠 잿길서 장군바우쪽 동도東徒 둘을 만났는디…

응 칠      장군바우? 그짝 양반들은 뭐들라고 거까지 내려왔다냐? 쉽지 않은 길을…. 그짝은 별일 읎다냐?

분 이      아따…! 울아부지 참말로 답답도 하시오. 그 양반들이 놀러 왔겠소? 장군바우가 난장이 났응께 도망온 것이지.

이재필      자… 장군바우가? 원제? 워떻게…? 워찌 됐는디?

| | |
|---|---|
| 분 이 | 원제가 워떻구 저떻구 묻고 자실 것 뭐가 있었소? 어제 해 거름녘부터 그루빡를 징그럽게 쏴대고는 새벽녘에 우루루 올라와갖꼬 아조 쌩 난리를 쳤다는디‥, 총질에 칼질에 아조‥, 아수라阿修羅판 아비가 규환29이었다고 합디다. |
| 응 칠 | 웸메…. 그라믄 아까 참에 거시기‥, 새벽녘 괭이잠결에 들린 소리가 그짝서 나는 소리였는가? |
| 덕 배 | 성님도 들으셨소? 어슬어슬헌 것이‥, 나는 혹간이나 꿈인가 혔는디‥. |
| 박주천 | 허허‥, 아침부터 불이 가물가물 연이 모락모락 하였던 것이 장군바위에 걸렸던 것이었구만‥. 그것 참‥. |
| 이재필 | 니미럴 것‥. 짐승도 잠자는 짐승은 죽이지 않는 법이랬는디‥. |
| 모 두 | …… |
| 덕 배 | (침을 꿀걱 삼키고) 거시기‥ 그짝도 아그들이 있다고 들었는디‥. 아그들은 워찌 되었당가? 노친네들은? |
| 분 이 | 하이고, 아자씨‥! 기대할 것을 기대하시오. 그것들이 원제 위아래가 있어갖꼬 아녀자 부녀자에 애 어른 가립디요? 듣자 허니 노인네들은 땅뿌닥에 쌩으로 파묻고, 아그들은 아조, 낭끝으로 던져 베렸답디다. |
| 덕 배 | 이런 니미럴‥, 마른하늘에 천둥벼락을 맞아 디질 것들‥! 아, 갸들은 즈그 새끼도, 에미 애비도 읎다냐? |
| 분 이 | 쪼까 있으면 대호 오라비하고 만석 오라비가 올라 올 것 |

잉께, 궁금한 것 있으시면 그 오라비들헌티 자세히 물어
보시오.

이재필　제미‥, 환장하겠네‥! 장군바우가 작살이 났으면 그 댐
은 바로 우덜 차례일 틴디.

덕 배　그라믄 시방‥, 인자, 여 묏부리 근방엔 우덜만 남은 것이
여? 잉?

모 두　⋯⋯

덕 배　(유인모에게) 대정 성님?

유인모　⋯⋯

덕 배　(김태훈에게) 쩌기, 거시기‥, 나으리‥? 인자, 우덜은 워쩐
다요? 야? 나으리‥?

김태훈　⋯⋯

유인모　일단, 대호 접사가 돌아오면 이야기부터 들어 보세나.

덕 배　대호 야그를 들으면 뭔 수가 나오긴 나오는 것이요?

유인모　⋯⋯

덕 배　야??

유인모　나 역시 자네만큼 마음이 다급하지 않은 것은 아니네만,
아래쪽 상황이 어떠한지 정확하게 알지 못하고서 무작정
섣불리 움직일 수는 없는 노릇 아니겠나? 그러니 너무 조
급하게 굴지 말고 잠시 기다려 보세나.

이재필　어메‥? 쩌어기‥, 대호가 오는 디요.

모두의 시선이 아래쪽 비탈길로 향한다.

대호        (다급하게) 나으리! 나으리‥!

          소총을 둘러매고 세 자루의 칼을 든 대호, 비탈길에서 올라온다.
          ‥‥ 유인모, 그의 뒤로 가볍지 않은 부상을 입은 접주 최명인을 부
          축하여 올라오는 만석과 피투성이 춘배를 등에 업고 힘겹게 올라
          오는 호봉의 모습을 발견한다.

유인모      어서‥! 어서, 이리로 모시게!

          유인모의 지시에 따라 서도중과 덕배 그리고 이재필, 비탈길로
          내려가 최명인과 춘배를 부축하여 올라온다. ‥‥ 그러나 누군가
          의 서툰 손이 몸뚱이 어느 깊은 상처를 건드렸는지 춘배, 찢어지
          는 비명을 내지른다. ‥‥ 그 소리에 '풀쩍!', 한 걸음 물러나는 이재
          필과 덕배

서도중      (부상의 심각한 상태를 말하듯) 나으리‥.
유인모      안으로! 안으로 모시게! 어서‥!

          서도중과 덕배 그리고 응칠과 분이, 신속하게 만석과 호봉을 부
          축하여 초막으로 향한다. ‥‥ 남이, 그들의 뒤를 좇아 초막으로 들
          어간다.

| | |
|---|---|
| 유인모 | 우리도 들어가도록 합시다. (김태훈에게) 나으리 ··? |
| 김태훈 | ··· (고개를 끄덕이고는 일어선다) ··· |

김태훈과 유인모, 성큼성큼 초막으로 향한다. ··· 당코영감과 연화 그리고 박주천, 뒤따른다. ··· 그들이 초막으로 들어가고 난 후, 소희와 대호를 '힐끔' 쳐다보고는 혼자 멋쩍게 웃는 이재필, 손에 묻은 춘배의 피를 '슬쩍' 엉덩이에 비벼 닦고는 얼른 초막으로 향한다.

| | |
|---|---|
| 대 호 | ··· (풀어진 듯, 나무둥치에 '풀썩' 주저앉는다) ··· |
| 소 희 | ··· (그 자리에) ··· |
| 대 호 | ··· (총과 칼을 곁에 내려놓는다) ··· |
| 소 희 | ··· (선채 그대로) ··· |
| 대 호 | ··· (멀리 산 아래쪽을 내려다본다) ··· |
| 소 희 | ··· (산이스랏나무처럼) ··· |
| 대 호 | ··· (욱신거리는 무릎에 손을 댄다) ··· |
| 소 희 | ··· (그 나무, 그 가지처럼 살며시) ··· |
| 대 호 | ··· (큰 숨 한번 쉬고는) ··· |
| 소 희 | ··· (그 숨결에, 꽃가지 여린 꽃잎처럼 '흔들' ) ··· |
| 대 호 | ··· (그 꽃잎이 보이는 듯) ··· |
| 소 희 | ······ |
| 대 호 | ······ |
| 소 희 | ··· (대호를 불러보려다, 마음속으로 되삼키고) ··· |

| 대 호 | ······ |
|---|---|
| 소 희 | (그러나 이윽고) 오라버니···, |
| 대 호 | ······ |
| 소 희 | (더 작은 소리로) 대호 오라버니··· |
| 대 호 | (비로소) 잉···? 소희··, 거·· 있었는가······? |
| 소 희 | ······ |
| 대 호 | 이잉··? 아, 요··요것··? (무릎에서 손을 떼며) 아, 괜찮여··. 암 껏 아니여. 아까참에 찌끄라져 쪼까 긁힌갑네··. 쩌짝 애기바우 뒷켠에는 볕이 안 등께··, 눈이 한 놈도 안 녹고 그대로 있더만···. (주위를 둘러보고) 여는 볕이 따수운 것이··, (말꼬리를 흐리며) 쪼까 풀린 것도 같은디··. |
| 소 희 | ······ |
| 대 호 | ··· (다시, 시선을 소희에게) ··· |
| 소 희 | ··· (그 시선에) ··· |
| 대 호 | ··· (가슴속 저 모르게 두근거리는 소리를 들키지 않으려 시선을 피하고) ··· |
| 소 희 | ··· (그것을 알기에) ··· |
| 대 호 | ··· (마음고름을 여미고) ··· |
| 소 희 | ··· (그 마음을 서리서리 감아 담아두고) ··· |
| 대 호 | ······ |
| 소 희 | ······ |

가느다란 바람 줄기 하나, 소희 이마에 길게 드리워진 머리카락

한 올 스치고 지나간다.

소 희    (그 바람에 실어 전하듯) 언젠가는…

대 호    … (전해져 오는 대로 가슴에 담으며) …

소 희    (소리맴을 늘여) 참고 견디어… 조금만 더 지나면…,

대 호    ……

소 희    (여운이 길게) 하여‥, 계절이 바뀌어 봄이 오면‥,

대 호    ……

소 희    따스한 햇살 그 바람에‥,

대 호    ……

소 희    아프게 불서럽게 겨우내 맺힌 얼음 풀리고 풀리어‥, 모
        이고 모이어‥

대 호    ……

소 희    옥玉 같이 맑은 물‥, 물에 물길 이루어 낮은 곳으로‥, 꽃
        길 따라 양지바른 저 아래로‥, 깊고 넓은 물 만나러 흘러
        가겠죠‥?

대 호    … (소희를 본다) …

소 희    … (눈물 같은 미소 머금고) …

대 호    (더운 가슴으로) 암~. 그럴 것이여. 밤이 암만 깜깜허고 길
        고 길어도‥, 닭 우는 소리에는 못 이겨 낸다 혔응께, 시상
        와야 할 것은 꼭 와야‥, 아니, 필히 올 것이여‥. 암~!
        암‥. 은젠가는 필시‥, 기둘리다 보면 꼭 오고야 말 것이
        구먼.

| | |
|---|---|
| 소 희 | … (물기 어린 눈으로) … |
| 대 호 | 그라녀도 오덜 않으면…, 나가…, 우덜이 꼭… 오게끄름 만들 것이여…. |
| 소 희 | …… |
| 대 호 | … ('부르르' 떨리는 입술로) … |
| 소 희 | 기다리다 보면…, |
| 대 호 | …… |
| 소 희 | 기다리지 않아도 언젠가… |
| 대 호 | …… |
| 소 희 | 하여, 계절이 바뀌면… |
| 대 호 | 계절 바뀌고 시상 바뀌어 천축지축天軸地軸 바로 서는 만세일지萬世一之 좋은 날이, 은제라도 그 시절이 오면…, 방울방울 골물이 한데 몰켜 이 골짝에 수루루루룩… 저 골짝에 수루루루룩, 모이고 모여 다시 또 모이고, 그 방울 그 골물, 열의 열골, 백의 백골, 골물에 골물이 한데 어울켜져 용수바람에 쌔하얗게 일어서서, 굽이굽이 쩌그 아래…, 동서로 남북으로 천방지방 팔방八方 시방十方으로, 삼수갑산三水甲山 너머 너머로, 넘실넘실 늠실늠실…, 거칠 것 암 껏 읎이 몰개 흐르고 흐를 것이여. 넌출져 흐르고 흐르면서 온갖 잡것들 싹 쓸어버릴 것이여…! |
| 소 희 | … (마음이 뭉클하여) … |
| 대 호 | …… |
| 소 희 | (가늘게 떨리며, 담는 듯 부르는 듯) 오라버니… |

갑자기 초막에서 소리소리 지르며 뛰쳐나오는 궁궁이

궁궁이　　(어린아이처럼 해맑게) 피피피피‥피다‥! 피‥!! 피피피‥
　　　　　피다‥! 여여여여‥여기‥! 여기, 구구구구‥궁궁‥, 궁
　　　　　궁‥, 궁궁이‥피‥! 피‥!!

대　호　　(자리에서 '벌떡' 일어서며) 성‥!

궁궁이　　봐봐봐‥봐라‥! 봐봐봐봐봐‥‥‥. 봐‥‥‥. 봐‥‥‥. 히야
　　　　　아아~! (춘배의 상처를 싸맸던 핏물 든 천 쪼가리를 꼭 쥐고 있
　　　　　는 손을 허공에 내보이며) 호호호호‥호야‥, 호야‥! 여여
　　　　　여‥여기‥, 여기‥! 서서서서서‥성아‥, 소소소‥손
　　　　　에‥, 손에‥! 피피‥피피‥피‥!!! 피‥피‥! 피다‥! (천
　　　　　을 손바닥 위에 펼치고는 어루만지듯) 히야아~ 고고고고‥곱
　　　　　다‥! 예예예예‥예‥쁘, 예쁘‥다‥. 고고고고‥고운‥
　　　　　고운‥, 고고고고‥곱다‥! 곱다‥. 이이이이‥예예예‥
　　　　　쁘다‥! 조조조‥좋은‥좋은‥, 좋다‥. 시시시시‥시
　　　　　호‥시호‥, 조조조‥좋다‥, 좋다‥!

　　　　　궁궁이, 피에 얼룩진 천 조각을 '휘휘' 휘두르며 뛰어다니다가,
　　　　　이내 흥에 겨워 노래 부르며 춤을 춘다.

궁궁이　　시시시‥시호‥, 시호時好‥, 이이이‥이내‥이내‥, 시
　　　　　호‥, 시호‥, 부부부부‥자네집‥, 시시시‥시호‥시호

<sup>30</sup>.., 마마마마‥만세‥만세‥, 이이‥일지‥일지‥, 오
오오오‥오만년이‥ 시시시시‥시호시호‥, 시호‥시
호‥. 요요요요‥용천‥검‥, 카카카카‥칼‥, 노노‥노
래‥,노래‥‼ 카카카카‥칼‥?! 칼‥‼ 칼~‼!

궁궁이, 문득 멈추어 주위를 둘러본다.

| | |
|---|---|
| 궁궁이 | ('부들부들' 몸을 떨며) 어어어‥엄니~! 엄니~‼ 구구구구‥ 궁궁‥. 궁궁‥이‥, 궁궁이‥, 어어어어어‥엄니‥, 엄 니‥‥! 여여여‥여기‥여기‥, 피피피‥피가‥??‼ 피 가‥?? 카카‥칼에‥! 칼에‥‼ 내내내‥내‥소소소‥손 에‥, 피피피‥피가‥! 피가‥‼ (뒷걸음치며) 아아아아‥ 안‥돼‥! 안‥돼‥! 시시시‥싫어‥. 시‥싫어‥. 아아 아‥아니‥아니‥. 어어어어‥엄니‥! 엄니‥! 호호호 호‥, 호야‥! 호야‥‼ 대대대‥대‥대호‥, 대‥호‥ 야‥‼그그그‥카카카‥칼에‥, 칼에‥, 어어어‥어‥엄 니‥, 엄니‥, 피‥피피‥피가‥‼ 피다‥‼ 어‥엄니‥, 어어‥엄니‥! 아야‥! 아야‥‼ 아야야‥‼ 아야‥‼ |
| 대 호 | (궁궁이에게 달려가, 붙잡고는) 성아‥‼ |
| 궁궁이 | (창백해진 얼굴로, 낮아지며) 대대대‥대‥대‥대호‥, 어어 어어‥엄니‥엄니‥, 아아아아아‥아‥파‥. 아파‥. 어 어어‥엄니‥, 아‥, 파‥아파‥아파‥. 어어어어‥엄‥ 니‥엄니‥, 서서‥성아‥, 서서서서서성아‥‥‥ 성 |

아……．

대 호 (꼭 안고는) 괜찮아, 잉‥！ 성아, 성아‥！ 괜찮아, 잉….

궁궁이 (안기어) 아아아…아…파…. 서서서‥ 성아…어어어어… 엄니…아아아‥‥ 파……아…아파…아파…아파…아 아……파… 아…파…… 구구구구‥궁궁……아…파…. 구구구구‥궁궁…궁궁…어어어‥ 엄니‥아……파……. 아…파…………아파파파파파…………아‥… 파…………．

앓는 짐승의 힘겨운 울음 닮은 궁궁이의 흐느끼는 소리 … 그 소리에 부딪쳐 깨어지고 부수어지는 햇살 … 어두워진다. … 이윽고 어두워진 그 자리에, 부둥켜안은 두 짐승의 형체 무딘 잔영만이 희미하게 남아 있다.

쌔하얗게 얼어붙은 달무리에서 배어나오는 은은한 달빛 … 산 그림자 고요하게 내리 앉은 외딴 무덤같이 유적幽寂한 초막 … 바람결에 미끄러지듯, 멀리서 긴 꼬리 드리우며 날아 들어오는 소쩍새 울음소리 … 숨죽이며 제 몸을 태우던 관솔불이 발작하듯 검붉은 비명을 내지른다. … '어른어른' 흙벽에 몸을 부비는 산 짐승의 그림자 … 초막 안쪽으로 두범이와 황노파 그리고 고은이와 어진이, 자기 우리에 웅크린 짐승마냥 얼키설키 누워 잠들어 있다. … 그 곁으로 응칠처와 응칠, 그리고 바깥 출입구 쪽으로 덕배와 한칼이, 누워 있다. … 다시 초막을 할퀴고 지나가는 사나운 바람소리 … 응칠, '부스럭!' 거리고는 '부스스~' 몸을 일으킨다. … 흙벽에 기대어 앉아 곤히 잠들어 있는 아이들과 황노파를 물끄러미 바라본다. … 그렇게 한참 … 황노파의 마른기침 소리

응 칠      … (자기도 모르게 새어나오는 한숨으로) …

응칠처      … (그 소리에, 몸을 뒤척) …

응 칠      … (그 기척에) …

응칠처      ……

응 칠      … (그러나 다시 새어나오는 한숨) …

응칠처      … (반쯤 뜬 눈으로) 안 주무시오…?

응 칠      ……

응칠처      분이 아부지….

응 칠      ……

응칠처      … 잠이 안 오시오?

| | |
|---|---|
| 응 칠 | … (여전히) … |
| 응칠처 | … (몸을 일으킨다) … |
| 응 칠 | 임자는 왜 안자고 일어나는가…? |
| 응칠처 | 안 주무싱께, 나도 잠이 안 오요. |
| 응 칠 | …… |
| 응칠처 | … (머리 매무새를 만지며) … |
| 응 칠 | 어여 자…. 나도 곧 누울텡게. |
| 응칠처 | …… |
| 응 칠 | …… |
| 응칠처 | 분이 아부지…. |
| 응 칠 | …… |
| 응칠처 | 뭔 일… 있소…? |
| 응 칠 | 아니여, 일은…. 이 난리통에 뭔 일이 있겠는가? 그냥… 거시기…, 맴이 쪼까 그란께…, 그란 것이지……. |
| 응칠처 | …… |
| 응 칠 | … (나오려는 한숨을 참으며) … |
| 응칠처 | …… |
| 응 칠 | 어여 누우세…. (자리에 눕는다) |
| 응칠처 | … (자리에 눕는다) … |

고요한 초막 … 휴지 … 횅한 가슴 샅샅이 훑고 지나가는 메마른 바람 … 멀리서, 몸을 떠는 소쩍새 울음소리

| | |
|---|---|
| 응 칠 | … ('부스스~' 일어나) … |
| 응칠처 | …… |
| 응 칠 | … (다시 한숨) … |
| 응칠처 | … (누운 채) … |
| 응 칠 | … (멀거니 앉아, 시선을 허공으로) … |
| 응칠처 | 엄니 땜시 그라시오? |
| 응 칠 | … (시선을 황노파에게) … |
| 응칠처 | …… |
| 응 칠 | … (마음이 무거워) … |
| 응칠처 | … (그 마음이 전하여져 일어나 앉으며) … |
| 응 칠 | …… |
| 응칠처 | …… |
| 응 칠 | 워디로…, 워찌…, 모셔야 할랑가 말랑가…? 암만 생각혀도 눈앞이 깜깜허네…. 혼글혼글…, 무릎팍이 꼬불쳐갖꼬 바로 서기도 겨운 양반이신디…. |
| 응칠처 | 워디로들 간다고 허요? |
| 응 칠 | 안즉은 몰러. 말들이 그냥 나온 것잉께…. |
| 응칠처 | …… |
| 응 칠 | 서방 복이 읎으면은 자식 복도 읎다더니…. 뭔 놈의 팔자가 사납기로 늘그막까정 이 고생이시랑가…. |
| 응칠처 | …… |
| 응 칠 | (한숨을 내쉬고는) 으히고~! 까막까치 새끼들도 늙으신 즈그 에미헌티는 되려 밥물림을 헌다는디, 참말로…. |

| | |
|---|---|
| 응칠처 | …… |
| 응 칠 | …… |
| 응칠처 | 분이 아부지, 나도 있고 분이도 있는디 걱정 마시오. 워디를 가든 가게 되면 나가 업고, 안고, 잉…? 그 아니면 보따리에 싸서 쩐매갖꼬 이고라도 지고 가면 될 것잉께. 안 그렇소? 엄니는 나가 알아 모실 텡게, 분이 아부지는 사내들 일이나 신경 쓰시오. |
| 응 칠 | …… |
| 응칠처 | …… |
| 응 칠 | … (나즈막하게) 고맙구먼…. |
| 응칠처 | 고맙기는…. |
| 응 칠 | 참말로 고마운께… (손을 잡는다) |
| 응칠처 | 이잉…? 이 양반이 다 늙어가꼬 낮뿌닥 간드러지게 웬 사삭을 다 떤다요? 넘 부끄럽게…. (손을 놓는다) |
| 응 칠 | 임자…. |
| 응칠처 | 알았소. 알았웅께. 그만 누웁시다. (누우려 한다) |
| 응 칠 | (사뭇 다른 분위기로) 임자…. |
| 응칠처 | … (그 분위기에) … |
| 응 칠 | 거시기…, 우덜 말이여…. |
| 응칠처 | … ?… |
| 응 칠 | 낭중에…, 다시 만날 수 있을 듯싶은가…? |
| 응칠처 | 뭔 소리다요? 시방…? |
| 응 칠 | …… |

| | |
|---|---|
| 응칠처 | 분이 아부지‥? |
| 응 칠 | 때가 되어 그란 것인가‥. 생각해 봉께 나가 시상 읎시는 살았지만‥, 그저 이녁 덕에 궁한 것 모르고 힘든 것 모르고 살아온 것 같네, 그랴‥. |
| 응칠처 | ······ |
| 응 칠 | 그랑께 나가‥, 임자 읎시는 나가 거시기‥ 암 껏도 아닌 것도 같고‥. |
| 응칠처 | 이잉‥? 참말로 이 양반이‥, 벨스럽게 왜 이란디야‥? |
| 응 칠 | 긍께‥, 인자, 시방‥, 우덜이 다 죽고‥, 일이 고로코롬 되면 말이여‥, 다음 생에‥, |
| 응칠처 | ······ |
| 응 칠 | 나가 참말로 염치가 읎는 소리지만 말이여‥. |
| 응칠처 | ······ |
| 응 칠 | 나는 시방 맹키로 임자를 다시 만나‥, 더불어 살고‥, 같이 있었으면 쓰겄네. |
| 응칠처 | ······ |
| 응 칠 | 임자도‥ 그리 해 줄랑가? |
| 응칠처 | ··· (마음이 뭉클하여) ··· |
| 응 칠 | 우덜은‥, 우덜이 아마 전상前生에 하도 죄를 많이 지어 놓게, 한울님께서 '오냐, 너그들 한번 죽어봐라.' 요런 맘을 먹으시고 시상에 내어놓으신 모냥이네‥. |
| 응칠처 | ······ |
| 응 칠 | (서글서글하게) 그란디‥, 그란디 말이여‥, '것이 그랑께 |

모심에 가시는 듯 83

그런갑다.' '모다 한울님의 뜻잉께 얼릉 달게‥, 싸게 그
렇게 혀야겄다.' 생각은 허면서도 말이여‥. 맴으로는 요
상허게‥, 나고 봉께 가는 것이‥ 죽기보다 싫으네 그
랴‥. 허허‥ 참말로‥.

응칠처    ……

응 칠    그래서 인자 나는‥, 우덜이 이생서 죽은 댐에, 혹시나 적
시나 한울님의 공덕으로 이 시상에 다시 한 번 나게 되면
말이여, 원앙새 합혼초, 비익조 연리지[31]‥, 목숨 붙어 있
는 그깟 것 다 필요 읎시‥, 차라리 죽지도 썩지도 않는
돌멩이가 되게 해 달라고 빌어볼 것이네. 것도 한울님헌
티 꼭‥, 임자허고 나허고 맷돌이‥, 임자가 이생서 나 땜
시 무쟈게 고생 고생을 했응게 꼭 맷돌의 위짝이 되고, 나
는 든든허니 떠받치는 아래짝이 되게 해 달라고 빌어 볼
것이구먼‥.

응칠처    분이 아부지‥.

응 칠    (애잔하게) 괜찮겄는가?

응칠처    … (그저 고개를 끄덕) …

응 칠    그라믄 말이여, 나는 여그‥, 항 여서 하냥 있을 텡게, 임
자가 굴러굴러 나를 찾아와아 혀, 잉?

응칠처    … (마음을 말로 전하지 못하여) …

응 칠    맴이야 나도 임자허고 한날한시에 같이 죽어 한 구뎅에
묻히고도 싶지만‥, 임자가 나보다는 쪼까 더 살고 와야
허지 않겠는가? 그라고 나서 때가 되면, 봄 나비 꽃 찾듯

이 나를 찾아 와야 안 쓰겄는가?

응칠처    ……

응 칠    그란디 말이여‥, 낭중에라도 임자가 나를 못 알아 보면
워쩐당가? 그 아니면, 알고서도 부러 돌멩이라 괄시하고
발로 차불면 워쩐당가?

응칠처    (마음이 겨워) 참말로‥! 우리 분이 아부지 걱정도 팔자시
오. 분이 아부지나 나 몰라라 그라지 마시오. 나는 대감마
님에 정경부인, 화문등요 원앙금침, 난초지초 화란병풍
다 필요 읎응게‥. 분이 아부지가 풀로 나면 나도 풀로 날
것이고, 돌로 나면 나도 돌로 날 것이오. 그라서 분이 아부
지 말 맹키로 울 둘이는 맷돌이가 되고, 엄니는 우덜 손잽
이로 삼아, 시상 셋이 같이 징구장구 돌아갈 것이오.

응 칠    참말로‥ 고맙소, 잉.

응칠처    그런 말 마시오. 나가 분이 아부지하고 엄니 읎이 워찌 산
다요?

응 칠    … (그 마음에) …

응칠처    … (입 꼬리 '살짝') …

응 칠    (애틋한 정 그렁그렁하여) 임자도 인자 희끗이 희끗이 한 것
이‥, 일월日月이 거저居諸[32]다 봉께, 하냥 마냥 가는 시월
歲月에 벌써 반백半白이 되었구만, 그랴‥. 못난 놈 만나
갖꼬 그 좋던 신색身色도 다 개 물려 보냈어‥.

응칠처    허이고~ 아시기는 잘 아시는갑소. 것이 다 분이 년허고,
분이 아부지 땜시 이렇게 된 것이오.

| 응 칠 | 어여쁘고 얌전하고, 태도 나고 심성 곱고, 인물 좋고 꼼꼼하고, 무던하고 순진하고, 오뉴월 능수버들에 물 찬 제비 같으신 울 매누라님‥. |
|---|---|
| 응칠처 | …… |
| 응 칠 | (안으려) 이리 함 와 보시오. |
| 응칠처 | 오메‥, 이 양반이 왜 이란다요‥? |
| 응 칠 | (다가가며) 이리 와 보랑께. |
| 응칠처 | (몸을 빼며) 이잉‥? 징그럽게 왜 이리 뽀짝거려쌌소? |
| 응 칠 | 엇허~! 앵부리지 말고 가만 있어 봐아~. (바짝 다가가 옷고름에 손을 댄다) |
| 응칠처 | (한때 젊어 부끄러웠던 그 처녀처럼, 응칠의 가슴을 치며) 웻메‥! 주착스러버라, 참말로‥! 아, 으짤라고 이러시오? |
| 응 칠 | (다시 가까이 다가가며) 어여, 잉‥? 어여 요리 오드라고. |
| 응칠처 | 워메, 넘세스러운 거‥! |
| 응 칠 | 좋음서‥. 부부지간에 넘세스럴 것이 뭣인가? |
| 응칠처 | 하이고‥! 엄니 깨시면 으짤라 그라시오? |
| 응 칠 | 걱정 말어. 쥐도 새도 모를 텡께. |
| 응칠처 | 으메‥ 환장허겄네, 참말로‥. |
| 응 칠 | 알았당게‥. |
| 응칠처 | 그 아니고‥, 분이 아부지‥ |
| 응 칠 | (건성으로) 잉. 그랴‥. |
| 응칠처 | 하이고‥, 분이 아부지~이‥. |
| 응 칠 | (가까이, 바짝 붙어 앉으며) 하이고~ 걱정 붙들어 매고 이리 |

와 보랑께‥.

응칠처    으메으메, 참말로‥!

응 칠    어허~! 이리 오랑께‥!

응칠처    (몸을 빼며) 하이고~ 분이 아부지~!

한칼이    (갑자기 벌떡 일어나며) 웃따~! 못 이기는 척 하시고 거시
          기‥, 싸게 함 안기시오! 할라면 기냥 언능 '확~' 허면 되
          지, 뭔 사설들이 그리 길다요? 여 홀애비 감질나게스리‥.
          (덕배에게) 안 그렇소?

덕 배    ……

한칼이    어이~ 성님‥! (그래도 반응이 없자 발로 툭툭 치며) 언능 인
          나시오, 잉? 꼼지락거림서 자는 척 하덜 말고.

덕 배    (일어나며) 참말로‥, 이 염병헐 놈이 거시기 해불게 발꼬
          락으로‥! 야 이놈아, 내외가 간만에 후끈허니, 잉? 맴이
          거기시허게 동항께 뭐시기 함 할라는디‥. 알아도 모른
          척 그냥 냅둬 불지 너는 뭘 또 뾰족하니 인나갖꼬 훼방을
          놓고 그라는 것이냐? 워째, 너 맴이 묘해징께 송굿중 나
          그라냐?

한칼이    그려. 나는 아조 승질이 뾰쪽헝께 부럽고 시샘이 나 디지
          겄소.

응 칠    (멋쩍어하며) 흠흠…, 시방, 안자고들 있었는가…?

한칼이    안 그라믄 시방 이 비상시국에, 잉…? 둘이서 몽룡이에 춘
          향이맹키로 요상 야리꾸리 귓구녕 간들간들 속삭거려 쌌
          는디, 성님 같으면 오금이 '찌르르르‥' 잠이 오겄소? 참

말로 팔자들도 겁나게들 좋으시오, 잉. (응칠처에게) 안 그렇소?

응칠처     워메 참말로…! 민망허게 뭔 말이 그라시오…?

한칼이     (덕배에게 미끈거리듯) 그라믄 인자, 시방 임자는 디지면 뭣으로 날 것인가?

덕 배     (여자 소리로 간드러지게) 지유? 시방 지 말씀이서요?

한칼이     그려, 이녁 말이여.

덕 배     (목소리 꼬아가며) 이녁은유, 인자·, 시방 지가 디져불면유…, 바라는 거 암 껏도 읎어유. 지는 오롯이 외곬으로 정승판서 고대광실 금지옥엽 외동딸로 나고 싶어유. 그라서유…, 하늘 천天 따 지地에 집 우宇를 짓고유, 늘어지고 질펀허게 살라 주住…, 울긋에 불긋 모란석, 채색이 금색 꽃방석에 육덕 푸짐한 방뎅이 '턱~' 깔고 앉아서유, 허구헌 날이면 날마다 조석으로 은금보화 어금니 빠개지게 씹어 먹음서, 날 일日자 영창문에 달 월月을 달아놓고 허벅지 개려운 밤이면 밤마다, 유정허신 우리 님과 별 진辰 아래 원앙금침 잣베개 비고 허천나게 잘…, '쑤욱(宿), 쑤욱~' 33 허구유…, 어진이 고은이 예쁜 아그들 도란이 도란이 놓고 한 오백년 살고만 싶구먼유.

한칼이     으메으메으메, 겁나 요학시런거…! 뭔 지랄 옘병들을 육자배기로 하고 자빠졌네…! 아녀…! 그리어! 긍께 이녁은 말이여, 이녁 원하는 모냥대로 필히 다시 나서 그리 살드라고…. 나는 내 승질머리맹키로 딴딴한 차돌멩이로 다시 날텡게‥. 나는 말이여, 이담에 시상‥ (손으로 모양을 만들며) 이따만헌 짱돌로 다시 나서 말이여‥, 겁나 눈깔 부라리고 떡 하니 지켜보다가, 벨 꼴리는 벨‥잡놈의 것들이 있을양이믄‥, 기냥 나의 한 몸을 던져갖꼬 '확~' 뽀사불 것잉께‥.

응칠처  으메, 우세스런께‥, 인자 어른 소리 고만 하시요.

한칼이  어른 소리요, 잉? 어른 소리‥. (덕배에게) 들으셨소? 어른 소리‥! 나가 잉‥, 시방 형수께서 방귀를 '뽀시작, 뿡뿡' 뀌시고도 얼굴 멀쩡허니 또박또박 말씀하시는 것을 들어봉께, 워째 나의 코가 '발그작작' 되려 미안혀지요, 잉‥.

응칠처  (달래듯) 하이고, 인자 그만 하랑께요.

덕 배  나가 말이여, 진즉부터 분이를 봄서, 저 쪼깐헌 것이 당최 누굴 탁해갖꼬 하는 행오마다 저리 다구지고 야발진가 혔더니, 것이 인자 봉께 바로 형수였구마, 잉. (혀를 차며) 쯔쯧‥ 참말로‥! 만석이 앞길에 뉘 뒤꼭지가 훤히 보이네, 그려. (응칠에게) 안 그렇소?

응 칠  만석이‥? (의아해하며) 만석이가 워찌어‥?

덕 배  ‥!‥

응칠처  ‥?‥

응 칠  ‥ (응칠처에게 묻듯) ‥

응칠처  ‥ (도리어 되묻는 눈으로) ‥

응 칠  ‥ (시선을 덕배에게) ‥

덕 배  모르셨소‥?

| | |
|---|---|
| 응 칠 | 뭣을? |
| 덕 배 | (한칼이에게) 오메‥, 참말로 모른갑네. |
| 한칼이 | 그라게라, 잉. |
| 응칠처 | 가만가만‥. 시방, 것이 뭔 말씀들이라요? |
| 덕 배 | 아‥ 아‥, 암 껏 아니요. 거시기‥, 그냥 우덜끼리 함 해 본 소리요. |
| 한칼이 | 그라요, 잉. 암 껏 아니요. |
| 덕 배 | (한칼이에게) 웨메, 워째 쓰까, 잉‥? 일 나 부렀네‥, 하여튼 요‥, 요 조동머리가 방정이여, 방정‥. |
| 응칠처 | 뭔 말인지 우덜도 알아먹게 야그 쪼까 해 보시오. |
| 덕 배 | 아‥, 암 껏 아니랑께요. |
| 응칠처 | ‥ (물러서지 않고) ‥ |
| 덕 배 | 오메, 환장하겄네‥. |
| 응칠처 | ‥ (여전히) ‥ |
| 한칼이 | 워쩐다요? |
| 덕 배 | 너가‥, 너가 야그 해라. 나는 잘 모릉께. |
| 한칼이 | 성님이 먼저 야그 끄잡어 내놓고 왜 나헌테 미루시오? |
| 덕 배 | 것이 나가 너한티 들은 야그 아니냐. 그랑께 시방, 너 들은 바 고대로, 보태고 덜 것도 읎이, 이실직고 허는 것이 낫지 않겄냐? |
| 응칠처 | 당체 워서 뭔 말들을 들었길래 그라시오? |
| 덕 배 | ‥‥‥ |
| 응칠처 | (목소리 높여) 잉?? |

덕 배      (그 기세에) 아니‥, 거시기‥, 것이, 뭐‥, 별 것은 아니
          고‥, (슬쩍 눈치를 살피고) 나가 야헌티 분명허게 듣기로
          는‥, 즈그 둘이 서로 쪼까 좋아라 하는 것 같다 합디다.

응칠처     즈그 둘이요?

덕 배      ‥ (팔꿈치로 '쿡' 한칼이를 찌른다) ‥

한칼이     (그 바람에) 아니‥, 거시기‥ 긍께‥, 만석이가요‥, 쩌번
          에 지한티, 지가 분이를‥, 웨째 틈사구로 뒤통시만 뵈도
          으짠 일인지 가심이 퉁개질을 허고‥ 맴이 보타질 디로
          보타지고‥ 것이 꼭 병인갑다‥, 그랍디다.

응칠처     만석이가라‥?

한칼이     ‥ (어째 겨우 마지못해 그러듯 고개를 끄덕이며) ‥

덕 배      (반면, 고개를 빠르게 끄덕이며 추임새를 넣듯) 잉, 잉. 그려요.
          그려‥.


          안쪽에서 잠자던 황노파, 응칠처를 부르며 스르르 몸을 일으킨다.


황노파     아가‥, 아가‥?

응칠처     으메‥! 엄니 깨신갑네. (뒤돌아) 인나셨소? 더 주무시잖
          코.

황노파     (앉으며) 에구구구‥!

응 칠      아이구, 엄니‥. (얼른 다가가 부축한다)

황노파     나가‥, 꽃을‥, 꽃을 봤어야‥. (아직도 그 꿈결인 듯) 하이
          구~! 지천에 흐드러진 것이‥, 나비들이 무쟈게 나는 건

지‥, 꽃대구리가 흔들거린 건지‥, 참말로 곱기도 곱더구마, 잉‥. 울긋에 불긋에 꽃무름 모냥이 꼭‥, 거시기‥ 느그 아부지 꽃상여 같어야‥.

모 두      ……

황노파     느그 아부지 묏똥에도 할마시꽃들이 오손이도손이 피었을 틴디, 참말로‥. 당최 그 양반은, 죽어서도 그 버릇을 못 고친당께‥. 허기사 사람이 가끔은 모지락스럽게 굴기는 혀도 원체가 다정다감했응께‥. 느그 아부지 젊어 심이 한창 뻗칠 띠 말이여, 술 한 놈 자시고는 뭣이 틀어지셨는지 고래고래 소리 지르고 댕김서 쌩 난리를 칠라 치면, 동네사람들 암토 못 맬리고 다들 도망 다니느라 바빴당게. 아, 심이 워찌나 셌는지. 아냐? 암만 무거운 바우도 손가락 하나로 '뽈깡' 허게 들어 올렸당게. 것이 말이여, 넘 흉보기 좋아허는 여편네들이 잘도 모르고 잉‥, 느그 아부지 성깔 드럽다 뺄소리 해 쌌지만‥. (손을 저으며) 그 아니어‥. 월매나 다정허신 분이셨는디‥. (행복한 기억으로) 시원헌 여름밤엔 마당 한가운디 평상을 놓고 나란히 누버 목침 비고 별을 시고‥, 따땃한 겨울밤엔 아랫목에 궁뎅이 붙이고 앉아 갈쿠같이 억센 손으로 등짝을 슬슬 긁어주고‥. 참말로‥‥‥.

모 두      ……

황노파     (불현듯) 응칠아‥, 응칠아, 잉‥,

응 칠      야, 엄니.

| | |
|---|---|
| 황노파 | 나 죽걸랑 말이여‥, 따순 군불에 화장을 혀서 느그 아부지 묏똥 우에‥, 할마시꽃들 우에 골고루 잉‥? 진창 뿌려야 헌다. 그 할마시들, 느그 아부지 낄 모냥으로 배시시 웃덜 못하게 나가 거기 '척' 하고 틀어 앉아 누버야겄다. |
| 응 칠 | 잘 주무시다가 인나갖꼬 벨스럽게 왜 또 죽는다 말씀 허시오. |
| 모 두 | ‥‥‥‥ |
| 황노파 | 나가 정신이 났을 띠 진즉에 죽어야 허는 것인디‥. |
| 응칠처 | 엄니, 그란 말 마시오. 우덜이랑 한창을 더 사셔야지 것이 뭔 소리요? |
| 황노파 | ‥ (물끄러미 응칠처를 바라본다) ‥ |
| 응칠처 | ‥‥‥‥ |
| 황노파 | 아니어‥, 그려, 잉‥. 나 안즉 살아있응께 너들도 꼭 살아야 헌다. 저승길 오가는 법도가 장유가 유선(長幼有序)께 너들이 나보다 먼저 죽으면 안 되야. 그저 풋고추 한 놈 된장에 '콱' 처박힌 놈맹키로 꼼지락 달싹 허지 말고 잉? 얌전허게 눌러 붙어 있어야 하는 것이여. |
| 모 두 | ‥‥‥‥ |
| 황노파 | 알긋냐? |
| 모 두 | 야. |
| 황노파 | (갑자기, 한칼이에게) 너 말이여, 너! 이눔아‥! |
| 한칼이 | 지유‥? |
| 황노파 | 그려 이 염병헐 놈아‥! 느그 엄니 너 놓을 띠 지비 이빨로 |

너그 탯줄 끊은 거‥, 너 알기는 아냐‥? 괜한 승질머리 갖꼬 삐끔이모냥 몽니 부리덜 말어. 느그 엄니 죽을 똥 싸가며 울고불고‥, 너 살라 논 거지 죽으라 내 논 거 아닝께. 사는 디까지 이 악물고 질기게 잉‥? 꾸역꾸역‥, 논바닥 거마리 새끼모냥 끝까정 놓덜 말고‥. 알긋냐?

한칼이      …야….

어진이      (잠결에 뒤척이며) 추‥춥다‥. 춥다‥ (몸을 웅크리며) 할머니‥, 추워….

덕 배      (그 기척에) 옴마‥? 우리 어진이 깨인갑네.

황노파      (그 소리에) 어이구, 그리어‥? 우리 강생이 추우냐‥? 그라‥, 어여‥, 얼릉 자자. 할미 꼭 끌안고 여‥ 젖 맨지고, 잉‥? (어진이를 도로 눕힌다)

응 칠      주무시오, 잉.

황노파      (어진이 옆에 누우며) 너그들도 어여 자. 고만 쏙닥거리고.

덕배/한칼이   야.

황노파      (어진이 엉덩이를 토닥이며) 허이고, 우리 이쁜 새끼‥. 할미가 잠재기 노래 불러 줄께, 잉‥. (재우며) '자장 자장 워리자장, 우리 애기 잘도 잔다. 명사십리 해당화야, 울밑에 난 봉선화야. 날랑 날랑 죽거들랑, 연꽃 밭에 묻어 주소. 꽃 한 송이 피거들랑, 날 본 듯이 웃어 주소. 자장 자장 워리자장‥.'

응칠처, 곁에 다가가 이불가지를 덮어 준다. … 응칠과 덕배 그리고 한칼이, 그것을 지켜본다.


응 칠      … (긴 한숨) …

응칠처     ……

한칼이     (전환하려) 이놈의 매누라는 워디, 또 당굿네서 자빠져 있
          을랑가…? (기지개를 켜듯 몸을 뒤틀며) 하이고~ 나는 쪼까
          바깥으로 나가서…, 것들이 별 일 읎이 잘들 여수고나 있
          는지 한 바꾸 둘러보고, 당굿네헌티 가 봐야 쓰겄네. (일어
          나 두터운 옷을 챙겨 입으며, 덕배에게) 안 일어나시오?

덕 배      나…? 나가…? 나 순번은 안즉 멀었는디…?

한칼이     … (벽에 걸쳐둔 칼을 집어 들며 '슬쩍' 눈치 주듯) …

덕 배      (그제서야) 잉…. 그려. 그렇구마, 잉. 같이 가드라고. 거시
          기… 혼자서는, 거시기 헐 텡게…. (일어선다)

한칼이     (응칠에게) 댕겨올라요, 잉.

응 칠      그랴. 질 미끄러운께 조심들허고.

한칼이     야. (거적때기를 젖히다가, 덕배에게) 으따…! 꾸물럭 꾸물
          럭…, 뭣을 그리 뭉싯거리시오? 싸게 나오잖고?

덕 배      니미럴 놈, 승질 급한 모냥허고는…. 꼭 중신에미랑 붙어
          먹을 놈이네. (화승총을 들고는 응칠에게) 가요, 잉.

응 칠      그랴.

응칠처     댕겨 오시오.


한칼이, 초막에서 나온다. … 총총한 별무리 사이 휘황한 달빛 …

한칼이, 앞장 서 비탈길 주변 나무둥치 있는 곳으로 걸음을 옮긴다. … 뒤이어 덕배, 초막에서 나온다.

덕 배    (옷을 여미며) 으메, 추워분 거··! 뭔 바람이 아조··, 조자룡이 칼끝 같구마, 잉. 아, 쪼까 천천히 좀 가더라고!

한칼이    (걸으며) 얼릉 오시오.

덕 배    (화승총을 어깨에 둘러매다가 밤하늘을 보고는) 하이고야~ 깜깜헌디, 총총도 한 것이··! 별이 별나게도 푸져 부네··.

한칼이    ……

덕 배    자글자글한 것이··, 오사지게 쏟아지겄다··.

한칼이    … (멈춰 서서 밤하늘을 바라본다) …

덕 배    인물이 땅에 나서 살다 죽으면 우로 올라가 별이 된다는 디··. 인자 봉께 그 말이 그 말이었는갑네··.

한칼이    뭔 말이요?

덕 배    우덜이 여서 저짝 보는 것 맹키로 한울님이 쩌짝 높은 디서 우덜 내려다보시면, 우덜도 꼭 저 모냥으로 반짝반짝했을 것 아니냐.

한칼이    ……

덕 배    특히나 잭년 삼월에 백산白山서 모다갖꼬 일어섰을 띠 말이여.

한칼이    … ('휙~' 허니, 다시 나무둥치로 향한다) …

덕 배    같이 가장께. (잦은걸음으로 좇는다)

한칼이    … (나무둥치에 앉는다) …

덕 배    그딴 참말로 기분이 째져라 살판이 나갖꼬, 죽을 똥을 쌀
똥에 피 똥을 쌀 판이었는디… 고부 백산서 쌔하얗게 모
댔다가 대나무처럼 시퍼렇게 인나갖꼬 단댓바람에‥, 고
부에 부안 거쳐 정읍서 잉‥? 정읍서 거시기‥, 전라 감영
군 놈덜 황토현서 보란 듯이 쳐부수고, 고창에 무장으로,
무장현 수수내 당매골 여시뫼봉서‥, 캬아~! (웅변조로 시
작하나 점점 자신의 흥으로) "시상 사램을 귀하게 여기는 것
은 바로 인륜人倫이 있기 때문이며 임금과 신하와 애비와
자식 놈은 인륜의 가장 큰 것이다. 그랑께, 임금이 어질고
신하가 바르며 애비가 자애하고 새끼가 효도를 한 후에야
비로서, 거시기‥, 가화만사성家和萬事成 맹키롬 집안과
나라를 잘 이루어 능히 무궁한 복을 허천나게 누리게 되
는 것이다. 그란디 시방, 우덜의 임금은 인효자애하시고
신명성예하시나, 신하라 생겨먹은 시러배 잡놈들이 원체
나라에 보답할 생각은 허덜 않고, 되려 임금의 총명을 가
리고 아첨과 아양을 염병 겁나 부려 싸‥, 충성된 선비의
간언을 요망한 말이라 에둘러 싸매고 정직한 신하를 도적
놈이라 몰아붙임서 백성들을 깻묵 짜고 지름 짜듯 쥐어짜
고 비틀어 짜며, 오로지 지그 놈들 처먹을 봉록과 저그들
자리만을 나눠 처먹고 도둑질을 함께, 안으로는 나라를
돕는 인재가 읊으며 밖으로는 백성에게 사나운 관리가
허벌나게 많아지는 고로 백성의 마음이 날이면 날마다 겁
나 나쁘게만 변하고 있다. 그랑께로 인자, 백성들의 원성

이 그치지 아니하고, 군신의 의리와 부모 자식 간의 윤리
와 상하의 분수가 드디어 무너져 하나도 냄지를 않아, 다
시 안으로는 시상 사는 즐거움이 읎고 또 밖으로는 보호
할 방책이 읎는 것이다. 게다가 에…, 옛말에 뉘 이르기
를, '예의염치가 퍼지지 못하면 나라가 곧 망한다.' 혔는
디, 시방 우덜의 형세가 심하기로 따지자면 옛보다 더혔
으면 더혔지 못 혀지를 아니헌데…. 그 이유인 즉슨, 위로
는 삼정승으로부터 아래짝 촌구석 말단 아전에 이르기까
지, 벼슬아치라 이름 붙은 오사리잡놈들은 국가의 위태로
움을 생각하여 보국안민輔國安民의 방책에 대한 고민은
당최 헐 생각도 않고, 오로지 교만하고 사치하고 음란하
게 놀면시롱 외려 두려워하거나 꺼려하는 바가 읎응께,
온 나라가 어육이 되고 만민이 도탄이 빠지게 되어 분 것
이다."

한칼이  헛따~! 것을 다 외고 게시오?

덕 배  (으쓱하며) 쪼까 더 들어 봐라, 잉. 여가 참말로 창의문倡義
文 중 명문名文이여, 명문…! 그랑께…, 거시기, "백성은
나라의 근본이라…." 캬~! 웨메…, 환장허겄네~! 들었
냐…? '백성은 나라의 근본.' 잉…? 또, 잉…. "백성은 나
라의 근본잉께, 근본이 깨지면 나라가 당연 쇠잔 말라 비
틀어지는 것이다. 그랑께 비록 우덜이 초야에 버려진 백
성이긴 허나, 임금의 땅에서 나는 음식을 먹고 임금이 주
신 옷을 입고 있으니, 가히 나라의 위태로움을 앉아서 구

경만 허고 있을 수가 읎웅께로, 온 나라가 마음을 같이 하고 억조창생이 머리를 맞대고 의논하여 이제 의기를 들어‥" 의기義旗, 잉‥? 의기‥! "의기를 들어, 보국안민으로써 죽고 사는 맹세를 한 것잉께, 오늘의 광경이 비록 놀라운 일이기는 허나, 절대로 두려워하거나 움직이지를 말고 각자 그 생업에 편안하여 모다 다 같이 승평한 일월을 빌고 성상의 덕화를 바랐으면 천만다행이겠노라."

한칼이    ……

덕 배    … (감회에 젖어, 그 기분에 가슴을 펴고) …

한칼이    "우덜이 의義를 들어 이에 이른 것은‥, 그 본뜻이 다른 데에 있지를 아니하고, 창생을 도탄의 가운데서 건지고 국가를 반듯한 돌멩이(盤石) 우에 두고자 함이니‥. 하여, 안으로는 탐학한 관리의 머리를 베고, 밖으로는 횡포한 강적의 무리를 내쫓고자 함이라. 양반 놈들과 부호에게 고통 받는 백성들과 수령과 방백의 밑에서 굴욕을 받는 소리小吏들은 우리와 같이 원한이 깊을 것이니, 조금도 주저치 말고 이 시각으로 일어서라. 만일 기회를 잃으면 후회하여도 미치지 못할 것이니라."

덕 배    월래‥? (나무둥치에 앉으며) 너도 거그 있었냐‥?

한칼이    섰다 백산白山 앉아 죽산竹山서 기포할 띠 격문檄文 아니오. 나가 이 야그 듣고 도야지 새끼 모가지 따다 달려 나왔소. 나가 말이요, 전에는 이놈이‥ (칼을 뽑아들며) 소 잡고 개 잡고 도야지 잡고, 산 생명 죽이는 디만 쓰는 줄로 있었소. 그런디 이놈이 읊는 사람도 살리고 나라도 살리는 활인活人의 도구요, 시상 구제하는 도구랍디다.

한칼이, 칼을 모시듯 일어나 앞으로 나선다. … 달빛 아래 진중하게, 전혀 다른 사람인양 '번쩍번쩍' 눈부신 칼을 휘두르며 칼 노래(劍訣) 부르며 칼춤(劍舞)를 춘다.

한칼이 　"청의장삼靑衣長衫 용호장龍虎將이 여차如此 여차 우又 여차라…! 시호時好 시호 이내 시호, 부재래지不再來之시호로다. 만세일지萬世一至 장부丈夫로서 오만년지五萬年之 시호로다. 용천검龍泉劍 드는 칼을 아니 쓰고 무엇 하리…!'

비탈길에서 분이와 만석, 올라온다.

분 이 　"무수~장삼舞袖長衫을 떨쳐를 입고, 이 칼 저 칼을 넌즛이 들어…, 호호막막浩浩漠漠한 넓은 천지, 일신一身으로 비껴를 서서…, 칼 노래 한 곡조 시호시호 불러내니…, 용천검 날랜 칼, 일월日月을 희롱하고…"

만 석 　(그 가락을 이어 춤을 추며) "계운桂雲은 무수장삼 우주에 덮여있네…. 자고명장自古名將 어디 있나, 장부당전丈夫當前 무장사無壯士라…! 좋을시고 좋을시고, 이내 시호 좋을시고. 태평가를 불러내어 시호시호 득의得意로다. 왈이동방

曰爾東方 제자들아, 너도 득의 나도 득의, 우리 집도 득의
로다. 좋을시고 좋을시고, 이내 시호 좋을시고…"[34]

| 모 두 | …… |
|---|---|
| 분 이 | 한칼이 오래비 칼춤 추는 것, 오랜만에 뵈요, 잉. |
| 만 석 | 성님 칼춤은 은제 봐도 시원시원하고 장한 것이…, 참말<br>로 보기가 좋아유. |
| 한칼이 | (으쓱하여) 그러냐…? (칼을 칼집에 도로 넣으며) 허기사…,<br>나가 원래부터가 이… 칼 다루는 재주 하나만큼은 타고<br>났기는 헝게. |
| 덕 배 | 흠흠~. 너가 암만 그라고서 모강지에 헛힘을 주어봤자…,<br>궁궁이 놈 소싯적에 비하면 암 껏 아니여…. |
| 만 석 | 궁궁이유? 우리 편 궁궁이…? |
| 덕 배 | 못 믿겄자…? |
| 만 석 | …(동그란 눈을 '꿈벅')… |
| 덕 배 | 허기사, 너 시방 눈깔 굴리는 것도 무리는 아닐 것이다….<br>시방 갸 허대고 댕기는 꼬라지를 보면 으디 말도 안 되는<br>소린갑다, 들리기도 허겠지만서도…! 아, 딴엔 그라도 참<br>말, 틀림읐는 사실이었당게! 갸는 칼만 들면 춤을 아조 기<br>가 막히게…! 아니, 아예 나무칼만 끼고 겁나 시상을 날라<br>댕겼당게! (한칼이에게) 안 그러냐? 너도 알지? |
| 한칼이 | 나야 것은 모르지라! 그랬당가 뭐랬당가 비스꾸리헌 야그<br>만 쪼까 들었봤응게. |
| 덕 배 | (분이에게) 너는…? 너는 알지? 너는 봤지? |

| | |
|---|---|
| 분 이 | (고개를 끄덕이며) 야. |
| 만 석 | 으메으메…! 것이 듣던 중 또 진기헌 소리네유. |
| 덕 배 | 그랄 것이여. 갸가 실성이를 허기 전에 일이었응께…. 갸가 말이다, 원래 모냥으로는 시방마냥 저 꼬라지로 저러고 댕기지 안혔었어. 솔직히 갸가 날 띠부터가 숫끼가 쪼까 읎어갖꼬 '비리비리~' 헌 것이…, 모지르기도 허고 말도 원체로 '떠듬이 떠듬이' 허기는 혔었지만서도…, 그라도 자라면서는 심성 곱고 인물 나름 휜칠허기로 모냥이 제법 있었당께…! 아, 저그메헌티 효성 지극허기로도 마을에 이름이 '짜~' 혔고 말이여. |
| 만 석 | 참말이유? |
| 덕 배 | 암~! |
| 만 석 | 그란‥디유? |
| 한칼이 | 그란디유는 뭣이 그란디유여? 뻔한 야그를…. 긍께 저그메 죽고 나서 갸 정신머리가 아조 '휘까닥~!' 돌아버렸다는 것이지. |
| 덕 배 | 야 이놈아! 넘의 인생 사연이라고 그라고 암토랑께 않게 말허는 것이 아니다. 아, 저 손에 쥐고 있던 놈에 저그메 피가 묻어 나갔는디…, 것도 바로 목전서, 바로 앞서 눈깔 시퍼렇게 뜨고 봤다는디, 정신 멀쩡헐 놈이 몇이나 있겄냐? 너 같은 놈 빼고 말이여. |
| 한칼이 | …… |
| 만 석 | …?… |

| 덕 배 | (한숨을 쉬고) 에휴휴휴~! 것이 긍께 말이다. 으찌된 일인 가 허믄‥, 아, 우덜이 여 올라오기 전에 우덜 고향땅서 말 이다‥. 왜놈들이 민보군덜 앞잽이로 세워갖꼬 동네로 처 몰려온다는 소식을 듣고 장정들이 으째 함판 불어볼 요량 으로 고갯마루로 모다 나섰을 땐디‥, 아, 그 당시 띠는 왜‥, 동네 남정네들이 모두 쌈허러 가고 노인네들허고 아그들만 남아갖꼬, 그랬잖여‥. |
|---|---|
| 만 석 | 야. |
| 덕 배 | 그란디, 거 쌈판서 우덜이 쪽수로 보나 뭘로 보나 하여튼 우덜이 옴팡 깨져갖꼬 산으로 일단 피했다가 다시 잠잠해 질 때쯤 되어갖꼬 마을로 돌아를 왔는디‥. |
| 만 석 | (침을 '꿀꺽' 삼키고) 그란디요? |
| 덕 배 | 아, 글씨 그띠‥, 그‥ 왜놈보다 더 왜놈 같은 호로 잡놈의 새끼들이 마을을 아조 쑥대밭으로 맹글어놓고‥, 사램들 을 애 으른에 부녀자 헐 것도 읎이 마을 복판에다 싹 다 모다놓고 하나씩 하나씩 치도곤을 냈었다는디‥. 궁궁이 가 그띠 암껏 모르고서 우덜 따라왔다가‥, 대호란 놈이 글씨 저그메헌티 가보라 시킨 모양인지 으쨌는지, 하여튼 그래갖꼬 궁궁이가 마을을 함 살펴볼라 내려를 오고 있었 는디‥, 거서 내려가는 도중에 기냥 그 호로 잡놈들헌티 '딱~!' 허고 붙잽힌 모양이여. |
| 만 석 | 그‥ 그라서요? |
| 덕 배 | 그랑께 거서 궁궁이가 끌려를 와갖꼬 지가 갖고 있던 칼 |

로‥, 아니 뺏겼다나 으짰다나‥, 으짰든 그 칼로 그랴갖
꼬 저그메허고 마을사람들이 죄다‥, 그렇게‥, 그라고
마을이 온통 피바다가 됐단 말이시‥.

만 석   나‥나무칼이 아니라, 쇠칼에요?

덕 배   것은 나도 모르지‥. 모다 싹 다 죽어 나자빠지고 갸 혼차
만 살아남았는디‥, 것도 살기는 살아남기는 혔는디, 아
가 아조 피를 한 바가지나 뒤집어 쓴 모냥으로 혼절 허기
일보직전이었단 말이시.

만 석   그‥그랴서유?

덕 배   그랴서? 그랴서는 뭐‥, 일이 그리 되어갖꼬, 시방 저 모
냥으로 '오락~가락~' 으짤 띠는 괜찮은가 싶다가도, 또
으짤 띠면 눈깔이 '홰까닥' 디집어져갖꼬 경끼를 낸다 이
말이시.

만 석   ……

한칼이  그 야그는 안 허시오?

덕 배   뭣을‥?

한칼이  왜 거 있잖소? 혹시래도 누가 누구를 시켜갖꼬 그랬을는
지도 모른다고들‥

덕 배   옛끼~ 이놈아! 말도 으디 사람 모냥을 봐감서 혀야지! 암
만, 잉‥? 저 모가지에 암만 칼을 대고 시킨다고, 언 놈 목
숨이 경각에 달렸다 치더래도 저 살겠다고 저그메를‥,
식구 같은 한 마을 사람들을 으찌 혔겄냐? 것도 궁궁이마
냥 착하디 착한 놈이? 잉? 잉??

| 한칼이 | 아, 흥분허지 마시오. 그런 말들이 살~ 있었응께 나가 그라는‥ |
|---|---|
| 덕 배 | 아~ 도중이가 아니라잖여, 이놈아! 도중이가!! 도중이 놈이 거서 궁궁이가 안 그란 것을 봤다잖여!!! |
| 만 석 | 도‥도중이성님이유? |
| 한칼이 | 몰랐냐? 그 냥반이 첨에는 민보군이었어. 그란디 뭣 땜시, 뭣을 보고 맴을 고쳐먹고 그랬는지는 몰라두 은제 우덜 편으로 바꿔 선 것이지. |
| 만 석 | (고개를 끄덕이며) 잉‥. 그런께로 남이가‥, 그러는 것이었구먼유‥. |
| 덕 배 | 좌우당간 으디 가서라도 그런 말은 아예 생각도 허지 말아라. 괜히 무고헌 생사람 잡는 것잉께. 갸는 진즉부터가 원체 심지가 약해갖꼬 누구헌티 절대로‥, 아 포리 한 놈 헌티도 모지락스럽게 굴지 못하는 놈잉께. 알겄냐? |
| 한칼이 | 하이고~ 알았소. 알았소. 알았응께 인자 고만허십시다. 나가 뭐 거시기‥, 맬겁시 쌩헌 놈 모함헐라 그라는 것도 아니고‥, 성님이 옛날 야그를 전하기로 시작을 헝께 끝매무새로 혹간이나 한번 끄잡어낸 것이지‥. 사실 갸가 피범벅에 넋이 반은 나가갖꼬 입을 '헤~' 벌리고 침을 '질~질~' 흘림서 한 손으로 그 칼을 들고 춤을 추고 있었다고‥ |
| 덕 배 | 이잉~? 이‥이놈이 또‥!! |
| 한칼이 | (지지 않으려) 아, 시방 대호 놈이 놓찮고 들고 댕기는 그 칼 |

이 바로 그 칼 아니랍디요! 칼만 보면 경끼 내는 즈그 성아
정신머리 도로다가 고쳐놓게 맹근다고.

덕 배  이 썩을 놈이 그 아니랑께 왜 사람 말을 못 알아 처먹
냐‥!! 아, 그 칼이 그 칼이 맞기는 혀도‥, 것은 지가 궁궁
이헌티 준 놈에 사람들이 죽어 나갔응께, 원冤 풀이를 허
겄다고 들고 댕기는 것이여, 이 니미럴 놈아!! 이 옘병헐
놈이 잘 알지도 못함서‥.

한칼이  ('슬쩍' 한발을 빼며) 허기사‥, 그 정신머리가 뉘 집 워리
새끼도 아니고‥, 나갔다가 밥 때가 되았다고 다시 들어
올 일이 읎기는 읎지‥. 천지가 개벽을 허믄 몰라두‥.

분이/만석  ……

덕 배  니미럴 놈이 공연허게 사램 염장을 지르고 지랄이여, 지
랄은‥.

한칼이  알았소. 알았소. 아, 알았당께요. 성님 말씀이 백번은 옳
응께, 인자 고만허십시다.

분이/만석  ……

덕 배  … (숨을 고르고) …

한칼이  (헛기침을 하고) 험험~. 그나저나 그란디‥, 시방 너들은 워
서 오는 길이냐?

만 석  야‥?

분 이  천수 오라비허고 호봉 오라비허고 순번 바꾸고 오는 길이
요.

한칼이  너그 단 둘이서?

| | |
|---|---|
| 분 이 | 야. |
| 한칼이 | ··· (시선을 덕배에게) ··· |
| 덕 배 | 그란디··, 워째 너그 둘이는 꼭 붙어댕기는 것이냐? 수상쩍게··? |
| 분 이 | 야? |
| 덕 배 | ··· (의심쩍어하는 눈길을 만석에게) ··· |
| 만 석 | ···?··· |
| 덕 배 | ······ |
| 만 석 | (손을 내저으며) 아·· 아니구먼유. |
| 덕 배 | 뭣이? |
| 만 석 | 야?아··, 아니요··. |
| 덕 배 | 왜, 말을 더듬는 것이냐? |
| 만 석 | 아·· 아니요. 우덜은 참말로 순번만 바꾸구·· 바루, 곧장 오는 것이구먼유. (분이에게) 그라지, 잉··? |
| 분 이 | ···?··· |
| 덕 배 | ······ |
| 만 석 | 차·· 참말 아니랑께요. |
| 덕 배 | 참말이냐? |
| 만 석 | 야. |
| 덕 배 | ··· (확인하듯 바라보며) ··· |
| 만 석 | ··· (그 눈길에, 그래도 괜스레) ··· |
| 덕 배 | 좌우당간 알아서들 혀, 잉? 느그 엄니 아부지 걱정 안 허시게. 그라녀도 할마시 땜시 골치가 아프신 양반들잉께. |

뻘로 듣지 말고.

만 석    야.

분 이    것이‥ 시방 들어 봉께, 도시 뜬금 읎이 뭔 쌩뚱 맞은 소리
         들을 허고 계신지 모르겄네. 우덜은 암시랑토 안하구
         만‥. 긍께 거시기‥, 누가 뭣이라고 쏙살그랍디요?

한칼이   (얼른) 아‥, 아니여‥! 누가 뭔 소리를 했다 그러는가? 이
         양반이 괜히 흥분해갖꼬 헐 일이 잔상도 읎응께 그라는
         것이지. (덕배에게) 진지리꼽재기마냥, 별 쓰잘데기 읎는
         참견을 다 허시오. 아, 쟈들이 시방 얼라요? 다 큰 아들
         이 홍에 대신 가오리를 처묵건, 저븐으로 이빨을 쑤시건,
         저그들 하고픈 것 하게 냅두시오. 처녀 총각이 정분나 의
         지하면 서로 좋고 좋은 것이지, 뭘 그랗소‥?(분이에게) 안
         그러냐?

분 이    ‥‥‥

한칼이   (전환하려) 으험험험‥! 하이고~! 간만에 신명나게 칼춤을
         한판 추었더니 열기가 후끈허고 몸뚱이가 앗쌀한 것이‥,
         참말로 거시기허게 좋구마, 잉. 안 그냐? (만석에게) 참‥!
         느그덜 시방 워디로 가던 길이라고?

만 석    가기는유‥. 인자 시방 들어가서 토깽이 잠이라도 쪼까
         잘라 그러지라.

한칼이   그려그려, 얼릉 싸게 들어들 가라, 잉. 추운디 잠도 못자고
         겁나 고생들 혔다.

분 이    오래비는 안 가시요?

| 한칼이 | 나? 잉…. 인자…, 우덜도 들어가야지. 우덜은 신경 쓰덜 말고 얼릉 들어들 가. 우덜은 우덜끼리 알아서 갈 텡게. |
| 만 석 | 같이 들어가서유. |
| 덕 배 | 그럴까? 그랴녀도 당굿네헌타나 함 가 볼 참이었는디…. 같이 가믄 되겄네. (한칼이에게) 워째…? 너는 시방 안 들어갈 것이여? |
| 한칼이 | 아… 아니요! 것이 뭔 말이라요? 나가 성님허고 같이 가야지라. 지금 일어서실라요? 어여…, 얼릉 들어갑시다. 성님이 앞장서시오. (만석과 분이에게) 자, 가드라고. |

한칼이, 덕배를 앞세우고 초막으로 향한다. … 분이와 만석, 뒤따른다.

| 한칼이 | (걸으며) 워따메, 참말로…! 보기들도 겁나게들 좋아부네, 잉. 별도 별스럽게 많은 것이…, 허벌나게 쏟아지겄다…. 안 그러냐? |
| 분이/만석 | … (별을 본다) … |
| 한칼이 | 별에 별 볼일 있읍게 별나게도 좋으네…. 그라지? |
| 분이/만석 | …… |
| 덕 배 | (초막의 거적때기 문 앞에서 당도하여) 어이, 당골네, 주무시는가? |

대답 대신 어스레한 관솔불빛이 새어나오는 초막 … 한칼이가 나

선다.

한칼이     흠흠~! 계시오? 성님 주무시오? 주천이 성님, 도중이 성
               님‥. (여전한 무반응에) 다들 주무시는가?

덕 배     시방‥, 뭔 소리 안 들리는가?

한칼이     ‥ ? ‥ (귀 기울인다)

덕 배     뭣을 하고 있나 본디‥?

한칼이     나가 함 볼라요.

한칼이, 슬쩍 거적때기를 젖힌다. ‥ 초막의 내부가 드러난다. ‥
어스레한 관솔불 주변으로 모여앉아 나지막하게 삼칠자주문三
七字呪文[35]을 암송하고 있는 두범어미와 또새댁네, 서도중과 남
이 ‥ 그 곁에서 부적符籍을 그리고 있는 연화와 난화 ‥ 조금 떨
어진 곳에 앉아 예리한 칼을 정성스레 닦고 있는 박주천

한칼이     시방 주문들 외고 기도하는 중인갑네요.

덕 배     그리어?

한칼이     (초막 안의 사람들에게) 시방, 들어가도 되겠지라?

사람들     ……

한칼이     (만석과 분이에게) 자, 어여 들어가더라고‥.

한칼이, 덕배, 분이와 만석, 차례로 초막에 들어선다. ‥ 여전히
삼칠자 주문을 외고 있는 서도중과 남이, 또새댁네와 두범어미

한칼이    (두범어미에게) 임자, 여 있었는가? 안즉까지 안 자고?

두범어미  … (방해하지 말고 조용히 하라는 손짓으로) …

한칼이    예미··, 하늘같은 지 서방은 냅두구서 뭔 지랄 염병을 염
         불로 허고 자빠졌네··. 아, 저런다고 왜놈들 총탄이 피해
         가는가? (연화에게) 당굿네는 뭣 하시요? 뻘거니··, 부적
         그리시오? 뭣에 쓸라고라? 영부주문靈符呪文도 거시기한
         판에··, 것이 뭔 효험이나 있었소?

박주천    (칼을 닦으며) 지성이면 감천이라 하였으니··, 물物이라 하
         는 것에 지극 신실한 정성이 닿으면 그것이 무엇이건 어
         찌 효험이 없겠는가? 죽을 때 죽더라도 사는 데까지는··,
         (갑자기 '팩!' 소리 빠르게 허공을 베어보고는 칼끝을 한칼이에
         게 겨누어) 마지막 숨결 한 줌 흩어지는 순간까지는, 힘써
         살아 봐야지.

한칼이    … ('움찔') …

박주천    … ('빙긋' 웃으며 칼을 거둔다) …

만 석     안 주무셨어유?

박주천    (칼을 칼집에 집어넣으며) 왔는가?

덕 배     (박주천의 예사롭지 않은 행동에) 그라믄 거시기··, 워째··?
         인자 우덜 모다 아무 데도 안가고, 그냥 여서 다 같이 싸우
         기로 한 것이오?

박주천    … (여전히 칼을 매만지며) …

덕 배     야?

| | |
|---|---|
| 박주천 | 세상이란 것이 이미 조롱(鳥籠/嘲弄)이가 되어버렸거늘[36], 가면 또 어디로 갈 수 있겠는가? |
| 덕 배 | 참말로 일이 고로코롬 된 것이요? 도금찰 으른하고 대정 성님이 그리 말씀하신 것이요? 재필이는? 재필 아우는 별 말 읎었고? |
| 서도중 | 아직 결정된 것은 아닙니다만…. |
| 덕 배 | 그란디? |
| 서도중 | 준비를 하고 있어야지요. |
| 덕 배 | 준비…? 뭔 준비…? (갑자기) 이런 니미럴…! 그라믄 너거 시방 여서…, 날 받아 놓고 죽을 준비들 하고 있는 것이 여? 재수읎이? |
| 한칼이 | 으따…. 다 살아 보자고 주문 외고 부적 쓰고 하는 것 아 니요. 시방, 주천이 성님이 진즉 말 안혔소? 죽을 띠 죽더 래도 사는 디까지는 살아 보자고. |
| 덕 배 | 이 염병헐 놈아, 죽자 살자 멱치기가 오늘 낼인디…, 부적 쪼가리 페차고 앉아 삼칠자 주문만 디립다 외는 것이 살 자 하는 짓이여? 죽자 허는 짓이지! |
| 두범어미 | 하이고, 어진이 아부지. 그 아닝께…, 흥분하지 마시오. |
| 덕 배 | 하이고~ 두범이 어머니…! 나가 시방 이 판국에 흥분을 안 허게도 생겼소? 암만 미꼬미 읎는 시상…, 발에 채이 는 게 낙심천만이라 혀도, 사람 목숨이 잉…? 뭣이요? 홀 떼기장기판에 졸卒도 아니고 말이여…. 워쨌거나 우선 간 에 산목숨 부지헐 방책들을 생각혀야지. ‘이제 가니, 오냐 |

좋다.' 허고 지삿날 받아놓고 축도제문祝禱祭文들 외고 기시오?

한칼이 　삐딱허니··, 왜 넘의 매누라헌티 트재기를 잡고 그라시오? 시방 목숨 부지할 방책으로 운수 좋은 부적 맨들고 신통한 주문 외는 것 아니오.

덕 배 　너 말대로 저거 허면 총탄이 피해 간다냐? 너그 목숨이 삼칠자 주문에 부적으로, 운運으로 사는 것이여?

한칼이 　그라믄 뭐··, 뭣을 워쩔 것이오? 그라는 성님은 뭔 용빼는 재주 있소?

덕 배 　나가 원제 용 빼오라 혔냐?

한칼이 　안 그라믄 뭣 땀시 그라시오?

덕 배 　참말로 환장하겄네··. (답답한 듯, 큰 숨을 쉬고는) 아그들은? 쩌그 앞길이 구만리맹키로 창창한 아그들은 워쩔 것이여? 갸들도 시방 마빡에 부적 붙이고 주문 외면서 쌈판으로 몰아낼 것이여?

한칼이 　……

덕 배 　우덜이야 볼 거 못 볼 거 다 보고 살 만큼도 살아 봤응게, 인자 우덜 꼴리는 디로 허다 디져불어도 그란데로 아술 것 읎다 혀도 말이다. 쩌그 아그들은 워쩔 것이냐? 뻐근허니 모강지에 힘 한번 줘 보덜 못혀고, 잉··? 짱짱하니 어깨 펴고 팔자걸음 느긋허게, 세월아 네월아 주작대로 걸어봄서 사람대접 받고 지대로 살아 보덜 못하고서, 잉? 우덜하고 하냥 꼭 같이 너덜길을 너덜너덜 맨발바닥으로 걸

게 할 것이냐? 그런 것이여? 워찌‥, 우덜은 가더라도 새
끼들은 뭔 수를 내서라도 살릴 방도를 내야 허겄다는 생
각은 당최가 들지 않는 것이냐? 기냥 우덜 살아온 맹키로
'시상 잘못 만나고 부모 잘못 만난 죄려니‥, 그저 팔자려
니' 허고 너 사는 꼬라지맹키로 운에 맽겨 부러?

두범어미   어진이 아부지, 그만 하시오. 알았웅게.

덕 배    알긴 개뿔‥ 뭣을 안당가?

한칼이    그라는 성님은 뭣을 아시오?

덕 배    뭣이여?

두범어미   아이고~ 두범이 아부지‥!

한칼이    이런, 제미‥! '아그들, 아그들' 깨깨거림서 사람 염장을
질러도 유분수지‥. 아, 저만 새끼 있고 저 새끼만 중하다
냐‥?

덕 배    뭐‥ 뭣이여?? 너‥, 너 시방 뭐라 했냐?

한칼이    (대들듯) 뭐요? 뭐! 시방 언 잡놈이, 잉? 시상 대명천지에 어
느 후레아들 놈의 새끼가 지 새끼 디지는 거 보고 싶다요?
아니, 성님이 함 보기나 봤소? 핏덩이만한 지 새끼, 육모
방맹이에 대가리가 터져갖고 눈깔 홀라당 까 디집고, 잉?
콧구녕으로 쌔까맣게, 피를 한 바가지나 토하고 죽어 자
빠진 꼬라지를 성님 눈깔로 봤냐고라? 나가‥! 이‥, 나가
말이요‥. 이 염병헐 놈의 쌩 지랄 난리 통에 우리 한범이
먼저 보낸 놈이요. 지우 아홉밖에 안 된 것을 말이요. 그
띠, 잉? 성님이 나의 심정을, 우덜‥, 저 여편네 으땠는지

알기나 아시오?

두범어미  … (한숨) …

한칼이  나요, 잉…. 이… 한칼이가 말이요. 말을 안 혀 그랬치, 속
창아리가 쌔까먼 게…, 속이, 속이 아니요! 나도 잉…. 내
새끼 디지는 거, 차라리 나가 먼저 쌧바닥 깨물고 디지면
디졌지, 다시는 못 보겠소. 그랑께…. 알았응께…! '죽는
다 죽는다.' 오도 방정에 팔도 방정으로 '사부랑사부랑'
쨍알거리는 소리 고만 쪼까 하시고 얌전하게 쫌 기시오.
우덜도 환장하겠응께 말이요. 여…, 남이 보기에 창피하
지도 않으시소?

덕 배  … (남이를 본다) …

남 이  ……

덕 배  … (부끄러운 마음에) …

한칼이  (가슴을 치며) 으메, 벌렁거리는 거…! 시방, 디져불겠네….

덕 배  … (멋쩍어, 시선을 다른 곳으로 돌리고) …

한칼이  … (마음을 가라앉히려) …

덕 배  (그저 무안하여) 흠흠~.

박주천  두 아우님들 살풀이가 이제 끝나신 겐가?

덕 배  넘사시럽게…. 살풀이는 뭔 살풀이라요…? 나가 아그들
이 걱정이 됭께…, 까깝헝께 그란 것이지. ('흘깃' 한칼이를
보고는) 미안허다…. ('슬쩍' 두범어미를 살피고는, 다른 곳에
시선을 던지며) 거시기…, 나가 미안허요….

두범어미  ……

| 분 이 | 으따, 미안하당게 마음들 쪼까 푸시오. 덕배 아자씨가 아 |
|---|---|
| | 그들 생각만 허면 나달나달…, 사삭이 팔불출마냥 주착스 |
| | 런 것이 하루 이틀 일도 아닝께…. (타박하듯) 으째 아자씨 |
| | 는 갉작갉작, 맬겁시 사람을 근드려갖꼬 동티를 내고 그 |
| | 라시오? |
| 덕 배 | … (그저 헛기침에, 고개를 갸우뚱) … |
| 연 화 | (두범어미에게) 그러시지요. 어진이나 고은이나 젖먹이 때 |
| | 어미 여위고, 어미 젖 대신 아비 눈물 먹고 자란 아이들 아 |
| | 닙니까? 그렇게 하루하루 한숨으로 키웠으니, 아비 되는 |
| | 사람 마음이 오죽하겠습니까? |
| 두범어미 | …… |
| 한칼이 | (한숨으로) 으휴~ 이… 니미럴…, 개떡 같은 놈의 시상…. |
| | 가심이 각다분헌 것이…, 차라리 악다구니로 부딪히고 부 |
| | 숴지고 대그빡이 터져라 깨져라, 불이나 한 바탕 '확~!' |
| | 싸지르면 시원하겠네…. |
| 박주천 | 부울…? 거 좋지…! 허면, 어디 볼까…? 불이고 산이니…, |
| | 산에 불을 싸지르면 산상에 유화(山上有火)하여 화산여火 |
| | 山旅[37]라, 소형小亨하니 여정旅貞하면 길吉하리라…. 단彖 |
| | 에 가로되, 유柔이 외外에 중中을 득得하야 강剛에 순順하 |
| | 고 지止하고 명明에 려麗한지라…. 군자이 이以하야 명신 |
| | 용형明慎用刑하고 이불유옥以不留獄하였구나…. 하여 풀 |
| | 어본 즉, 여旅는 군사요, 많은 무리요, 길을 떠나는 것을 |
| | 말함이니…. |

모 두      ……

박주천    산은 움직이지 않으나 불은 움직이는 것‥. 한 곳에 거처
         를 정하지 아니하고 떠돌아다니는 나그네길이니‥. 이동
         의 운수요, 떠남의 운수가 나왔는가‥? 핫하하~!.

서도중    ('문득' 떠오른 생각에) 이동과 떠남의 운수라 하시면…….

박주천    … (눈을 감는다) …

서도중    그렇다면 어디 다른 곳으로‥, 아이들과 어르신들만이라
         도 피신을 시키는 것이 어떻겠습니까?

덕 배      … (눈이 '반짝') …

서도중    진작 말씀을 드릴까 망설이기도 했었던 것인데‥, 아녀자
         와 어르신들은 실제 싸움에 임하여 별 도움이 안 될 뿐더
         러 오히려 장애가 될 터이고‥, 또한 분별없이 혈육의 정
         을 내세워 끌어안고 있다가 무작정 싸우다 같이 죽자는
         것보다는, 누구 어느 한 사람이라도 더 살아날 방도를 찾
         는 것이 낫지 않겠습니까?

덕 배      그리어, 그리어‥! ('흘깃' 한칼이를 보고는) 흠흠~.

모 두      ……

한칼이    그라믄 우덜은? 우덜은 도망치지 않는다는 야그시오?

서도중    글쎄‥. 우리가 어쩔 것인가 하는 것은 차후에 이야기 해
         볼 일이지만‥, 일단 먼저 어르신들과 아녀자들을 보내
         놓고자 하면, 아무래도 우리들은 여기 남아 있는 것이 낫
         지 않을까 싶네. 한꺼번에 많은 사람들이 움직이면 그만
         큼 저들의 눈에 뜨일 염려가 크고, 또한 우리가 여기 있다

는 것을 저들도 잘 알고 있을 텐데, 하루아침에 모두 사라져 버렸다는 것을 알게 되면 눈에 불을 켜고 쫓아 올 것이 자명할 것이니 말일세.

한칼이    … (고개를 묵직하니 천천히 끄덕) …

덕 배    허면, 도금찰 으르신허고 대정 성님헌티 싸게 말씸드리는 것이 워쩔라요?

남 이    쩌어기…, 말씸 중에 지송한디요. 저가 듣기로는요. 옛적에 왜놈들허고 행주산성서 싸울 띠, 아그들허고 아줌씨, 노인네들이 힘을 모아 돌멩이를 나르고 던지고 혀서 왜놈들을 무찔렀다는디…. 우덜도 모다 같이 힘을 모으면…

덕 배    것은 임진년 띠 야그고…. 인자는 시방, 갑오년 지나 을미년 아니냐. 그라고 그 띠는 거시기… 사람들 쪽수가 있었웅께 그랬을지는 몰래두, 시방은 또 몇이나 된다고 도움이 되겠냐? 외려 거치적 굴기만 허지.

남 이    그라도, 흐컨 종우떼기도 서로 맞들면 개붑다고…

덕 배    어허~ 택도 읎는 소리 말어…! 이… 싸움이란 것은 원래 쩍부터 우리 남정네들이, 장정들이나 하는 일인 것이여.

남 이    ……

만 석    그란디 워디로, 워떻게 피하실라고라? 시방 쩌 아래로 싹 다 포위가 되었는디.

서도중    장군바위하고 거북바위 쪽은 이미 민보군 수중에 떨어졌으니 그 길을 이용하기는 힘들 것 같네만…, 여기 초막 뒤쪽으로 있는 듯 없는 듯 가파르고 험하기는 하나, 어른 한 사람 정도 다닐 만한 고샅길이 있던 흔적이 있네. 그러니 장정 하나가 앞장을 서서 애기바위 쪽으로 길을 내고 아이들과 어르신들이 따라 내려간다면, 산모롱이까지 무사히 내려갈 성 싶지 않나 하네. 한꺼번에 많은 사람이 움직이는 것도 아니고‥, 더구나 그쪽은 민보군으로부터 멀리 돌아가는 것이니 들킬 염려도 적을 것이고 말이네.

| 만 석 | 것도 들어 봉께, 괜찮은 방법도 같은 디요‥? (분이에게) 그렇잖여? |
|---|---|
| 분 이 | 그러게라. 나쁘지는 않은 것 같구만이라. |
| 덕 배 | 것이 아니라, 참말로 묘책이랑께! 안들 그렇소? (한 사람 한 사람과 일일이 눈을 마주치며 동의를 구하듯) 잉? 잉? (그러다 또새댁네에게) 그라지라, 잉? |
| 또새댁네 | 지‥, 지요? 지야 뭐‥, 뭣이나 안다요? 시방‥, (임신한 배를 어루만지더니, 남이와 서도중을 번갈아 보고는) 남정네들이 고로코롬 허자 허면 하는 것이지. |
| 덕 배 | 것 보시오, 잉. |
| 연 화 | (묘하게) 그렇습니까‥? |
| 덕 배 | (속마음이 들킨 듯하여) 아‥, 아니요‥! 것이, 긍께‥, 나의 생각이 뭣이‥, 으째 딴 것이 있어 그라는 것이 아니라‥. 자 말대로 인자‥, 우덜 남정네끼리가 거시기‥ 싸울 띠가 훨씬 더 홀가분할 것 같응께‥. |
| 연 화 | (살며시 웃으며) 그럼요. 당연히 그러셔야지요. |
| 덕 배 | 이잉‥?? 거‥, 아니랑께요. 참말이랑께요! |

모심에 가시는 듯 119

| | |
|---|---|
| 연 화 | … (여전히) … |
| 박주천 | 한칼 아우 생각은 어쩌신가? |
| 한칼이 | 글쎄라… 뭣이…, 썩 그리 나쁜 것도 같지는 않은 것도 같기는 헌디…. |
| 덕 배 | 그란디? |
| 한칼이 | 다른 사람들은 워찌 생각할랑가 모르겄네…. |
| 덕 배 | 누구 말이여? 여…, 모다 찬성하는 것 같은디…? (서도중에게) 안 그리어? (사람들에게) 안들 그렇소? |
| 한칼이 | …… |
| 덕 배 | (살피고) 그 아니면 시방 너가 누구 말하는…? 잉…, 웅칠이성? 재필이? 걱정 말어. 웅칠이 성하고 재필이야 두말헐 나위 읎이 당연지사 찬성일 텡게. (살피고) 그도 아님 누구 말하는 겨? 천수? 호봉이? |
| 한칼이 | …… |
| 덕 배 | 아, 누구…?? |
| 분 이 | 혹시 접사 오라비 말씀하실라 그라시오? |
| 덕 배 | 접사? 대호?? |
| 한칼이 | …… |
| 덕 배 | … (침을 꿀꺽) … |
| 분 이 | 오라비 승질이 하도 까깝허고 까칠헝께…. |
| 만 석 | 것도 그러네…. 쉬이 고분고분허게 그라자고는 안할 것 같기도 혀. |
| 덕 배 | 대호 갸가 뭣 땜시? 아니여…. 우덜이, 지 빼고 다른 사람 |

들이 모다 중론으로 몰아붙여 그렇게 하자 혀서 도금찰
으른허고 대정 성님이 그리 하자믄 할 것이지, 뭣 땀시 턱
없이 혼자 몽니 부릴 수가 있간? 아니어. 안 그럴 것이여.

모 두        ……

박주천      허면…, 도금찰 어르신과 대정께 말씀을 드려 볼까…?

덕 배       그라실라요? 그라믄 거시기, 쇠뿔도 단박에 빼야 쓰는 것
            인디…. 일각이 급항께 시방 인나갖꼬 같이 가실라요?

박주천      … (연화의 뜻을 묻듯 바라본다) …

연 화       허면, 우리 애기 보살님께서는 어찌 생각하시는가요?


언제부턴가 초막 안쪽 깊숙한 곳에 혼자 다소곳하게 앉아있는 난
화에게 사람들의 시선이 쏠린다. … 난화, 연화에게 다가와 연화
의 젖가슴에 등을 대고 무릎위에 포개어 앉는다. … 연화, 눈을
감는다. … 난화, 연화의 손을 잡고는 손바닥을 펴서 그 위에 뭔
가를 끼적인다.


연 화       … (무겁게 고개를 끄덕) …

모 두        ……

연 화       … ('번쩍' 눈을 뜨고) …


난화, 연화의 무릎에서 일어나 초막 안쪽으로 가서 아까 모양으
로 앉는다.

| | |
|---|---|
| 연 화 | … (천천히 박주천을 본다) … |
| 박주천 | …… |
| 연 화 | … (한 호흡 깊은 숨) … |
| 박주천 | … (연화의 눈에서 뭔가를 읽은 듯) … |
| 모 두 | … (시선을 연화에게서 박주천에게) … |
| 박주천 | … (눈을 감는다) … |
| 모 두 | … (심상찮은 분위기에, 시선을 연화에게) … |
| 연 화 | … (다시 눈을 감는다) … |
| 모 두 | …… |
| 박주천 | … (감은 채, 나오려는 큰 숨을 참으며) … |
| 모 두 | … (시선을 다시 박주천에게로) … |
| 박주천 | … (하얀 왼손의 기다란 엄지와 검지로 눈썹에서 코로, 입가를 지 나 턱을 어루만지고) … |
| 모 두 | … (그저) … |
| 박주천 | … (입술을 미묘하게 '실룩') … |
| 모 두 | … (따라, 마른 입술에 침을 바르고 침을 '꿀꺽') … |
| 박주천 | … (등을 꼿꼿하게 펴고) … |
| 모 두 | … (막연하지만 어떤 불길한 예감에) … |
| 덕 배 | … (조바심을 참지 못하여) 서… 성님…? |
| 박주천 | … (눈을 떠, 덕배를 바라본다) … |
| 덕 배 | … (그 시선에) … |
| 박주천 | … (잠시, 그늘진 눈으로 물끄러미) … |
| 모 두 | … (시선을 덕배에게) … |

덕 배        … ? …

박주천      … 그럼…, 그렇게 하도록 하지…. 일어나세나.


박주천, 일어선다. … 덕배, 얼른 따라 일어서고 서도중과 만석도
이어 일어선다.


덕 배        (한칼이에게) 너는 여 있을 것이냐? 그리어…. 너는 시방 기
             냥 여 있어라, 잉.

남 이        (일어서며) 지도…! 지도, 갈라요.

덕 배        아… 아녀…! 아니어! 너도 여 있드라고, 추운게. 우덜이
             얼릉…, 싸게 댕겨 올 텡게. (혹시라도 사람들의 마음이 변할
             까, 서둘러) 어여, 잉…? 어여 싸게, 얼릉 갑시다.


덕배, 초막의 거적을 '훌쩍' 열어젖히고 앞서 나선다. … 박주천
과 서도중, 만석, 차례로 나선다. … 휴지 … 처음의 자리로 돌아
가 나지막하게 삼칠자 주문을 읊조리기 시작하는 또새댁네 … 곁
에 앉아 함께 외기 시작하는 두범어미와 분이 그리고 남이 … 멀
리서, 잊혀져버린 누군가를 부르듯 아련하게 들려오는 소쩍새 울
음소리 … 잔잔한 소리물결에 가물가물 위태로이 일렁이는 관솔
불빛 … 서서히 어두워지고, 이윽고 주문 외는 소리만이 점점 커
져 산봉우리에 아득히 잠긴다.

어슴새벽 외로운 길 … 구름 더미 헤쳐 가며 차가운 발걸음 옮겨가는 달 … 산봉우리 초막 뒤편 비탈길로부터 골짜기 아래 거북바위로 이어지는 고샅길 입구 주변의 자그마한 평지 … 메마른 겨울나무들을 뒤로 하여 자그마한 바위 곁에, 선 채 그대로 껍질 벗겨져 말라죽은 강대나무 한 그루 … 그 나무 아래로, 시린 달빛에 젖은 채, 지나간 시절 언젠가 머물렀을 한 마리 학鶴처럼, 홀로 깊이 생각에 잠겨 있는 김태훈 … '쏴아아~! 이미 지나가 버린 바람을 좇아 사납게, 밀물처럼 쏟아져 내려오는 겨울나무 그림자들 … 부러진 팔과 말라 비틀어진 손가락을 부딪쳐 가며 과장된 몸짓으로 거칠게, 서로를 붙안으려 허공을 휘젓는다. … 휴지 … 김태훈, 손을 뻗어 강대나무를, 혹시라도 따스한 기운이라도 한줌 남아 있는지 확인하려는 듯 짚어 본다. … 휴지 … 손을 떼고는 야윈 손가락을 올려다본다. … '호로록~! 가까이에서 멀리로 느껴지는 이름 모를 산새의 날갯짓 소리 … 소리가 남긴 궤적을 좇던 김태훈, 달빛 머금은 먼 산을 물끄러미 더 멀리 바라본다. … 휴지 … 김태훈을 찾아다니던 대호, 거친 걸음으로 다급하게 초막 뒤편 비탈길에서 고샅길 입구 평지 쪽으로 이어진 언덕배기를 내려온다.


대 호       나으리…!

김태훈      … (듣지 못한 듯) …

대 호       … (다시 걸음을 옮기고) …

김태훈      … (여전히) …

대 호       … (가까이) …

김태훈      … (그 기척에) …

| | |
|---|---|
| 대 호 | … (그 자리에) … |
| 김태훈 | … (물끄러미) … |
| 대 호 | … (숨을 가누고) … |
| 김태훈 | 오셨는가…? |
| 대 호 | … (공손하게 고개 숙이고) … |
| 김태훈 | …… |
| 대 호 | …… |
| 김태훈 | … (다시 먼 산을 보고) … |
| 대 호 | … (잠시) … |
| 김태훈 | … (그저) … |
| 대 호 | … (다가서며) 으르신…. |
| 김태훈 | (달을 보며) 어디를 저리 바삐 가시려는가…? |
| 대 호 | … (김태훈의 시선을 좇아 달을 보고) … |
| 김태훈 | (시선만큼이나 아득하게) 해가 오시려니 달이 가려는 것인가…, 달이 가시려니 해가 오려는 것인가…? |
| 대 호 | …… |
| 김태훈 | '지금의 사람들은 옛적의 달은 보지 못하건만, 지금의 저 달은 전에도 옛사람들을 비추었을 터…. 옛사람들이나 지금 사람들이나 모두 흐르는 물과 같은 것이다.'[38]하였음에…. (다시 먼 산을 바라보며) 물이라…. |
| 대 호 | …… |
| 김태훈 | … (잠시, 생각에 잠기어) … |
| 대 호 | …… |

| | |
|---|---|
| 김태훈 | (고샅길 아래쪽으로, 얼어붙은 계곡을 바라보며) 저 차디찬 얼음장 밑으로도 물은 흐르고 있을 터…. 그렇게‥ 흐르고‥ 흘러‥, 가겠지…. |
| 대 호 | …… |
| 김태훈 | … (눈이 반짝) … |
| 대 호 | …… |
| 김태훈 | 허허~ 스러져가는 달빛 때문인가? 이런 판국에도 저 달에 술잔을 비추며 묻고 싶어지는구만, 그래. 헛허허~. |
| 대 호 | …… |
| 김태훈 | …… |
| 대 호 | (사뭇 다른 어조로) 으르신‥, |
| 김태훈 | …… |
| 대 호 | 쉰네…, 드릴 말씀이…, 있는디요…. |
| 김태훈 | … (시선을 대호에게) … |
| 대 호 | (그 고요한 시선에, 고개 숙이고) 보초대가리 읎는 놈이 배알티 배겨갖꼬 씨알머리 읎이…, 으디서 감히 으르신 앞서 앵부린다 생각을 허셔도…, 지는 뭐…, 뭐라…, 드릴 말씀이 읎는디요…. |
| 김태훈 | …… |
| 대 호 | … ('여짓여짓') … |
| 김태훈 | …… |
| 대 호 | (작심한 듯, 그러나 쉽지 않게) 이놈이 자발이 읎이 참말로‥, 참말, 징허게, 지송시런디요…. 지가 으르신덜께 죽을죄 |

를 짓더래도 말이여라‥. 요번짝맨큼은 쇤네‥, 암만
이‥ 맴을 고쳐먹고 또 고치고 혀 봐도 말이어라‥. 으르
신들 령대로‥, 고로코롬 따르는 것은 참말로‥, 헐 수
가‥, 아니요‥, 모‥ 못하겠구만이라‥.

김태훈    ‥‥‥‥

대 호    ‥ (안색을 살피며 침을 '꿀꺽') ‥

김태훈    ‥‥‥‥

대 호    (말에 더욱 힘을 주어, 그러나 그만큼 더 송구스러워하는 태도로)
긍께 쇤네가‥, 참말로‥, 참말로 면구스런디요‥. 차라
리 이‥, 이놈‥, 여‥ 모강지를 내놓고 드리는 부탁잉께
요‥. 인자 지는 기왕지사 으르신 령을 어길라는‥, 쳐 죽
일 놈잉께라‥. 뭣을 더 두고 볼 것도 읎이‥, 기냥 여서
칵 디져 불게 냅둬 주셨으면‥, 만이라‥.

김태훈    ‥‥‥‥

대 호    이놈은 암 껏도‥, 으디 가고 자픈 곳도‥, 갈 곳도 읎어
라‥. 오라는 디도 읎고요. 가야 헐 이유도 당최‥, 모르
겠구만이라‥. 지는 말이여라‥, 인자 시방‥, 진즉에 통
통 막혀 버려 미꼬미라곤 워디 눈알을 씻고 눈꼽을 떼고
찾아 봐도 도통에 읎는‥, 깜깜허니 암 껏 뵈지 않는 이
까깝헌 시상서요‥. 낫자루 호미자루‥, 그놈 말고는 암
껏 쥘 것이 읎어‥, 지우 마른 햇살 한 줌, 흙먼지 한 톨 쥐
어지는 이 손으로, 개벽開闢녘 문짜구리 '활짜당' 열어제
끼고 미친놈마냥 뛰쳐 나가서요‥. 이놈 칼로 번뜩 번뜩

온 시상 시퍼렇게‥, 서늘한 칼바람 시퍼런 칼춤 한번 신
명에 발병 나게 흐드러지게 추면서요‥. 지 칼 막아서는
놈덜 칼, 지 총 막아서는 총포에 부딪히고 부딪혀, 손모강
지 발모강지, 요‥ 모강지 대강지, 깨지고 잘리고 싹뚝에
뭉뚝 피비린내 몽실, 아가리 까득까득 핏덩이 한 뭉텡이
울컥에 울컥, 토악질 패악질 원 읎이 함 하고요‥. 분하디
분한 맴‥, 분기憤氣에 오기傲氣를 원기元氣 삼아 요란이
법석, 초란이 방정으로 '쨍그랑 쨍쨍' 소리에 '소리소리',
진창에 난장으로 이 골짝 저 고을, 동네에 방네, 방방에 곡
곡으로 까득에 까득 울리고 울려서라‥, 원통에 분통하고
비통에 절통한 염병헐 놈의 시상‥, 눈 뜬 장님, 귀 먹퉁
이, 버버리, 오장이 썩어빠진‥ 시상 드믄 천치놈들 싸그
리 싹싹, 몽에 몽조리 깨우고 또 깨워서 일으켜 세우고
라‥. 그라고‥, 그라다 디져야 헐 때 원 읎이 실컷 디질
라니께요‥. 그랑께라‥, 그랑께말이요‥. 지발‥, 쇤네
헌티, 얼라들 할마시 데꼬 으디 내려가란 말씀만큼은 지
발‥, 허지 말아 주시시오. 지는 여서 디지는 것이 소원잉
께요‥.

김태훈　　　……

대　호　　　…(절실한 눈으로)…

김태훈　　　…(무덤덤한 눈으로)…

대　호　　　……

김태훈　　　(이윽고) 개벽이라….

| 대 호 | …… |
|---|---|
| 김태훈 | 개벽이라 하셨는가…? |
| 대 호 | (고조되어 있는 감정이 실리어) 야…. |
| 김태훈 | (여전히 먼 산을 보고) '천지의 기수氣數로 보면 현금現今은 일 년의 가을이요. 하루의 저녁때와 같은 세계라…. 물질의 복잡한 것과 공기의 부패한 것이 극도에 이르렀다.' 하셨으니…, 무리가 일컬어 '개벽의 시기가 도래하였다.' 말씀들을 하셨던가…? |
| 대 호 | 야…. |
| 김태훈 | 허나…. |
| 대 호 | …… |
| 김태훈 | 천지의 기수를 따라 개벽의 시기라 일컫는 것이, 다만 사시四時의 순서와 일월日月의 번복에 달린 것이었는가…? |
| 대 호 | …… |
| 김태훈 | … (고개를 가로 저으며) … |
| 대 호 | …… |
| 김태훈 | 시처처時處處라, 머물다 돌아가니…. 날도 아니고 달도 아닌…, 때가 되면 오는 것…. 자유시自有時 자유시自有時하니, 스스로 그 때가 있음[39]이며, 운運 역시 그 운이 있는 것이니…. ('하여, 아직은 때가 이르지 않았다.'는 뒷말은 차마 잇지 못하고) |
| 대 호 | …… |
| 김태훈 | …… |

대　호　　으르신….

김태훈　　허허~. 벽闢이라 살피어 보니, 문門안에 법法과 허물, 한울
이 들어앉은 것[40]이거늘…. 개벽이라 새로운 세상을 여는
것이, 반드시 문을 파破하야 부수어 밖으로 열어젖히고
나아가 물리치며 난장亂場을 치러야만 하는 것인가? 안으
로 열어, 삼가 한울님을 모시듯, 만휘군상 삼라만상을 내
안으로 모시고 맞이하여 섬김에 널리 흐르고 멀리 퍼지게
하면 아니 될 일이던가…?

대　호　　으르신…! 이놈은 원체 생겨먹은 씨종자가 겉보리 쭉정이
맹키로…, 여…, (자신의 머리를 '툭툭' 치며) 여가…, 텅 비
어갖꼬, 당최, 암만…, 암 껏 모르는 무식헌 놈잉께라….
시방, 도금찰 으르신 금쪽 같이 높으신 말씀… 도통 뭔 말
씀이신지 알아먹지를 못하겄어라…. 긍께요…, 지가
라…. 쇤네…, 이 무식 종자 놈이 지우 지우, 꼭 지 이름만
큼 아는 것은요…, 지맹키로 하찮은 티끌 종자끼리는 '딴
딴' 허고 '똘똘' 허게 '꽉' 뭉쳐갖꼬…, 그라서 흙이 되고
돌멩이가 되어서, 분하고 억울한 이 시상…, 으찌든지 바
꿀라고 힘 닿는 디까정 허천나게 부딪히고 부딪혀…, 몸
땡이 겁나 부서지고 바스라져 다시 띠끌이 될 띠까정, 이
판에 사판으로 그렇게 살다 디져 불고, 그래야 쓴다는
것…. 그것뿐이어라…. 고로코롬, 야? 야…? 우덜이 고로
코롬 해야 허는 것 아닌감요? 야? 야…? 야…??

김태훈　　……

| 대 호 | (감정을 주체하지 못하여, 저 모르게 악을 쓰듯) 아, 우덜이 한 울이람서요…!!! |
|---|---|
| 김태훈 | …!… |
| 대 호 | (고조되어 울듯이) 이‥, 이놈‥, 이 무식헌 반팬이 놈은 오 로지 나가 한울이고 너가 한울‥. 우덜말고는 한울 읎단 말씀에‥, (가슴을 쥐어 잡고) 여‥ 여가‥, 단숨에 '찌르르 르~ 꽉!' 박혀갖꼬 뼛속까지 '짜르르르~' 저려 왔소. 그란 디 말이여라‥. 그란디 인자 시방‥, 여가 죽어라 쿵쾅거 리는 것이‥, 으째 나가 한울이고 우덜이 한울이라 해싸 놓고, 으짜쿠롬 꾸꿈시롭게 도망을 치라 그라는 것이라 요? 잉? 나가, 잉? 우덜이‥, 우덜 모다가 한울인디‥, 뭔 놈의 한울이 뭣이 무서워 그라는 것이요? 쩌그 하늘이 벼 락이를 맞아 짜개지는 것이 겁이 나서 도망을 치겠소? 야‥? 야? 으디 시상이 까꾸로 디집혀 불에 물벼락, 물에 불벼락을 맞아 무너진다 혀도‥, 암만 하늘이 한 구석탱 이만 쪼까 무너지고 말겠소? 진즉에 무너질 것이면 그라 녀도 한꺼번에 '와르르르~ 몽창…!' 무너질 것인디‥, 으 디로 가서 을매나 더 살아 보겠다고 그라라는 것이요? 사 람이 한번 나고 나면, 종당에는 가고 지고 디지는 것‥! 나 고 지고 가고 지고, 나고 가고 지고 나고 가고요, 잉‥? 가 건 남건 우덜은 으짜피‥, 은젠가는 모다 디져갖꼬 썩은 내 '풀풀~' 풍기면서, 벌거지 밥이 되고 흙 되는 것 아닌 감요? 안 그라요? 긍께요‥, 인자, 우덜이 다 디질 때가 되 |

앴웅게‥, 차라리 멋들어지게 디져 부는 것이 안 낫겠
소‥? 으르신‥, 도금찰 으르신‥! (무릎을 꿇고) 싸웁시다
요. 부탁이여라. 지발 우덜 모다 다 같이 싸우게 해 주시
오. 이놈은요‥, 무식헝께요‥. 무식해서 겁나 용감헝께
요‥, 긍께 싸우다 디지게요‥. 우덜 디질 자리가 바로 여
깅께요‥

유인모    (갑작스런 큰 소리로) 보시게, 접사‥! 지금 뭣하고 계시는
         겐가‥?


비탈길에서 고샅길 입구로 이어지는 언덕배기에 서있던 유인모,
성큼 성큼 내려온다.


유인모    (김태훈에게) 나와 계셨사옵니까?
김태훈    ……
유인모    (대호에게) 이 무슨 해괴한 짓인가? 어서 일어나시게.
대 호    ……
유인모    … (시선을 김태훈에게) …
김태훈    ……
유인모    어허~ 이 사람이 그래도…!
대 호    ……
유인모    보시게, 접사…!
대 호    대정 나으리, 지송하구만이라. 지는, 도금찰 으르신 령이
         기시기 전까지는 못 일어나겠구먼요.

| | |
|---|---|
| 유인모 | 령이라니? 대체 무슨 말씀을 하시는 겐가? |
| 대 호 | …… |
| 유인모 | … (다시 시선을 김태훈에게) … |
| 김태훈 | …… |
| 유인모 | 이보게, 대호…! |
| 대 호 | 나으리, 이놈은요…. 시방, 우덜 모다 한 사람도 빠짐 읎이 여서 다 같이 싸우라는 령이 떨어지기 전까정은 한 발짝도 안 일어날 것이여라. |
| 유인모 | 그 이야기라면 이미 결정이 내려진 것이거늘, 이제와 자네 홀로 고집을 부리시겠다는 겐가? |
| 대 호 | (완고하게) 야. 이 무식헌 놈 똥 고집이라 혀도 상관이 읎고, 으디 반팬이 떨거지 어거지 바가지라 혀도 상관이 읎소. 그란디요, 그랑께요…, 이놈은 참말로 대그빡이 돌멩이고 무릎팍도 돌멩이라, 나으리 으르신 말씀 읎이는 못 일어나겠서라. |
| 유인모 | 어허~! 이 사람이 진정…! |
| 김태훈 | 한울이라 하셨는가…? |
| 대 호 | … (시선을 김태훈에게) … |
| 김태훈 | … (여전히 시선을 허공에 두고) … |
| 유인모 | …… |
| 김태훈 | 한울이라……. |
| 대 호 | …… |
| 유인모 | …… |

김태훈    (진지하게, 그러나 무겁지 않게) 허면‥, 자네의 그 한울님께
          서는‥, 삶에 계시는 것이던가? 아니면‥, 죽음에 계시는
          것이던가?

대 호     ‥ ('무슨 뜻인가?' 하여) ‥

김태훈    ……

대 호     ‥ (시선을 유인모에게) ‥

유인모    ……

대 호     ‥ (다시 시선을 김태훈에게) ‥

김태훈    ‥ (그윽한 눈으로) ‥

대 호     ‥ (불현듯 떠오른 생각에) ‥

김태훈    ‥ (고개를 끄덕이고) ‥

대 호     ‥ (그러나 흔들리는 눈으로) ‥

김태훈    (고개를 가로 저으며) 아니라네‥. 한울님은 우리네 산목숨
          하나하나, 숨결 마디마디에, 우리네 흙 한줌, 밥 한술에 계
          실 것 일세‥. 하여, 우리네 소중한 흙 한줌, 밥 한술을 지
          키고자‥, 나를 살리고 우리를 살리고자 분연히 일어섰던
          것 아니었는가‥?

대 호     ‥ (머리털이 곤두서는 느낌에) ‥

김태훈    ……

대 호     ‥ (그러나, 그럼에도 그러나) ‥

김태훈    ‥ (그럼에도 그러하기에) ‥

대 호     도‥ 도금찰 으른‥.

김태훈    ……

| | |
|---|---|
| 대 호 | ··· (시선을 유인모에게) ··· |
| 유인모 | ··· (그저) ··· |
| 김태훈 | 그런즉··, (순간 '멈칫! 악다물고 되새기듯) |
| 대 호 | ··· (동그란 눈으로) ··· |
| 김태훈 | 살아야··, 살아야 하지 않겠는가··? |
| 대 호 | ···!··· |
| 김태훈 | 하여··. 높이 날아오르고, 더 멀리 뛰어야하지 않겠는<br>가?[41] |
| 대 호 | ···!!··· |
| 유인모 | (가슴이 뭉클하여) 나으리··. |
| 김태훈 | ··· (눈을 감는다) ··· |
| 대 호 | ('울컥' 치밀어 오르는 설움에 목이 메여) 으르신···!! |
| 김태훈 | ······ |

비탈길 언덕배기에서 고샅길 입구로 내려오던 소희, 세 사람을
발견하고는 '주춤···!' ··· 다시, 조심스레 아래로 내려온다.

| | |
|---|---|
| 유인모 | ··· (그 기척에) ··· |
| 소 희 | 대정 어른·· |
| 유인모 | 왔느냐··? |
| 소 희 | 네, 대정 어른···. (시선을 대호에게) |
| 대 호 | ··· (아랑곳 않고) ··· |
| 김태훈 | ··· (고개를 돌려 소희에게) ··· |

| | |
|---|---|
| 소 희 | (그 몸짓에, 공손하게) 할아버님···. |
| 김태훈 | ······ |
| 소 희 | ······ |
| 유인모 | 그래, 어디에들 계시는가···? |
| 소 희 | 네, 모두 채비를 마치시고 이리로 오고 계시옵니다. |
| 유인모 | ··· (고개를 끄덕) ··· |
| 소 희 | ··· (다시 시선을 대호에게) ··· |
| 대 호 | ······ |
| 유인모 | 이보게, 접사. 이제 그만 일어나시게. |
| 대 호 | ··· (그제야 시선을 소희에게로) ··· |
| 소 희 | ······ |
| 대 호 | ··· (그래도) ··· |
| 유인모 | 어허~! 왜 이리 고집을 부리시는 겐가? |

갑자기 '두런두런' ··· 비탈길 언덕배기에서 들려오는 사람들의 말소리 그리고 발소리

| | |
|---|---|
| 소 희 | 오라버니··. |
| 대 호 | ······ |

팽이할아범과 덕배, 어진이와 고은이 그리고 궁궁이와 청수, 언덕배기에 올라선다.

| 덕 배 | (앞에서) 으르신, 여··, 조심··, 조심하셔요. |
|---|---|
| 궁궁이 | (뒤에 바짝 붙어) 조조조·· 조심··조심··, 조심··. |
| 팽이할아범 | (올라오며) 하이구야~ 힘들기도 캐라··! 고마·· 이리 깜깜한데··. 대체 이·· 이 뭔 일이고··? |
| 덕 배 | 인자 다 올라오셨구만이라. |
| 팽이할아범 | 이·· 이 오밤중에··, 뭐 한다꼬 이 난리법석이고? |
| 어진이 | (뒤에서) 쩌어기··, 저짝으로 내려간다는디요? |
| 팽이할아범 | 쩌 아래에··? 와? |
| 어진이 | 고향 갈라고요. |
| 팽이할아범 | 뭐? 뭐라꼬··? 고향··? 고향 간다꼬? |
| 어진이 | (고개를 끄덕이며) 네. |
| 팽이할아범 | (못 믿겠다는 듯 고개를 갸우뚱거리고는) 에잉~! 치아라 마··! 다 살은 늙은이 놀라 자빠지게끄로 야밤에 이·· 뭔 소리고? |
| 어진이 | 아니여요. 진짜여요. 참말로··, 집에 간다는디요? |
| 팽이할아범 | 니·· 진짜가? 진짜루··, 참말 가는 기가? 카믄, 언제 가는데? 고마··, 까마구 대구빡이 허예지고, 군고구메에 싹 날 때··? |
| 어진이 | 아니어요. 인자 금새 내려 갈려구요, 죄다 보따리 챙겨갖꼬 일루 모이는 거여요. |
| 팽이할아범 | (덕배에게) 야 말이 진짜 참이가? |
| 덕 배 | 야··? 야. |
| 궁궁이 | (빠르게 끄덕이며) 응응응응··. 지지지지·· 집에·· 집에··. |

| 어진이 | 것 보셔요. 진짜 참말이여요. |
|---|---|
| 팽이할아범 | 하이고야~ 이‥ 이‥, 참말 진짠갑네? (환해지며) 가만 있어봐라‥. 그럼 이 얼마만이고‥? 내, 할망구 보내고‥ |
| 덕 배 | 좋으셔요? |
| 팽이할아범 | 와? 니는‥? 니는 안 좋나? |
| 덕 배 | 아‥, 아니요‥! 지도 당연히 좋지라‥! |
| 어진이 | 지도요! 지도 참말‥, 참말로 좋아라. (고은이에게) 그치, 누나? |
| 고은이 | 웅‥? 웅‥. |
| 궁궁이 | 나나나나‥나도‥. 나도‥ 나도‥ 조조조조‥좋다. 좋다‥. 좋다‥! |
| 팽이할아범 | 하므~! 고향 갈라카는데 미치고 팔짝 뛰고 좋아 죽어야 안 하나? |
| 궁궁이 | 하하하‥하므, 하므, 하므‥. 미미미미‥ 미치고‥! 미치고! (제자리에서 폴짝거리며) 파파파파‥ 팔짝! 팔짝‥! 팔짝‥! 히히힉~! |
| 청 수 | 이 바보‥! 그만해라. |
| 궁궁이 | ‥? ‥ |
| 어진이 | (청수에게) 너‥! 하지 마라. |
| 청 수 | 너는 또 뭐냐? |
| 어진이 | 그럼 너는 또 뭐냐? |
| 청 수 | 알지도 못하면서‥. |
| 어진이 | 뭘 모르냐? 내가 너보다는 잘 안다. |

| 청 수 | 멍충이…. |
|---|---|
| 궁궁이 | 머머머머‥멍멍‥, 멍충이‥, 멍충‥, |
| 어진이 | 너가 멍충이, 바보 똥개다. |
| 궁궁이 | 또또또또‥, 똥개‥, 똥개‥, |
| 청 수 | 너~어‥! |
| 팽이할아범 | (청수에게) 시끄러 봐라! 봐라. 와? 니는 안 좋나? 니는 너 집에 가기 싫나? |
| 청 수 | 할아버지, 지금 우리는요‥ |
| 고은이 | 청수야…. |
| 청 수 | … (고은이를 보고) … |
| 궁궁이 | (문득, 비탈길 아래 고샅길 입구에 무릎을 꿇고 있는 대호를 발견하고는) 어‥? 어? 저저저저‥ 저‥! 호호호‥호야‥! 대대대‥호‥! 호야‥ 대호‥대대대‥ 대호‥ 대호야! |

두범이와 두범어미, 또새댁네 그리고 성미와 유씨부인, 머리에 보따리를 이고 고샅길 언덕배기로 올라온다.

| 궁궁이 | (발을 동동 구르며) 호호호‥호야‥! 호야‥, 대대대대‥대호‥, 대호…대호…. |
|---|---|
| 두범어미 | 월라라‥? 야는 또‥, 왜 또 이런디야‥? |
| 궁궁이 | (두범어미의 소매를 붙들고 잡아끌며) 저저저저‥ 저기…! 우우우우우‥ 우리‥, 우리, 우리‥ 호호호호‥! 대대대대…호호, 대호‥, 대호…! |

두범어미   옴마마…?아야…! 넘어져야…!!

또새댁네   왜 그리어? 워디‥, 뭔 일 있으야? (아래쪽을 보고) 월래‥?
          저 뭣이여‥? (유씨부인에게) 성님, 쩌‥, 쩌기 대호 아니
          요?

유씨부인   … (성미와 함께 아래쪽을 내려다보고) …

두범어미   을라라…? 대호 맞는디‥? 그란디 시방, 쟈가 쩌그‥, 꿇
          어앉아 있는 것이요?

궁궁이    (빠르게 곁으로 와서 연신 고개를 끄덕이며) 응응응‥. 응응
          응‥.

또새댁네   쟈는 왜 또 시방 저러고 있데야‥? 벨스럽기도 허네‥. 뭔
          일이랑가…?(덕배에게) 뭔 일 있었소?

덕 배    글씨라. 우덜도 시방, 인자 막 올라와서 잘 모르겄는디‥.


          아래쪽에서 한칼이와 박주천, 서도중 그리고 당코영감과 난화,
          연화, 비탈길 언덕배기에 올라선다. … 뒤이어 남이와 만석, 호봉,
          천수, 등짐을 지고 올라온다.


한칼이    왜들 거그 서서 그라는 것이여? 뭔 일이라도 났는가?

궁궁이    (호들갑스레) 대대대대대‥대호, 대호‥! 대호…대호…대
          호…

한칼이    대호‥? 대호가 왜…?

궁궁이    (한칼이에게 매달려) 쩌쩌쩌쩌‥, 쩌기‥! 쩌기! 쩌기‥! 우
          우우우…우리, 우리‥, 우리, 호호호‥호‥. 대대대… 대

|  |  |
|---|---|
|  | 호, 대호··! 대대대·· 대호··, 대호야·· |
| 한칼이 | 으메~ 양··. 정신 사나운 거··! 쪼까 가만히 쫌 있어 보드라고. |
| 궁궁이 | ··· ('찔끔' 하여) ··· |
| 박주천 | (아래쪽을 보고는) 대호 접사 아니신가··? |
| 만 석 | 으디요··? (아래쪽을 내려다본다) |
| 천수/호봉 | ··· (아래쪽을 내려다보고) ··· |
| 호 봉 | 대호 맞는디요. |
| 만 석 | 그라게··. |
| 궁궁이 | 응응응응··. 대대대대·· 대호·· 대호··, 마마마마·· 맞다··, 맞다··. |
| 한칼이 | 쟈가 시방 쩌서 뭣 하는 것이다냐? |
| 천 수 | 글씨유? |
| 만 석 | 쟈가, 뭔 잘못이라도 저질렀는가··? 왜 저러고 있데야? |
| 천 수 | 그라게유. 모를 일이구먼유. |
| 만 석 | 참말로 별일이네. |
| 박주천 | 헛허~ 도금찰 어르신 모셔 놓고 담판이라도 지으려는 모양이신가? |
| 한칼이 | 담판··? 뭔 담판말이요? |
| 박주천 | (빙긋 웃으며) 글쎄··. 그것까지야 내 어찌 알겠는가? |
| 한칼이 | ······ |
| 만 석 | 뭔 말씀이시랑가? |
| 천 수 | 글씨유. 지도 도통 모르겠네유. |

| 호 봉 | 으메, 으짠일이랑가…. |
|---|---|
| 당코영감 | 이러고 있을 것이 아니라, 다 같이 내려가 봄세. |

사람들, 비탈길 위 언덕배기에서 쑤군거리며 고샅길 입구로 내려온다.

| 한칼이 | (내려오며) 대정…! |
|---|---|
| 유인모 | … (그 소리에) … |
| 한칼이 | 진즉에 나와 기셨소? |
| 만석/천수/호봉 | 나와 기셨어유? |
| 유인모 | 어서들 오시게나. (당코영감에게) 불(炬)도 없이 어두운 길을 내려오시느라 힘드시지는 않으셨습니까? |
| 팽이할아범 | (끼어들어) 어데…! 집에 간다카니 눈깔이에서 마…, 불깔이 '폭폭' 하고, 무릎팍에 없던 힘도 '쑥쑥' 난다 아이가? 고마 쌔리 앞장서라, 마…! 내…, 고라니 새끼마냥 '뽈캉' 뛰 내려갈끼구마. |
| 한칼이 | 하이고~ 우리 영감님…! 인자 내려가신다니께 절로 힘이 뻗치는 갑소. |
| 팽이할아범 | 하므…! 왜 안 그렇겠나? |
| 당코영감 | (김태훈에게) 도금찰께서도 나와 계셨습니까? |
| 김태훈 | (온화하게) 네. 한울같이 귀하신 분들께서 멀리, 이른 새벽길을 나서시는데…, 당연히 앞서 나와 있어야지요. |
| 유인모 | (유씨부인에게) 채비들은 다 차리셨습니까? |

| | |
|---|---|
| 유씨부인 | 네, 나으리. |
| 한칼이 | 엇따, 차리고나 말고나 할 것이 개뿔…, 뭣이 있기나 있소? 노인네 얼라들 덮을 만한 두꺼운 옷가지 몇 벌 허고 솥단지 하나, 밥숟꾸락 한 개씩만 챙기면 되는 것이지. 그란디 쟈는 왜 저러고 있는 것이요? (대호에게) 어이, 아야…! 너는 시방 거서, 뭐 들라고 그러고 있는 것이냐…? |
| 대 호 | …… |
| 한칼이 | … (시선을 유인모에게) … |
| 유인모 | …… |
| 덕 배 | (소희에게) 대관절 뭔 일이라냐? 왜 그리어? |
| 소 희 | …… |
| 한칼이 | 어이, 대호야…! |
| 궁궁이 | (몸이 달아) 대대대대 ‥ 대호, 대호야‥. |
| 대 호 | … (그래도) … |
| 한칼이 | 염병헐 놈이 귓구녕에 당나구 뭣을 박았나…? 들은 척도 안 하네, 그랴. |
| 당코영감 | 이보게 대호. 자네가 어찌된 연유로 이러고 계시는지 내 잘 알지는 못하겠지만‥, 여기 보는 눈들도 여럿 있고 하니, 어서 일어나시게. |
| 덕 배 | 그리어, 얼른 인나야. 모냥새 거시기헝께. |
| 대 호 | …… |
| 유인모 | 어허~ 이 사람…! 정녕 이러고 있을 셈인가? |
| 대 호 | … (고개를 든다. 눈물이 그렁그렁한 눈) … |

| | |
|---|---|
| 한칼이 | 얼라라‥? 쟈‥, 쟈가‥, 왜 저런다요? |
| 궁궁이 | 호호호호‥ 호야‥! 호야‥! 대대대대대‥ 호야‥! |
| 대 호 | ‥ (일어선다) ‥ |
| 궁궁이 | 호호호호‥호야‥, 호야‥. |
| 대 호 | (진하게) 성‥. |
| 궁궁이 | (울먹이며) 으응응응‥, 응응응‥. 우우우우‥울지‥, 울‥울‥ 울지‥ 마‥. 울지‥마‥. 서서서‥성아‥, 성아‥, 구‥궁궁‥성이‥, 아아아아‥안‥, 운다‥. 우우‥운다‥. 안‥ 운다‥, 운다‥. |
| 대 호 | ‥ (천천히, 한 사람 한 사람과 일일이 눈을 맞추고) ‥ |
| 사람들 | ‥?‥ |
| 대 호 | 으르신‥. 지가 뭣을‥, 알기는 쪼까 알겠는디요‥. (길게, 큰 숨을 내쉬고) 그란디, 그란디 말이여라‥. 이‥ 이놈의 대갈통하고‥, 여‥, 여기‥ 한울이‥, (가슴을 부여잡고) 여‥ 속알맹이허고 대갈통이 다릉께요‥. |
| 사람들 | ‥ (대호와 김태훈을 번갈아 보며) ‥ |
| 대 호 | 긍께‥, 그라도‥, 지는 참말로 모르고 싶구만이라‥. 지는요, 차라리 기냥‥, 소갈딱지 편하게요‥, 여‥, (가슴을 치며) 여‥ 쌔까먼 놈‥, 속창아리 시키는 놈맹키롬 암 껏 생각이 읁이, 기냥‥ 모를라네요‥. |
| 김태훈 | ‥‥‥‥ |
| 한칼이 | 쟈가 시방 뜬금읁이‥, 대체 뭔 소리라요? 어이 대호야‥, 너 시방‥ |

| | |
|---|---|
| 대 호 | 모다, 조심들 하고 살펴 내려 가시요. 그래갖꼬…, 으째든 지 꼭들 살아 남으셔서… (입술을 깨물어 눌러 참으며) |
| 궁궁이 | (그 모습에) 호호호호호…호야…! |
| 대 호 | … (궁궁이를 보고) … |
| 궁궁이 | 대대대…대호…, 대호야…. |
| 대 호 | (가슴이 미어져) 저 냥반이요…. 원체가 쪼까…, 모지라고 순둥이라…, 으짤줄을 몰라갖꼬…. 그라서 시방…, 그저 목숨 하나 부지허고 사는 것이…, 으찌 참말…, 한숨스럽 기도 허지만은서도요…. 그라도 사람이 불쌍형께…, 에려 와도 붙어있는…, 사연 많은 목숨잉께요…. 잘 쪼까만…, 보살펴 주시오…. 누가래도 진즉에 디져부렀어야 헐 것이 다, 그런 말씀 마시고요…. 그저 벌거지마냥… |
| 소 희 | 오라버니…! |
| 대 호 | … (차마 눈을 마주칠 수 없어) … |
| 소 희 | …… |

대호, 다하지 못한 말을 가슴에 담은 채 사람들에게 '꾸벅' 인사 를 하고는 도망치듯 '후루룩~!' 비탈길 언덕배기로 올라간다.

| | |
|---|---|
| 궁궁이 | 호호호호…호야…! 호야…! |

대호, 언덕배기에 멈춰 선다.

| 궁궁이 | 나나나나나…나도‥, 나도‥, 나도‥! 너너너너…너랑‥! 너랑‥, 가가가가가가…같이‥, 같이‥! (쫓아 올라가려 한다) |
|---|---|
| 대 호 | … (뒤돌아) … |
| 궁궁이 | 호호호호호‥호야‥, 호야‥! |
| 대 호 | 성아‥. |
| 궁궁이 | 응응응…응응‥. 서서서서…성‥, 성이랑‥, 성이랑‥, 가가가가…같이‥, 같이… |
| 대 호 | … (그저 바라보고) … |
| 궁궁이 | 서서서서서‥성은‥, 성은‥, 성이랑‥, 호호호호‥호랑‥, 호랑‥, 우우우우…우리‥, 우리‥, 가가가가…같이‥, 같이… |
| 대 호 | … (고개를 가로 저으며) … |
| 궁궁이 | (더 빠르게 고개를 가로 저으며) 아아아아아…아니‥! 아니‥! 우우우우우…우리‥, 우리‥! 가가가가…같이‥, 같이… |
| 대 호 | (손짓으로) 오지 말어. |
| 궁궁이 | (듣지 못하고) 구구구구‥궁궁‥, 궁궁‥, 궁궁이랑‥, 가가가가가…같이‥, 같이‥, 지지지지지‥ 집에‥, 집에‥ 가가가가가…가‥ |
| 대 호 | 아니여. 먼저 가더라고‥. 나는 여서 헐 일이 있응께… |
| 궁궁이 | 우우우우…우리‥, 우리‥, 가가가가…같이‥, 같이, 가가가가…간다‥, 간다‥, 간다. |

| 대 호 | 얼른 가랑께…. |
|---|---|
| 궁궁이 | 아아아아…아니‥ 아니‥,아니‥. 나나나나…나도‥,나도‥,여여여여‥ 여기‥,여기‥ 여여여여여‥여‥,가가가‥,같이‥,같이… |
| 대 호 | 내려 가랑께…! |
| 궁궁이 | 아아아아아…아니‥,아니‥,어어어어어‥엄니‥,우우‥울‥,울 엄니‥,엄니가‥,우우우우우‥ 우리‥,우리‥ 두두두두두‥둘이‥,둘이‥,가가가가‥같이‥,같이‥ (올라가려 한다) |
| 대 호 | (큰소리로) 쌔빠닥 꼬부라지는 소리 허들 말고 싸게 내려 가랑께…! |
| 궁궁이 | (놀라) <u>호호호호호</u>‥호‥,호야‥. |
| 대 호 | 이잉…? |
| 궁궁이 | 서서서서서‥성이랑‥,성이랑‥,구구구구‥궁궁‥,궁궁성이랑… |
| 대 호 | 등신마냥…! 말을 허면 말을 듣지, 말도 지대로 모다는 것이, 왜 말을 안 들어 처먹고 지랄이여, 지랄은…! |
| 궁궁이 | (올라가며) 대대대대대‥대호‥,대호‥ 야‥. |
| 대 호 | 이잉…? 뭐‥? 뭣? (눈을 부라리고 윽박지르듯) 얼릉…! 얼릉 안 내려가‥? 안 갈 것이여? 너‥? (주변에 떨어진 나뭇잎과 잔가지들을 주워 집어 던지며) 가‥! 가‥! 이‥ 등신‥! 버버리‥! 팔푼이‥! |
| 궁궁이 | <u>호호호호</u>‥ 호야‥. |

| | |
|---|---|
| 대 호 | 호는 뭔 염병‥! (다시 나뭇잎과 잔가지들을 집어던지며) 가‥!가‥! 얼릉 안 가? 가! 얼릉‥! 얼릉‥!! |
| 궁궁이 | (기죽어, 눈치 살피며) 호호호호‥호야‥, 호야‥ |
| 대 호 | 너, 시방 쫓아오기만 혀 봐, 잉? 성이고 나발이고 아조‥, 먼지가 폴폴 나게 뚜드려 패 버릴랑께‥! 알아들었냐? 잉? |
| 궁궁이 | ‥ (풀이 죽어) ‥ |
| 대 호 | 왜 말을 못혀‥? 알아 처먹었냐고? 잉‥? 잉?? |
| 궁궁이 | ‥ (그저 고개를 끄덕) ‥ |
| 대 호 | 그리어‥. 살라믄‥, 살고 자프면 말이여. 그저 시키는 디로 잉‥? 납작허니 벌거지맹키롬‥, 주댕이 꾹 처다물고 등신 팔푼이 버버리맹키롬, 꼭 고로코롬, 잉? 고로코롬 살아야 허는 것이여. 알겠냐? 알겠어?? |
| 궁궁이 | 호호호호호‥호야‥, 호야‥. |
| 대 호 | (사람들에게) 싸게 싸게들 내려가시오! 날 새기 전에, 얼릉‥! |

대호, 비탈길 언덕배기 위로 뛰어 올라간다.

| | |
|---|---|
| 궁궁이 | (멀어지는 뒷모습을 향하여) 호호호호‥호야‥, 호야‥! 대대대대‥대호‥! 대호‥! 호호호호‥호야‥! 잉잉‥, 호호호‥호야‥! 잉잉잉‥, 호야‥! 호야‥, 호야‥ |

궁궁이, 대호가 사라진 뒤에도 아이처럼 징징거리며 대호를 불러

댄다.

| 팽이할아범 | 저저저… 절마, 저 뭐꼬…? 자는 와 자한테 저 지랄이고? 쟈가 쟈 형이가? |
|---|---|
| 덕 배 | 아니여라. 갸가 갸 형이구만이라. |
| 팽이할아범 | 하이고야~ 망측스러버라…. 어린놈이 모지락스럽게도 승질머리하고는…! 어데 감히 동생 놈이 버르장머리 없이 행님한테 저리 눈깔이를 부라리고 씨부려쌌노? 내, 우짜다 오래 살다 보니 마…, 벨 더러븐 꼬라지를 다 본다카이…. 엥이~. |

그러나 사람들, 두 형제의 진심을 알기에 쓰라린 마음으로

| 당코영감 | 허허~ 몹쓸 사람…. 오장육부를 있는 대로 휘저어놓고 가시는구만, 그래…. |
|---|---|
| 사람들 | …… |
| 한칼이 | (천수와 호봉이에게) 너그들은 시방 뭣 하고 있냐? 얼른 쟈 안 데꼬 오고? |
| 천수/호봉 | 야…? 야…! (궁궁이를 데리러 간다) |
| 덕 배 | (유인모에게) 인자 워쩐다요? |
| 한칼이 | 뭣 말씀이요? |
| 덕 배 | 쟈가 저 지랄을 허고 갔는디, 인자 누가 저 아래까정 데꼬 갈 것이여? |

| | |
|---|---|
| 한칼이 | 것도 그라네‥?(유인모에게) 워쩔 것이요? |
| 유인모 | ‥‥‥ |
| 궁궁이 | (오며) 호호호‥호야‥, 호야‥, 잉잉‥ |
| 한칼이 | 아, 주접떨지 말어야‥! 시방 아조‥, 징글징글항께‥! |
| 덕 배 | 그러지 말어. 자도 시방 속이‥, 속이 아닐 것인디. |
| 궁궁이 | (기어 들어가는 소리로) 잉잉잉‥잉잉‥, 호호호‥호야‥, 호야‥, 잉잉‥, 호‥호야‥. |

궁궁이, 징징거리며 주춤주춤 아이들에게로 향한다. ‥ 모두, 안쓰러운 마음에 잠시

| | |
|---|---|
| 유인모 | (이윽고 천수에게) 이보게 천수. 자네가 내려가는 것이 어떻겠나? |
| 천 수 | 지‥, 지가유?(머뭇거리며) 글씨유‥, 지‥, 지는‥ |
| 덕 배 | 왜? 싫으냐? |
| 천 수 | 아‥, 아니유‥. 거시기 긍께‥, 싫은 것은 아니구유‥. |
| 덕 배 | 그라믄 왜? |
| 천 수 | 비록 지가 힘이‥, 많이 모지란 놈이기는 허지만은서두요‥. 지는 여‥, 한칼이 성님허고 같이‥, 다른 분들 뫼시고서 싸우고 싶구먼유‥. |
| 한칼이 | 저 썩을 놈은 꼭 나를 걸고넘어지고 지랄이네‥. |
| 천 수 | ‥ (머리를 긁적) ‥ |
| 덕 배 | 허면 누가 간디야‥? (주위를 둘러보다가, 비탈길 언덕배기를 |

|  |  |
|---|---|
|  | 바라보고 있는 만석에게) 어이, 만석이. 너는 워찌 생각허냐? |
| 만 석 | (딴생각을 하던 차에) 야…? 뭣…, 뭣 말씀이셔유? |
| 한칼이 | 염병헐 놈이…. 너는 시방 넘들 중한 야그 헐 띠, 워디를 처다보고 뭔 짓거릴 허고 자빠졌냐? 너가, 여… 아그들 으르신 모시고서 쩌그 아래까정 내려갈 것이냐고? |
| 만 석 | 아니요. 지는 안 가고 싶은디유. |
| 한칼이 | 내, 그럴 줄 알았다. 분이가 여 남는다는디, 너가 행여나 가겠다고 할 일이 읎지. |
| 덕 배 | 잉…? 그라고 봉께 분이네 식구들이 안 보이네 그랴? 울 일언거사—긑居士께서도 안 보이시고…? 워쩐 일이랑가? 그 촐랑이가…. |
| 만 석 | 아까 전에 지헌티는, 분이 아버님하고 할머님 모셔 온다고 먼저 가 있으라, 허긴 허셨는디…. |
| 소 리 | (갑자기 멀리서 메아리로 들려오는 응칠처의 고휴하는 소리) "복復…! 복…!! 복…!! 엄니…! 엄니…!! 옷이나 한 벌 가져가시오…! 엄니…! 엄니…!! 복…!! 복…!!" |
| 두범어미 | 옴마마~! 저것이 뭔 소리라요? 분이 엄니 아니여…? |
| 소 리 | "엄니…! 엄니…!! 복…! 복…!! 속곳이나 한 벌 싸가지고 가시랑께요…!! 복…!! 복…!!" |

또새댁네    하이고~! 분이 엄니 맞는갑네…. 으메, 양…! 이를 워쩐다
          요…?


          이재필, 초막과 이어진 비탈길 언덕배기에서 허겁지겁 뛰어내려
          온다.


이재필     성님…! 대정 성님…!! 큰일이 났소…! 큰일이…!! (내려와
          숨을 고르며) 으메, 숨 찬 거…! 나가 다 돌아가시게 생겼
          네…. 거시기…, 긍께요, 웅칠이 성네가 초상이 났당께요.
          나가 아까 참에… 웅칠이 성하고 뭣을 쪼까 챙기는디, 분
          이 년이 옆서 한참을…, 아무리 부르고 흔들고 깨워 봐도
          안 일어나시길래, 으째 낌새가 껄쩍지근허다 싶어 웅칠이
          성하고 이짝으로 뒤집어 눕히는디…, 아, 쪼깐한 몸이 축
          늘어져갖꼬 희마리가 한 놈이 읎는 것이, 요짝으로 들여
          다봤더니 숨을 쉬시지도 않는 것도 같아…, 그래서 분이
          년 멀카락을 뽑아갖꼬 엄니 콧구녕에 살살 갖다 디밀어
          봤는디, 암만 뒤도 까딱거리질 않는 것이…. 으메, 참말
          로…! 간밤에 별탈읎이 '오냐' 허고 쌔록쌔록 잘도 주무
          셨다는디…. 잘 계시다가 하필이면 으짜자고 꼭 이럴 띠
          돌아가시는가?
덕 배      우라질 놈이, 시방 돌아가신 분헌티…. 누구는 날 받아놓
          고 '간다' 허고, 동네방네 소문내고 가냐?
이재필     아니, 나의 말인즉슨…

| 덕 배 | 아, 시끄러‥! |
|---|---|
| 이재필 | ‥ (입을 삐죽이며 꼬리를 말고) ‥ |
| 당코영감 | 허허~ 참‥. 기어코 그렇게 가셨는가‥? |
| 두범어미 | 허이고, 울 할마시‥. 불쌍혀서 으쩐다요‥? 참말로‥! 늘 그막에 고생고생 여까정 올라 와 놓고서‥. 인자 금시 내려갈라는디‥ |
| 한칼이 | 아니어. 그리어‥. 차라리 암 껏 모르시고 시방 홀쩍 가신 것이 훨~ 잘 된 일인지도 몰러‥. 여서 내려간다고 뭣이 으찌 될랑가도 모르는디‥. 탈읎이 무사히 내려가기나 할랑가, 암토 모를 일이고‥. |
| 사람들 | …… |
| 두범어미/또새댁네 | (흐느끼며) 하이고‥, 엄니‥, 엄니‥, 달은 아적도 저리, 둥글고도 훤헌디‥. 뭣이 그리 급하다고‥, 그믐에 지는 달뎅이마냥, 진즉 홀로 사위시었소‥. 여지껏 잘 참았음서, 쪼까만 더 기둘리지‥, 으째 그리 모질게도 혼차 서둘러 가시었소‥. 엄니‥, 엄니‥, 으쩔라고 으쩌자고, 노을에 나와 맺혀갖꼬 아침에 지는 이슬마냥‥, 으찌 그리 허망하게‥, 벌써 놓고 가시었소‥. 앞서 가시는 북망산이‥, 고향보다도 좋으셨소‥? 아들 며느리 다 냅두고, 으째 홀로 가시었소‥? 엄니‥, 엄니‥ |
| 팽이할아범 | 봐라, 봐라. 뭔 일 있나‥? |
| 이재필 | 야‥. 시방, 분이 할마시가 돌아가셨구만이라‥. |
| 팽이할아범 | 뭐라꼬? 분이 할마시? 그‥, 분이 할마시가 누꼬? |

| | |
|---|---|
| 한칼이 | 웅칠이 성 엄니 말이요. 웅칠 성 엄니… |
| 팽이할아범 | 웅칠 어메…? 하이고야~ 참말이가? 이… 이 몹쓸 할망구 가시내…! '니캉 내캉 같이 늙어갖꼬, 동무 동무 함께 가자.' 카더만, 우예 먼저 홀쩍 가삐노…? |
| 사람들 | …… |
| 팽이할아범 | 봐라. 카믄 으짤낀데? 가 봐야 안 하나? |
| 유인모 | …… |
| 어진이 | 아부지, 아부지. 분이 누나 할머님이 돌아가셨시유? |
| 덕 배 | 잉…. 그려…. 그런갑다…. |
| 어진이 | 그라믄 인자 우덜이 쩌기로 다시 가서, 분이 할머니 드러누우실 땅 구뎅이 파고, 흙 덮어드려야 되겠네? |
| 고은이 | 어진아…!! |
| 어진이 | (천연덕스레) 응? 왜…? |
| 사람들 | … (모두 말을 잃고) … |
| 덕 배 | 아녀…! 아녀! 안 그라도 되야…! 안 그라도…!! 너들은 인자, 시방…, 바로 바로 내려갈 것이여. (유인모에게) 그라지라? 잉? 그라지요, 대정 성님? 여서 넋 놓고서 하냥 있을 것은 아니지요? 인자 벌써 동이 '홀쩍' 허고 틀 것인디…, 고만 늦기 전에 어여 어여, 싸게 싸게 내려 보내야 안 허겠소? 잉? 잉? |
| 한칼이 | 성님…! 시방 사람이…, 사람이 죽어 나갔는디…. 인정머리 읎이 뭔 말씀을 그리 섭섭케 하시오? |
| 덕 배 | 속도 모름서 그런 소리 말어라. 나도 사람인디, 내 맴은 편 |

하겄냐? 가신 양반 생각허면 맴이야 거시기 허지만서
도…, 워쩔 수 읎는 노릇 아니겄냐? 그라르면 모다 다시
우르르르 몰려가서 엄니 성님 붙들어 안고 곡哭이라도 한
소리씩 할 것이냐? 잉? 가야 할 사람들은 지체 읎이 어여
후딱 가고, 남을 사람은 남아서 뭣을 하든 말든 얼릉 싸게
해야 할 것 아니냐?

한칼이     그래도 그렇지라, 잉…. 딴 사람도 아니고 응칠이 성 엄니
가 돌아가셨다는디…. 참말…! 나는 시방 맴이 각다분헌
것이…, 속이 쓰려 디지겄는디….

덕 배     흐이구~ 알어. 나도 안당께…! 나도 이… 맴이 겁나게 쓰
리당께…! 그치만 우덜 맴이 그렇다고…, 여서 하염읎이
홀미죽죽허게, 콧구녕 벌름거리는 것만 서로 쳐다보고 있
을 수는 읎는 노릇 아니것냐? (유인모에게) 안 그렇소? 내
말이 틀리오?

유인모     ……

박주천     허허~! 오도 가도 못하고 있으니 거주가 양난(去住兩難)이
라…, 여기가 바로 심심산골 진퇴유곡進退維谷이었구
나…! 그런즉슨, 저양瓶羊이 촉번觸蕃을 하야 그 각角을 리
羸한 모양새라…, 불능퇴不能退 불능수不能遂…!! 허면, 이
로운 바 없으나 종내에는 간즉길艱則吉 할 것[42]이니…. 옳
거니~!! "일대장교一大藏敎가 오직 갈 '지之' 자 하나"[43]라
는 말을 이럴 때 써먹어야 하는 것이었구나…! 핫핫하~!!

한칼이     예미, 저 방안풍수는 또 혼자 까마구 염불 외는 소리하고

　　　　　　　　자빠졌네‥.

유인모　　(작심한 듯) 이보게, 호봉이. 자네가 인솔하여 모시고들 내
　　　　　　　　려가도록 하시게.

호 봉　　야‥?

한칼이　　대정‥!

유인모　　(단호하게) 대정으로서 내리는 영슙이니, 거절치 말고.

호 봉　　야, 나으리. 받들겠사옵니다요.

팽이할아범　　봐라‥

유인모　　(가로막으며) 아닙니다. 더 이상 지체 말고 서두르셔야 합
　　　　　　　　니다. (사람들에게) 아녀자와 어르신들께서는 호봉이를 따
　　　　　　　　라 내려가도록 하시고, 남정네들은 저와 함께 다시 분이
　　　　　　　　네로 올라가 보도록 합시다.


　　　　　　　　떠나려는 사람들, 유인모의 영슙을 따라 그렇게 해야 한다는 것
　　　　　　　　을 알지만 그래도 마음 한구석에 남아 있는 묵직한 그 무엇 때문
　　　　　　　　에 누가 먼저 선뜻 나서지 못하고 머뭇머뭇


유인모　　성미, 청수, 이리 오너라.

궁궁이　　나나나나나‥나는‥나는‥?

유씨부인　　‥ (다소곳한 고갯짓으로 말리듯) ‥

궁궁이　　‥ (혼자 '낑낑' 거리듯) ‥

성미/청수　　‥ (다가간다) ‥

유인모　　(두 아이의 손을 꼭 잡고는) '인중천지위일혜人中天地爲一兮

심여신즉본心與神卽本'[44]이란 말을 기억하느냐?

성미/청수  … (고개를 끄덕) …

유인모  무슨 뜻인지도 알고?

성미/청수  네, 아버님.

유인모  그래…. 사람의 가운데서 천지가 하나 되는 것이고, 마음이 한울과 더불어 근본을 이루는 것이니…. 이는… '마음이 한울이며 한울이 곧 마음, 마음 바깥으로 한울 없고 한울 바깥으로 마음 없음'[45]을 뜻하는 것이니라. 본시 천하의 커다란 근본이란 것도 자기 마음의 중일中一에 있는 것. 사람이 중일을 잃으면 일을 이룰 수 없고 사물이 중일을 잃으면 바탕이 기울어져 엎어지게 되는 것[46]이다. 그런즉, 이 애비가 너희들을 떠나보내며 앞으로 다시 만나게 될 것이라는 허황된 언약을 하지 않음을 슬피 여겨, 혹시라도 마음과 그 중일을 잃는 일은 없도록 하여야 할 것이니라. 알겠느냐?

성미/청수  (울먹여지는 것을 참아가며) 네, 아버님.

유인모  때가 되면 언젠가는 모두가 한울 되는 좋은 세상이 올 것…. 허나 기다려도 오지 않거든…, (저도 모르게 목이 잠기어) 와야 할 시기가 이미 확연함에도 오지 않는다면…, 너희들 스스로 뭉치고 뭉쳐 떨쳐 일어나, 산에 산마다, 검고 또 검게 물들이고…, 너희들의 굳세고 정淨한 손으로 길에 길마다 고운 비단 넓게 펼치도록[47] 하거라.

청 수  (의연한 모습으로) 네, 아버님.

| | |
|---|---|
| 유인모 | 성미는 어머니 잘 보살펴 드리고. |
| 성 미 | 네, 아버님. |
| 유인모 | 부인‥. |
| 유씨부인 | 네‥, 나으리‥. |
| 유인모 | ‥(말 대신에)‥ |
| 유씨부인 | ‥‥‥ |
| 궁궁이 | ‥(코를 '훌쩍!')‥ |
| 덕 배 | (어진이와 고은이에게) 인자 시상에 피붙이라고는 너그 둘밖에 읎는 것이여, 잉? 고은이 너가 누인께, 너 동상이 철 읎이 굴더래도 잘 돌봐 줘야 헌다. 잉? 알긋지? 서로 아근바근 허덜 말고, 먹을 것 쪼까 입을 것 쪼까 서로서로 챙겨 주고 아껴 주고, 잉? |
| 고은이 | ‥(울음을 참고, 고개를 끄덕끄덕)‥ |
| 덕 배 | 너도 깝치지만 말고 누이 말 잘 따라 듣고‥. |
| 어진이 | 야. |
| 덕 배 | 그라‥. (어진이 머리를 쓰다듬으며) 시상 사는 것이‥, 모가 나면 정을 맞는 법이여‥. 으디든 나서 댕기지 말고, 너는 을른 뒤로 살짝 빠져갖꼬, 잉‥? 그렇게 살아야 헌다. 바람이 불면 부는 디로‥, 물결이 치면 치는 디로‥, 을른 눈치껏‥, 잉? 괜히 뾰쪼록허니 들이 대들어 대다 응겨붙어 갖꼬 은어 터지지 말고, 잉‥? 알긋지? |
| 어진이 | 지는 안 뚜드러 맞어요‥! '칵~!' 때려 불지. |
| 덕 배 | 그리어‥, 그리어. 너가 이길 것을 다 아닝께, 그라도 싸우 |

지는 말어. 싸우면 안 되어야‥. 알긋지? 잉? 잉? (유씨부인
에게) 마님‥. 이놈이‥, 이 못난 것이‥ 애비 구실도 못
허는 놈이‥, 잔정만 있어갖고 염치도 읎이‥, 그저 저 아
그들 부탁 쪼까 드립니다요‥. 그저 내 새끼려니 혀주시
고‥, 끌어다 곁에 두시고 가끔이나 들여다보시면서‥,
저것들이 워서 밥이라도 굶덜 않고 댕기는지‥, 찬밥에
쉰밥이나, 언밥에 머슴밥이나 가리지 않고 눈치 밥을 코
치 밥으로 은어 묵고 댕기더래도‥, 그저 목숨이나 부지
허고 살게끄롬‥, 꼭 좀 쪼까 살펴‥, 부탁드립니다요‥.

유씨부인    ‥ (그 마음에, 고갯짓으로) ‥

덕 배      ‥ (눈물을 감추려 고개 돌리고) ‥

고은이     아부지‥.

덕 배      ‥‥‥

두범어미   (울먹거리며) 한칼이 아부지, 한칼이 아부지‥. 시방‥, 인
자, 두범이하고 지는 가는 것이요‥? 잉? 잉?

한칼이     이런 염병‥! 중한 순간에 재수 읎이‥. 시방 너가 초상
치르냐?

두범어미   하이고, 한칼이 아부지‥

한칼이     아, 시끄러‥! 왜, 애 앞서 울고 지랄이여, 지랄은‥. (두범
이에게) 너는 암 껏도 생각 허들 말고, 그저 무럭무럭허고
씩씩허게 잉‥? '쑥쑥' 커야 헌다, '쑥쑥‥!' 워서건 모강
지에 힘 '빡' 주고 어깨 펴고 댕겨‥. 그래야 함부로 얕게
뵈지 않는 법잉께. 좌우당간 워서건‥, 얕히 보는 놈이 있

으믄, 그때는 참지 말고, 잉? 너 대가리가 깨져부러도 막 템벼 부려야 써. 알긋냐? 이 아부지맹키롬…. 그래야 사내인 것잉께. 알긋지?

두범이      야….

한칼이      그리어. 엄니 말도 잘 듣고…. 안 그라믄 느그 엄니 또 징징거링께.

두범이      아부지는 같이 안 가셔요?

한칼이      잉…. 이 아부지는 말이여…, 진즉부터 너그 한범이 성이, 우덜 읎이 심심허니 혼자 뭣을 하구 있을랑가, 자꼬 맴에 걸려 껄쩍지근혀서, 인자 함…, 가 볼란다. 그랑께, 너는 엄니허고 더 있다가…, 좋은 시상 구경 실컷 하고 낭중에 와라, 잉? 알긋지?

두범이      (뭣도 모르고) 야….

두범어미      한칼이 아부지…

한칼이      ……

또새댁네      (남이에게) 참말로 안 갈 것이냐?

남 이      ……

또새댁네      잉?

남 이      ……

또새댁네      잉??

남 이      ……

또새댁네      아, 얼릉 대답 쫌 혀 봐, 이놈아!

남 이      아까 참에도 말혔잖아유. 지는 안 간당께요.

| | |
|---|---|
| 또새댁네 | 으메~ 양…! 복장 터지는 거…. (주위를 살피고는 다가와 쥐 어박으며 보채듯) 이놈아, 너 여깄으면 죽는단 말이여…! 죽어…! |
| 남 이 | 아야야…! 으째 사람을 때리고 그라시오? 엄니는 아그들 을 때리는 것이 한울님을 때리는 것이란 말도 모르시오? |
| 또새댁네 | 요 쪼깐헌 것이 주댕이만 살아갖꼬…! (한대 더 치려) |
| 남 이 | 으메…! (서도중의 등 뒤로 피하며) 아자씨…! 아자씨가 울 엄니 데꼬 먼저 쪼까 내려가시오. |
| 서도중 | 무거운 몸으로 괜찮으시겠소? |
| 또새댁네 | 야. 내 걱정은 마시시오. |
| 서도중 | 남이는 내가 돌볼 테니 너무 걱정 마시구려. |
| 남 이 | 을랄라…? 으짜쿠롬 아자씨가 나를 돌본다 그라시요? 아 자씨는 아자씨 걱정이나 허시오. 싸움 나면 쟈들은 변절 자부터 잡아 죽일텡게. |
| 또새댁네 | 저런…, 저… 저 썩을 놈이 또 들컥질이여…! |
| 서도중 | 내려가는 길이 더 위험한 법이니 조심하시고…. |
| 또새댁네 | … (시선을 서도중에게) … |
| 서도중 | …… |
| 남 이 | 으메, 참말로…! 눈꼬라지 사나워서 못 봐주겠네…. |
| 또새댁네 | … ('흘깃', 시선을 남이에게) … |
| 남 이 | … (입을 삐쭉) … |
| 서도중 | 이제 그만 내려가시구려. |
| 또새댁네 | 야…. 그라믄 이녘은 그저 그짝만 믿소. 꼭 같이…, 둘이 |

|  |  |
|---|---|
|  | 같이 내려오시오, 잉? (남이에게) 알긋냐? 잉? 잉?? |
| 남 이 | 아, 얼릉 내려가기나 허랑께요. |
| 또새댁네 | 허이구~ 저 썩을 놈⋯! |
| 소 희 | 할아버님⋯. |
| 김태훈 | ⋯⋯ |
| 소 희 | 그럼 소녀는 이만⋯. |
| 김태훈 | ⋯ (비껴선 채) ⋯ |
| 소 희 | ⋯⋯ |
| 김태훈 | ⋯⋯ |
| 소 희 | ⋯ (큰절을 올린다) ⋯ |
| 김태훈 | ⋯ (그저) ⋯ |
| 소 희 | ⋯ (숙인 그대로, 잠시) ⋯ |
| 김태훈 | ⋯ (자신도 모르게 '파르르' 떨리는 입술) ⋯ |
| 소 희 | ⋯ (일어선다) ⋯ |
| 김태훈 | ⋯ (그래도 여전히) ⋯ |
| 소 희 | ⋯⋯ |
| 연 화 | 어찌 하여야 할까요? |
| 박주천 | 글쎄요⋯. |
| 연 화 | ⋯⋯ |
| 박주천 | ⋯⋯ |
| 연 화 | ⋯ (시선을 난화에게) ⋯ |
| 난 화 | ⋯⋯ |
| 연 화 | ⋯⋯ |

| | |
|---|---|
| 난 화 | ··· (연화의 손을 꼭 쥔다) ··· |
| 연 화 | ······ |
| 난 화 | ··· (시선을 박주천에게) ··· |
| 박주천 | ··· (그 시선에 물끄러미) ··· |
| 난 화 | ··· (가볍게 옆으로 고개를 기울이고) ··· |
| 박주천 | ··· ? ··· |
| 난 화 | ··· (눈이 반짝) ··· |
| 박주천 | ··· (입 꼬리 가볍게, 미소) ··· |
| 연 화 | ··· (시선을 박주천에게) ··· |
| 박주천 | ······ |
| 연 화 | 마땅히 그리 하여야겠지요···? |
| 박주천 | 예. 그리 하셔야 할 것 같습니다. |
| 연 화 | 이런 경우를 일컬어, 운종룡풍종호雲從龍風從虎라 하는 겝니까? |
| 박주천 | 글쎄요···. 이 몸이 범이요 용이라면··, 그리 말할 수도 있겠지요. |
| 연 화 | 것이 그렇게 되나요? |
| 박주천 | (환하게 웃으며) 그러게 말입니다. |
| 연화/난화 | ··· (미소) ··· |
| 당코영감 | 도금찰···. |
| 김태훈 | ······ |
| 당코영감 | ······ |
| 김태훈 | 눈이라도 오려는 듯 싶습니다···. |

| | |
|---|---|
| 당코영감 | … (시선을 멀리 새벽하늘로) … |
| 김태훈 | 가서야지요…. |
| 당코영감 | 예, 그래야지요. |
| 김태훈 | …… |
| 당코영감 | …… |
| 유인모 | 영감님…. |
| 당코영감 | …… |

떠나려는 사람들, 김태훈과 당코영감 주위로 모여든다.

| | |
|---|---|
| 팽이할아범 | 봐라…! 너들, 달덩어리 붙들어 맺나? 금새 내려간다 안 했나? 안 서둘고 여서 뭐 하는데? 갈 길도 까마득한데··, 와 여서 뭉기적거리는 기가? 이래 가꼬 명년 안에 갈 수 있나? 퍼뜩 가자, 마···! 얼라들 기다린다카이···! |
| 두범이 | 할아버지, 추워요···. 오줌 매려·· |
| 당코영감 | 어이쿠, 그렇구나···! 두범이 추운데, 이 할애비가 기다리게 했구나. 그래, 어서들 내려가도록 하자. |
| 청 수 | 도금찰 할아버님, 아버님. 절 받으세요. |
| 어진이 | 지도요, 지 절도 받으셔요. |

어진이와 청수, 김태훈과 유인모에게 큰 절을 올린다. … 곁에 있던 성미와 고은이, 두범이도 따라 절을 올린다.

| | |
|---|---|
| 궁궁이 | 나나나나나…나도…! 나도… 나도…! (큰절을 올린다) |
| 청 수 | (일어서며) 할아버님, 아버님, 옥체 보중하세요. |
| 어진이 | 옥체 보중하세요. |
| 궁궁이 | 오오오오…옥체…, 옥체, 보보보보…보중…, 보중… 하세요. |
| 김태훈 | 허허허~! 오냐, 오냐…. 내 명심하도록 하마. 너희들도 조심해서 내려가고…. |
| 아이들 | 야. |
| 두범어미 | (울먹이며) 모다 낭중에 다시들 꼭, 잉? 꼭들 다시 봐야 혀요, 잉? 아시굿지라? 지발 별 탈들 읎이요, 잉…? 잉? |
| 한칼이 | 이 여편네가 또 지랄이네…! 아, 얼릉들 가…! 얼릉…! |
| 두범어미 | (품속에서 부적을 꺼내며) 이것…. 이것 쪼까 가지고 기시오. |
| 한칼이 | 것이 뭣이여? |
| 두범어미 | 얼릉 넣으시오, 얼릉…. (억지로 쥐어주며) 급할 띠 꼭…, 꼭, 잊지를 마시오, 잉? 시천주가 조화정이고, 영세불망이 만사지형께요, 잉? 잉?? |
| 한칼이 | 하이고~ 이놈의 여편네…. 환장허겄네…! (호봉에게) 아, 뭣하냐? 후딱 앞장서들 않고? 너가 거서 꼼지락거리고 있웅께 안 가고 이라는 것 아니냐…! |
| 호 봉 | 야. 알겄어라. (유인모에게) 나으리, 그럼… |
| 유인모 | 그러시게. 어서 서두르게나. |
| 호 봉 | (김태훈에게) 으르신, 시방 쇤네…, 금새 댕겨 오겄어라. |
| 김태훈 | …… |

덕 배  쩌그, 잠깐…! 시방 나도…, 나도 저짝 애기바우 근처까정
      만 내려갔다 올라는디…, 괜찮것지라? (서도중에게) 어이,
      도중이! 시방 나허고 같이 내려갔다 안 올라나? 거까정만
      남이 엄니 곁부축 쪼까 해 주고 오는 것이 워떨까, 허는
      디…?

또새댁네  … (혹시나 하는 바램으로) …

서도중  ……

덕 배  잉?

서도중  아닙니다. 저는 그냥 올라가겠습니다. 다녀오시지요.

또새댁네  … (야속함에 소리 없는 한숨으로) …

남 이  왜 안가시오? 댕겨 오시지…?

서도중  ……

덕 배  그… 그럴터…? 그라믄, 그렇게 혀…. (어진이와 고은이에
      게) 너들은 일루 와라, 잉. 그럼 댕겨 올라요. 자, 얼릉…,
      싸게 출발 하드라고….


      덕배, 어진이와 고은이의 손을 잡고 앞장서 아래쪽 고샅길을 내
      려간다. … 이어 호봉과 팽이할아범, 그리고 두범이, 두범어미, 성
      미, 청수, 궁궁이, 유씨부인 그리고 소희와 또새댁네, 고샅길로 내
      려간다.


유인모  영감님께 너무 큰 짐을 지어 드려 송구스럽습니다.

당코영감  당치 않으신 말씀을요. 마지막 가는 길을 함께 하지 못해

이 늙은이는 그저 죄스러울 따름입니다….

유인모    모쪼록 산 아래까지 무사하게 내려갈 수 있도록 잘 이끌어 주시기 바랍니다.

당코영감  예. 그래야지요. 그럼 이 사람…, 염치없이 먼저 내려가겠습니다. (난화에게) 애기 만신께서도 어서 내려가셔야지요.

난 화    … ('도리도리' 고개 가로 저으며) …

당코영감  … ? …

난 화    … (다시, 고개를 '끄덕끄덕') …

당코영감  … (시선을 연화에게로) …

연 화    ('빙긋' 웃으며) 저희에게는 해야 할 일이 생겼으니, 올라가 봐야지요.

당코영감  … (그제야) …

연 화    (박주천에게) 자, 우리는 분이네로 가 볼까요?

박주천    그럽시다. (만석이와 한칼이에게) 올라 가세나.

만 석    야. 얼른 가유.

한칼이    싸게 갑시다.

박주천    저희는 이만 올라가 보겠습니다. 살펴 가시지요. 모르긴 몰라도 머지않은 시일에 만날 겁니다. 좋은 자리 잡아 두고 있을 테니 서두르지 마시고, 되도록이면 천천히…, 천천히 오셔야 합니다. 핫하하…!


박주천과 연화, 난화, 그리고 만석과 천수, 한칼이, 초막으로 이어

지는 비탈길 언덕배기로 향한다. … 당코영감, 그들 한 사람 한사
람의 뒷모습을 가슴에 새긴다. … 한 순간, 뒤돌아 당코영감을 바
라보는 난화 … 휴지 … 난화, 곧 비탈길을 올라간다.

유인모      어서 나서시지요.
당코영감    ……
유인모      영감님, 이러시다 놓칠까 두렵습니다.
당코영감    … 예. 알겠습니다. 그럼….

당코영감, 유인모와 김태훈에게 목례를 하고는 고샅길 아래로 내
려간다.

이재필      쩌으기, 영감님…! 잠시, 쪼까 지둘리시오…! (유인모에게)
           암만 그랴도 깜깜헌디…, 영감님 혼자만 내려가시니께 맴
           이 쪼까 거시기허요. 아무래도 나가 쩌그 아래, 일행들 있
           는 디까정만 모셔다 드리고, 거서 덕배 성하고 같이 올라
           오는 것이 낫겄소. 금새 쫓아 갈텡게, 먼저들 올라가시오,
           잉? (유인모의 대답을 듣지도 않고 서둘러 고샅길로 향하며) 영
           감님…! 천천히 좀 가시오. 같이 갑시다…! 같이…!

이재필, 고샅길 아래쪽으로 내려간다. … 잠시, 무슨 생각에 담긴
김태훈

| 유인모 | 나으리, 이제 그만 오르시지요. |
|---|---|
| 김태훈 | …… |
| 유인모 | 나으리‥? |
| 김태훈 | …… |
| 유인모 | …… |
| 김태훈 | (난데없이) 우라질…! |
| 유인모 | … (눈이 동그라져) … |
| 김태훈 | (환하게) 헛허~! 속이 다 후련하구만, 그래. 실로 우라질 경우이거늘‥, 왜 아니 그러한가? 그래, 우라질‥! 우라질 놈의 경우일세‥. 헛허허~! 우라질‥! 헛허허허~! |
| 유인모 | …… |
| 김태훈 | 자, 우리도 어서 오름세. 허허허헛…! 우라질…! 우라질…!! |

김태훈, 앞장서 성큼성큼 비탈길을 오른다. … 선 채 그대로, 멀어지는 김태훈의 뒷모습을 바라보고 있는 유인모 … 휴지 … 이름 모를 산새의 커다란 그림자 하나, 달빛에 하얗게 빛나는 강대나무에 내려앉는다.

어슴새벽 … 멀리로 어스레한 하늘 아득한 곳으로 보일 듯 말 듯, 눈구름 깊이 잠겨 있는 윤곽 무딘 산봉우리 … 산허리 애기바위를 지나 산기슭 주변으로 펼쳐진 대나무 숲 … 장막처럼 음울하게 드리워진 산 그림자 … 대(竹)와 대(竹) 사이 스며드는 그늘진 바람 … 예리한 비수 같은 댓잎들이 허공에서 부딪히는 소리 '쏴아아~!' … '휘청~!' 몸을 비틀며 비수를 뽑아 들자, 자상刺傷 깊은 살덩이에서 솟구치는 피분수처럼 댓잎으로부터 허공으로 희뿌옇게 휘말려 올라갔다, '우수수~!' 잔설殘雪 성근 동토凍土에 내려앉는 눈가루 … 댓잎과 댓잎 사이로 희미하게, 제 모습을 잃어가는 달이 파리한 얼굴을 드러낸다. … 휴지 … 메아리마냥 대나무 숲을 유영遊泳하는 어두운 산새 울음소리 … 붉은 나토裸土 헤집고 삐져 나온 마디 굵은 나무밑동 주변에서 '바스락, 칙~!' '틱, 틱…!' 설마른 잎사귀와 자잘한 나뭇가지 밟혀 부서지는 소리 … 무리지어 드리어지는 검은 그림자들이 대나무 숲으로 들어오며 은빛 적설積雪위로 '뽀드득~' '뽀득~!' 어지러운 발자국소리 새겨 넣는다. … 두리번거리던 짐승들의 크고 동그란 눈동자, 달빛에 '반짝!' … 벌겋게 얼어붙은 양볼 사이, 날 선 콧잔등 위로 콧김과 입김이 하얗게 뒤엉키며 얼어붙는다.


호 봉        … (앞서 오다 '주춤…!' 멈춰서) …

모 두        … (따라, 그 자리에) …

호 봉        … (주위를 살피고) …

모 두        … (긴장하여) …

호 봉        (조금 풀어지며) 괜찮은 것도 같으네….

어진이      ('확' 풀어지며) 것 봐유…! 울 아버지가 몰랑지 너머 이짝

|   |   |
|---|---|
| | 편은, 별일 읎을 꺼라 혔잖아요. |
| 호 봉 | 쉿…! |
| 궁궁이 | (따라서, 손짓을 더하여 호들갑스레) 쉿…! 쉿…! |
| 모 두 | …… |
| 호 봉 | (주의하여) 그라도 안즉은 맴 놓으면 안 되어야. 조심혀야 써. 나쁜 놈들이 으디에 숨어 있을랑가 모르니께… |
| 궁궁이 | (곁에서 빠르게 고개를 끄덕이며) 응응응응… |
| 어진이 | (자신에 차서) 아녀요. 인자, 거반 다 온 거니께 걱정 안 혀도 되요. 조기로 돌아, 조짝 산모롱이만 내려가믄, 마을이 나온다 했당께요. |
| 청 수 | 바보야, 졸랑거리지 말고 작게 말해. 탈 없이 마을에 아주 내려가기까지는 조심하라고, 네 아버지도 그랬잖아. 이 바보야… |
| 어진이 | 이잉~? 이게 뭘을 고시랑고시랑…, 또 바보라 그라네…! |
| 청 수 | 너가 자꾸 바보짓을 하니까 그렇지, 이 바보야. |
| 어진이 | 너어~? 자꾸 '바보, 바보' 그럴터? 또 한판 붙어 볼텨? |
| 청 수 | 멍충아…. 지금 여기가 너랑나랑 한 판 할 데니? |
| 어진이 | (들이대듯) 왜? 겁나냐? 뎀벼. 뎀벼 봐…! 못 뎀비냐? |
| 청 수 | (한발 물러서며) 저리 비켜. |
| 어진이 | 칫…! 뎀비지도 못하는 게…. 겁장이 멍충이…. |
| 호 봉 | 고만들 혀. 아드등 아드등, 너그들 다투는 소리 듣고 쫓아오면 으짤라 그러냐? |
| 어진이 | 으짜기는요? 요…, (곁의 대나무를 툭툭 치며) 요기 요놈으로 |

죽창을 맹글어서 '꽉! 무찔러주면 되지.

궁궁이   '꽉~! '꽉~!

청 수   멍충이들….

어진이   뭣? 너‥! 증말…!!

호 봉   아, 소리 쪼까 낮추라니께‥!

궁궁이   쉿‥! 쉿…!

모 두   ……


대나무 숲 사이로 '소곤소곤' … 성미와 고은이 그리고 두범이의
노래 소리


성 미   꼭꼭 숨어라. 솔개미가 떴다.

고은이   병아리는 숨어라. 꼭꼭 숨어라.

성 미   꼭꼭 숨어라. 나래미가 보인다.

고은이   눈 감고도 보인다. 꼭꼭 숨어라.

두범이   바위 뒤에 숨었다. 나무 뒤에 숨었다.

성 미   꼭꼭 숨어라. 머리카락 보인다.

고은이   까까머리 보인다. 꼭꼭 숨어라.

성 미   꼭꼭 숨어라. 더벅머리 찾았다.

고은이   빨간 댕기 찾았다. 꼭꼭 숨어라.

두범이   중중 머리 깔깔, 색시 머리 반반, 꼭꼭 숨어라.


두범이를 등에 업은 고은이와 성미 그리고 소희, 대나무 숲으로

들어온다.

성 미    어디까정 가니?

고은이    뒷산 너머 가서 마을까지 간다.

두범이    어디까정 왔니?

성 미    도랑 건너와서 동산 너머 간다.

두범이    무엇하러 가니?

고은이    어메한테 가서 젖 먹으로 가지.

두범이    안즉 안즉 멀었니?

성 미    다 왔다…! 자, 두범아, 이제 그만 내리자. 고은이 언니 많
         이 힘들겠다.

두범이    야. (고은이의 등에서 내린다)

궁궁이    어어어어··어부··, 어부··, 어부바···. 어부바.

고은이    (주저앉으며) 아야야~ 힘들다···.

어진이    (두범이에게) 노래도 부름서···. 너, 아주 신났다? 누구 맘대
         로 내 누나한테 업히랬냐? (성미에게) 치사하게. 너는 왜
         안 업고 내 누나만 업냐?

고은이    (팔을 주무르며) 어진아, 그러지마. 두범이는 아직 어려서
         산길 걸어 내려오는 게 힘들기 때문에, 성미하고 누나가
         순번으로 번갈아 업고 내려온 거야.

어진이    (입을 삐죽이며) 힝~! 바보같이···. 나는 힘들다, 안 업어주고.

소 희    (호봉에게) 다른 분들은요?

호 봉    아까 참에 당코영감님이 앞장을 서서 가셨응께··, 발가늠

으로 어레짐작 혀 봐도 시방쯤이면‥, 진즉 마을에 내려

가셨을 것이구먼.

소 희    ‥(고개를 끄덕)‥

호 봉    기둘리시고들 계실 틴디 우덜도 싸게 내려가야지.

소 희    (아이들을 '휘~' 둘러보고) 아이들이 힘들 텐데‥, 잠시 쉬어

가는 게 어떻겠어요?

어진이    (그 말에 얼른 고은이 곁에 '풀썩' 앉으며) 아이쿠, 다리야‥!

발꼬락이 다 젖었네. 힘들다, 누나. 그치?

궁궁이    히히히‥힘‥, 힘이‥든다‥. 그그그‥그치‥?

청 수    바보들‥! 한 일이 뭐가 있다고 힘드냐? 여태 미끄럼만 타

면서 잘 까불고 내려왔으면서.

어진이    너어‥, 증말로 나하고 맞손질 함 할려? (주먹을 쥐고는 내

어 보이고)

청 수    ‥‥‥‥

호 봉    그라믄 으쨰‥, 한 고비 넘긴 것도 같응게 쪼까 쉬었다가

갈까?

어진이    예!

청 수    (호봉에게) 아직은 마음 놓으면 안 된다면서요?

어진이    이 바보 겁쟁이‥! 여는 괜찮다니깐. 그렇게도 무서우면

너 먼처, 혼자 내려가라. 내려가다 '확' 호랭이나 만나라.

두범이    (눈을 동그랗게 뜨고) 호랭이요?

어진이    (달려들며) 어흥~!!

두범이    (놀라) 엄마‥!

| 궁궁이 | 호호호호호‥ 호랭‥! 호랭이, 호랭이‥! 어흥~! 어흥~! |
|---|---|
| 청 수 | 이 바보‥! 너‥, 놀라게 마라. 호랑이가 여기 어딨냐? |
| 어진이 | 왜 없냐? 여기‥, (주위를 가리키며) 이렇게 대나무가 천진데. |
| 청 수 | ‥?‥ |
| 어진이 | 암 껏도 모르는게‥. 바보 겁장이‥! 너는 호랭이가 대밭에 '사알~살' 숨었다가‥, 떡 한 놈 할머니를 '어흥~!' '꿀꺽!' 한입에 잡아먹고 손주들을‥, 누이하고 동생 쫓아가다, 둘이 도망가는데‥, 한울님한테 기도를 하니까‥, 한울님이 것을 듣고 이따만한 동앳줄을 내려줬는데‥, 호랭이한티는 썩은 놈을 내려줘서, 호랭이가 것을 타고 올라가다 떨어져서, 대나무 까시에 찔려 죽은 것도 몰르냐? |
| 청 수 | 칫~! 난 또 뭐라구‥. 이 바보, 반거들충이‥. 대밭 아니다. 수수밭이다. 수수밭. |
| 어진이 | 아녀‥! 대밭이다! 대밭에‥, 호랭이가 대밭우로 '툭' 떨어지면서, 요렇게‥, 요렇게 삐죽한 대창에 똥꼬가 '콱! 콱~!' 찔려갖꼬, '캑~!' 하고 죽은 거다. 그 댐에 아그들은 튼튼한 동앳줄을 타고 하늘로 올라갔는디‥, 한울님께서 '그려, 너그들 참 곱다~.' 그라고서, '해하고 달로 맹글어주마.' 그랬고‥. (고은이에게) 그치, 누나? |
| 궁궁이 | (발을 구르며) 콱~! 콱~! 캑! 캑~! |
| 청 수 | 똑바로 알아라. 이 맹추야. 수수밭이다. 그래서 수수가 원 |

래는 안 그랬는데, 수숫대에 호랑이 피가 묻어 빨갛게 된 거다.

어진이    아니다. 대밭이 맞다.

청 수    바보야, 내가 맞아.

어진이    아니다. 내가 옳다. 이 겁쟁이 바보 멍충이 똥개야.

청 수    내가 맞다니까.

어진이    아니다. 내가 맞다.

청 수    아니다.

어진이    아니랑께.


청수와 어진이, 올근볼근 … 궁궁이, 두 아이의 행동을 재밌는 듯 지켜보며 따라한다.


두범이    (손을 '호호~' 불고는) 누나, 무서워…. 진짜 호랭이가 나오 면 어떡해요?

고은이    어떡하긴…? 우리도 한울님한테, '한울님, 우리에게도 튼 튼한 동아줄 내려주세요.' 빌면 되지.

두범이    그러면 참말…, 하늘에서 줄이 내려와요?

고은이    참말 참말이지. 그렇지 성미야?

성 미    그럼…! 한울님은 언제나 우리 곁에, 우리와 함께 계시니 까, 무서울 때는 음…, 주문을 외면서, '한울님, 도와주세 요.' 그러면 한울님께서 그렇게 해 주실 꺼야. 두범이도 한번 해 볼래? 이렇게 두 손을 모으고…, "지기금지원위대강 시 천주조화정영세불망만사지"

두범이　"지기금지원위대강 시 천주조화정영세불망만사지"

성 미　이야~ 잘 하네? 다시 해볼까?

두범이　야. "지기금지원위대강 시 천주조화정영세불망만사지"

고은이　같이 하자. "지기금지원위대강 시 천주조화정영세불망만
　　　　사지."

셋이서　"지기금지원위대강 시 천주조화정영세불망만사지. 지기
　　　　금지원위대강 시 천주조화정영세불망만사지. 지기금지
　　　　원위대강…"


티격태격하던 청수와 어진이, 삼칠자주문三七字呪文 외는 소리
를 듣고


청 수　나도 할래!

어진이　나도…! 나도 한다.

궁궁이　나나나나나… 나도…! 나도…!


어진이, 얼른 고은이 곁으로 가서 앉는다. … 청수와 궁궁이도 성
미 곁에 가 앉는다.


아이들　"지기금지원위대강 시 천주조화정영세불망만사지. 지기
　　　　금지원위대강 시 천주조화정영세불망만사지. 지기금지
　　　　원위대강 시 천주조화정……."

아이들의 삼칠자 주문 외는 소리, 낭랑하게 대나무 숲을 울린다. ··· 소희, 아이들을 뒤로 하여 앞으로 비껴 나선다. ··· 메아리 굽이 굽이 '휘~' 돌고 돌아 내려오는 비탈길 위로 아득하게, 눈구름 깊이 잠겨 있는 산봉우리를 올려다본다. ··· 휴지 ··· 바람이 부는 것도 아니건만, 머리채 풀어헤치고 고개 젖는 대나무 숲 ··· 떨어지는 잎사귀 하나에도 흔들리는 산 그림자 기억에 새기려는 듯, 멀리로 지나쳐 버리는 바람 자취 가슴에 고이 담으려는 듯, 눈을 감는 소희 ··· 휴지 ··· 대(竹)와 대(竹) 사이 굽이굽이 흐르는 바람에 일렁이는, 댓잎과 댓잎 사이로 여리게 스며드는 새벽빛 ··· 홀연 산새 한 마리 '뾰로롱~!' 날아와, 한 가지에 '사뿐' 내리 앉는다. ··· 이어 '푸드덕~!' 다급한 날갯짓으로 다른 산새 한 마리 날아와, 그 가지 그 산새 곁에 나란히 앉는다. ··· 휴지 ··· 호봉, 소희에게 다가간다.

호 봉    (곁에 서서) 이쁘구마, 잉··.

소 희    ··· (그저) ···

호 봉    저것들은 참말로 좋겄네··. 워디든 지들 가고 싶은 디로 '훨훨~' 맘 먹은 디로 '홀쩍!' 날아 댕길 수 있응게 말이여··. 벌거지마냥 땅바닥에 매어갖꼬 평생 흙 파먹고 사는 기분이 으떤 건지, 알지도 못할 것이고··.

소 희    ··· (여전히) ···

호 봉    ··· (슬쩍 살피고) ···

소 희       ……

호 봉       거시기‥, 소희…,

소 희       ……

호 봉       걱정이야 되겠지만‥ 서도‥,

소 희       ……

호 봉       원체가 만만한 사람들이 아닝께‥.

소 희       … (시선을 호봉에게) …

호 봉       … (그 시선에 말을 거두고) …

소 희       ……

호 봉       ……

소 희       … 오라버니…,

호 봉       잉‥?

소 희       … 혹시라도….

호 봉       ……

소 희       (기울어진 마음으로) 꿈을….

호 봉       ……

소 희       우리가…, 우리 몸에 담기 어려운…,

호 봉       ……

소 희       너무나도 큰 꿈을 꾸었던 것…, 아닐까요…?

호 봉       ……

소 희       ……


가지 위에서 '후루룩~!' 몸을 떠는 산새들

호 봉　　　거까정은 잘 모르겄고…. 나는 그저 패랭이 벗어제끼고
　　　　　　나 이름 불리울 띠가 젤루 좋았고‥, 그런 시상서 함 살아
　　　　　　보고 싶은 것이 원이었네‥.

소 희　　　……

호 봉　　　그란디 고것이‥,

소 희　　　……

호 봉　　　참말로 몸에 담기에도 어려운‥, 큰 꿈이었을라나‥?

소 희　　　……

호 봉　　　… (고개를 들어 댓잎 사이 새벽하늘을 바라본다) …

소 희　　　……

호 봉　　　(혼잣말 하듯) 개, 닭‥, 마소들도 꿈이 있을라 모르는디‥.

소 희　　　……

호 봉　　　예미~ 눈물이 다 메려울라 그라네‥.

소 희　　　……

아이들　　눈이다…! 눈꽃개비다…! 성아‥, 누이! 저기 우에서, 눈꽃
　　　　　　개비가‥, 꽃눈깨비로 날리는 소리가 들려요.


바람에 흩날리는 꽃씨처럼, 대나무 숲을 떠다니는 보드라운 눈꽃
가루


아이들　　(번갈아, 노래로) 눈꽃개비 '우수수~'
　　　　　　눈 나린다 '펄펄~' 함박눈은 '함박~'

싸락눈은 '싸록~' 떡살가루 쏟아져
떡 해먹자 백설기 시루떡에 인절미
수수때때 수수떡 송편절편 조약떡
쑥개떡에 밀개떡 한입 먹고 두입 먹고
너도 먹고 나도 먹고 혼자 먹고 갈라 먹고
끼고 보니 방귀고 싸고 보니 똥이네……

소희, 손바닥으로 흩날리는 눈꽃가루를 받아 본다. … 미처 차가
움을 느끼기도 전에, 닿자마자 사라져 버리는 눈꽃가루 … 산새
두 마리, '푸다닥~!' 대나무 숲 위로 날아오른다. … 산새 날아 가
버린 나뭇가지 그림자 '휘청~!', 소희의 뺨 위에 그늘 짓고 사라
진다.

| 호 봉 | (갑자기) 쉿··! |
| 아이들 | …… |
| 호 봉 | … (칼끝처럼, 감각을 곤두세우고) … |
| 모 두 | … (사뭇 다른 분위기에, 숨죽이고) … |

'스르릉~' 허리춤에서 시퍼렇게 날선 칼을 뽑아든 호봉, 발소리
지우며 조심스레 응달진 한곳 대나무로 다가간다. … 멈춰서 숨
을 가누고는 비호처럼 대나무 뒤편을 덮친다.

대나무 뒤편에서 나는 소리 '나··!나여··!나!'

모 두      …?…

소 리      "으메, 양~! 까딱허면 쩍 소리도 못 내고 디지는 줄 알았
          네…."

          몰래 쫓아 내려온 이재필, 대나무 뒤에 숨어있다가 천연덕스레
          앞으로 나선다.

이재필     (나서며) 너는 으째 사람이…, 무작정 쑤실라고만 달려드
          는 것이냐? 겁나 간 떨어지게스리…. 아조 십년은 감수헌
          것 같네, 그랴….

호 봉      성님이 계실지 나가 땅띔이나 했겄소? 뭣이 살살 숨어갖
          꼬 쥐새끼마냥, 꼼지락 꼼꼼 꼬물락거링께, 당연히 생각
          도 못했지라.

이재필     이런 예미…, 가죽 모질라 눈구녕 냈나…? 꼬물락 꼼꼼 쥐
          새끼가 뭐여? 쥐새끼가? 아, 그랑께 살피고 뎀볐어야지.
          나가 잉…? 너들 생각에…, 흔들흔들 초목草木만 봐도 관
          군 같을 것이고, 바램만 불어도 '염병헐 놈들이 쫓아오는
          갑다.' 놀라 간 떨어질까 봐, 부러 살살…, 읎는 듯 점잖이
          뒤 봐주러 온 것인디. (아이들에게) 인 그냐? 으째 너그들은
          다들 별래 무탈허냐? 몰랑지 내려오다 뿔랑 자뿌라져 다
          친 아는 읎고?

| | |
|---|---|
| 어진이 | 야. 읎어요. |
| 궁궁이 | 야야야…야…야…. 으으‥ 읎어‥, 읎어‥요. |
| 이재필 | 잉, 그려. 장허다. (소희에게) 소희도 별 탈 읎는가? 고생 많았지? |
| 소 희 | 예‥. 아니에요. |
| 이재필 | 아녀, 아녀. 쉽지 않았을 것이여. 그라지‥. |
| 호 봉 | 그란디 성님‥, 거서 뭣하고 계시었소? 으째 여까정 내려오신 것이요? |
| 이재필 | 시방 말 안 했냐? 너들이 잘들 가고 있는지 뒤 봐주러 왔다고. 너들 내려가자마자 대정 성님허고 도금찰 으른이 달랑 너하고 영감님만 보내놓고 봉께 맴이 안 놓이셨는지 나보고 자꾸‥, '너가 가야 우덜 맴이 놓잉께, 얼릉 쫓아가라. 싸게 내려가라.' 허시드라. 참말로‥. 나는, '아니다. 못 간다. 안 간다. 여서 꼭 동무들과 같이 싸울 것이다. 싸우다 장렬하게 디질 것이다.' 몇 번을‥, 떼까정 써감서 한창을 말씀드렸는디도 말이여. 흐이구~! |
| 호 봉 | …… |
| 이재필 | (살피고) 뭣을 그리 맹그롬하니 쳐다 보냐‥? 왜‥? 못 믿겄냐‥? |
| 호 봉 | 아니요‥. 나가 못 믿어 그란 것이 아니라, 뜬금읎이 와가지고 그렇다헝께‥, 으째 뜨광해서 그라지라‥. |
| 이재필 | 염병헐 놈, 뜨광헐 것이 많기도 허다. 마기말로 나가 아무렴 쟈들 있는디서 너헌티 그짓깔 늘어놓겠냐? 너가 으른 |

들 맴을 잘 모릉게 그렇지, 으른들 맴은 다 같은 부모 맴인 것이여. 나도 겁나‥, 고민에 고민을 거듭을 허다, 추상같으신 대정의 령도 령이지만, (소희를 슬쩍 한번 보고) 으르신께서 자꼬만 간곡히, 간곡히 부탁을 헝께 으짤 수 읎이, 으쩌지를 못하고 쫓아 내려온 것이고‥.

소 희          ‥‥‥‥

호 봉          ‥‥‥‥

이재필        얼굴 모냥이 뜨데데데‥ 왜 그리어? 잉‥? (갑자기 버럭) 아, 정히 못 믿겠음 너가 얼릉 뛰 올라가서 함 물어 봐라‥! (입을 실쭉거리며) 염병헐 놈이 뙤놈마냥‥, 넘의 말씀을 믿덜 못허냐‥? 저들 땜시 단댓바람에 발바닥이 불바닥 되도록 뛰 내려왔는디 고맙단 말 한마디를 안 허고‥. 하이고고~! 허리, 다리, 물팍, 발바닥아‥. (비트적거리다 '풀썩~! 그 자리에 주저앉는다)

호 봉          ‥‥‥‥

어진이        (다가와) 아자씨! 울 아부지는 탈읎이 잘 계시지유? 지들 보고 시프시다 말쓈 안 허셔요?

이재필        (발가락을 주무르며) 왜 안허시겠냐? 심성 고운 너 아부지야 당연히 진즉부터, '허이고~ 울 어진이, 하이고~ 울 고은이‥!' 삼사조三四調 곡조 높은 가락으로 노래를 부르고 기시지. (두범이에게) 느그 애비란 놈도 안즉은 운 좋게 별 탈읎이 잘 있을 것이다. (생각에, 마뜩찮아) 까탈스런 놈이 '딴딴' 허니‥, 뭣이 그리 대단헌지는 모르겠다만서도‥.

지는 뭣‥, 별 수 있을 것이여? 지도 사람 놈의 새낀디‥.

두범이   (커다란 눈을 동그랗게 뜨고) ‥ ? ‥

호 봉   뭣을 뭣이라 게걸게걸‥, 도둑놈 개 꾸짖듯 혼자 좋알거
        리시오?

이재필   아녀, 아녀‥!나 혼자 잠깐 생각한 것이여.

호 봉   사람이 싱겁소, 잉. 그라르면 시방 눈도 한바탕 쏟아질 것
        도 같고, 갈 길이 안즉 당당이 멀었는디‥, 고만 느시렁대
        고 인나실라요‥?

이재필   (엄살로) 에구구~ 허리, 물팍아‥! 인난다니까 쑤셔오네.
        거시기‥, 자뿌라진 김에 쉬었다간다고, 쪼까만 더‥, 숨
        쪼까 가누고 인나자.

호 봉   그라실라요?(의견을 묻듯, 시선을 소희에게)

소 희   ‥‥‥

호 봉   그라믄, 그렇게 허십시다.


마른 잎사귀 '바스락~!' 눈보다 하얀 토끼 한 마리, 한 곳으로 눈
꽃가루 맞으러 나왔다.


두범이   어‥?어‥?? 형아, 토끼다‥!

어진이   으디‥?으디?

궁궁이   (손으로 가리키며) 저저저저‥ 저기, 저기‥!토토토‥ 토깽
        이‥!토깽이!

어진이   정말‥!잡자!

| 궁궁이 | 자자자자‥ 잡자‥. 잡을‥까‥? 까‥? 자자자자‥ 잡자‥! |
|---|---|
| 청 수 | 안 돼! |
| 어진이 | 왜? 너가 뭔데? 왜 안 되냐? |
| 청 수 | 아직 움직이고‥, 살아 있잖아. 그러니까‥, 잡지 마라. 불쌍하다‥. |
| 궁궁이 | 응응응응‥. 부부부부부‥불쌍‥, 불쌍하다‥. 불쌍‥해‥. |
| 어진이 | 멍충이‥! 뭣이 불쌍하다고‥. 아녀, 한 놈도 안 불쌍혀. 바보야, 원래 짐승은 산 놈을 산 채로 잡아야 하는 거다. 계집애처럼 용기 없음, 너는 마라. |
| 소 희 | 어진아‥, 산짐승이나 들짐승이나 아무리 보잘것없는 하찮은 미물일지라도 재미삼아 함부로 잡아 괴롭히는 것은 안 될 일이야. |
| 고은이 | 맞아, 어진아. |
| 청 수 | 그래! 것이 맞다. 안 된다. |
| 어진이 | 아녀요‥! 재미로 그러는 것 아녀요. 우덜이‥, 우덜이 잘 잡아다‥, 데려다 모셔 놓고‥, 잘 키워 줄라 그라는 거여요. (궁궁이에게) 그치 성아? 그치? |
| 궁궁이 | 으응‥?? |
| 성 미 | 피~! 거짓말‥. 어진이 또 말꾀 부린다. |
| 어진이 | 아녀, 참말이여. 그치, 성아? |
| 궁궁이 | (뭣 모르고, 그저) 응응응응응‥. |

| | |
|---|---|
| 어진이 | 봐유…! 인자 됐지유? (궁궁이에게) 성아, 얼릉 잡자. 도망 치기 전에. |
| 궁궁이 | … (쭈뼛쭈뼛) … |
| 어진이 | 성…! 뭘 혀?? 글케 뭉싯거리다, 놓치겄다…! |
| 궁궁이 | 응…? (마지못해) 응응응응… . 어어어어…얼릉… 자자 자…잡자…잡자…. |
| 어진이 | 성아가 저 짝서 일루 몰어. |
| 궁궁이 | 응… . (소극적으로, 토끼를 좇으며) 훠이~! 후이~! 후이~! |
| 청 수 | 바보들…! 참새 쫓냐? 날려 보내려고… . |
| 어진이 | 뭘…? 훙야항야 말고, 너는 잠자코나 있어라. |
| 궁궁이 | 어어…? 어어어…? 토토토토…토깽이, 토깽이…! 가가가 가…, 간다…! 간다! 어어어어…어진이…, 어진이… |

토끼, 어진이 곁을 스치고 대나무 숲 위편으로 달아난다.

| | |
|---|---|
| 청 수 | 것 봐라. 영리한 토끼가 너 같은 느림뱅이한테 잡히기나 할라고? |
| 어진이 | 너…! 너 자꾸 글컹거릴 텨? |
| 이재필 | 어진아, 거시기…토깽이는 원체가 뒷다리가 길어나서 우 에서 아래로는 잘 못 달아낭께, 우쪽서 아래로 몰아야 써. 궁궁이가 저 우서…, 잉… . 그렇지… . 그렇지…! |
| 궁궁이 | 어어~ 훠어이…! 훠어이~! 훠이~! |
| 어진이 | 성…! 성…! 거…, 그짝, 그짝서 잡어…! |

궁궁이     응응응응…!

어진이     아··, 아··· 아녀···! 바보···! 그짝 말고 저짝으로···. 어···?
          어? 두범아, 너··, 너쪽으로 간다···. 잡어라. 잡어···!

두범이     (얼결에 토끼를 잡으려다, 그 자리에 넘어진다) 어쿠~!

어진이     이 바보···! 것도 못 잡냐?

두범이     아프다···. (일어나 손을 털다가, 눈 위에 난 토끼 발자국을 보고)
          히야~! 성아, 요 발자국 좀 봐. 꼭··, 꽃모냥 같다. 이야~
          이쁘다···.

어진이     멍충아, 모기작거리지 말고 얼릉 조짝으로 가. 저놈 잡으
          면 발 띄어 너 줄께. 성아···! 내가··, 내가 몰 테니 성아가
          잡어. (대나무 숲 위편으로 올라간다)

고은이     어진아, 미끄러우니까 바위에는 올라가지 마.

어진이     끄떡없으니 걱정 마라. 내 요놈을···. (자그마한 바위에 오르
          고는) 이놈~! 감히 으디로 도망을 가느냐? 내가 갈 것이다.
          이놈···! 훠어이~! (바위에서 뛰어 내리며) 훠어···


          순간, 벼락같이 대나무 숲을 관통하는 일발의 총성···!!··· 동시에,
          산 그림자 무너지듯 쏟아져 내리는 어둠···!!··· 휴지··· '우루루
          루~! 멀리서부터 천둥처럼 밀려오는 총성의 메아리 ··· 칠흑 같
          은 대나무 숲에 묻혀 버린다.

같은 시각 … 산허리 애기바위 반대편으로, 벼랑 끝 장군바위에서 산기슭 나무 숲으로 이어지는 돌서더릿길이 내려다보이는 야트막한 언덕 주변의 잡목 숲 … 휘이이이~ 휘파람 닮은 여린 소리 … 훑고 지나치는 한줌 바람에 겨우내 떨어져 내린 나뭇잎들이 '부수수~' 힘없이 엉겨 붙으며 나뒹군다. … 녹다 남은 점설點雪이 드문드문 시들어 가는 달빛에 파르스름한 잡목 숲 아래쪽 길섶 가까운 곳에, 어느 화전민 일가의 것으로 여겨지는, 꼭 그 삶만큼이나 초라하고 볼품없는 모양으로 허물어져가는 무덤들 … 죽음을 부추기듯 스멀스멀 피어오르는 새벽안개 속, 성깃성깃한 나무 사이로 들려오는 자그마한 말소리 … 잡목 숲으로부터 무덤 가까운 곳에 쓰러져 있는 진대나무 뒤편에 몸을 숨긴 채, 장군바위에서 대나무 숲으로 향하는 길목을 지키고 있는 민보군 김경삼과 강병두의 번들거리는 얼굴이 드러난다.

| | |
|---|---|
| 김경삼 | (몸을 바싹 웅크리고) 와 … , 와예 … ? 와 그라능교? 뭐가 있는데 … ? |
| 강병두 | … (대나무 숲에 총을 겨눈 채) … |
| 김경삼 | 어 … , 어데 … ? 저가? (목만 살짝 빼어, 대나무 숲을 본다) |
| 강병두 | …… |
| 김경삼 | (살피며) 뭐 … 뭐가, 뭔데 … ? |
| 강병두 | …… |
| 김경삼 | 보소, 아재요 … . |
| 강병두 | …… |
| 김경삼 | 안 드끼요? |

| 강병두 | ······ |
|---|---|
| 김경삼 | 귀꾸마리가 매킸나…? 기꾸도 안 하네…. |
| 강병두 | (총을 거두며) 아닌가…? 아닌갑네…. |
| 김경삼 | 뭐··, 뭐라꼬···? 암 껏 아니라꼬? |
| 강병두 | ······ |
| 김경삼 | 카믄··, 뭐·· 뭣을···? 어·· 어·· 어데 쐈는데···? |

강병두        글씨라···. 쩌~ 그 쩌짝·· 애기바우쪽으로 어둑컴컴헌디
            서, 뭣이 아른아른 폴짝거리고 뛰 댕기는 것 같기도 허
            고··, 자분이자분이 뭔 소리가 들리는 것도 같응께··, 일
            단 쏘고부터 본 것이요.

김경삼        하이고야~ 이 뭐꼬···? 카믄 고마 삐끼로 암 껏 아닝 거 가
            꼬 내 혼차 시껍했다 아이가? 보소 아재요. 새복이 깜깜하
            이 뭣이 분간을 몬하면, 요래 눈까리를 '탁' 뜨가 쑤구리
            가꼬 찬찬히 달다를 보고 살펴를 보고 확인도 하고, 그 댐
            에 내한테 '쏜다···.' 카고 쏴야지. 고마 쌔리 혼차 쏴 뻘면
            우짜능교? 내사 마··, 귀퉁이 떨어질 뻔 안했능교?

강병두        (대수롭지 않다는 듯) 헛따···! 생각 찬찬히 많으신 양반이
            삐꼼이마냥··, 말씀 한번 깐깐히도 많으시네···. 아, 어느
            하삼 시월에 누가 저까정 뛰 가서 확인을 허요? 깜깜헌디
            뭣이 가물가물 긴가민가 허면 지체 말고 싸게··, 쏘고부
            터 놓고, 그 댐에 살펴보고 아님 마는 것이지··. 아, 만에
            하나, 혹시라도 모를 일인디··, 동학당 비적 놈의 새끼덜
            놓치는 것보다는 낫지 않겠소? 허면 으째··? 뭣이 있을라

나, 시방 함 가 보실라요?

김경삼  어‥ 어데? 대밭에‥? 미쳤나‥! 고마‥, 뭐 있나 모르는
데, 어‥ 어데를 갈라 카노? 싫다, 마. 내는 안갈끼라예.

강병두  오호호호~ 갱상도 싸나이도 허겁을 피시는구마, 잉. 보기
보다 겁은 겁나게 많으시오, 잉‥. 똥구녕 찔린 메추리 새
끼마냥‥. 아, 뭣이 있으면 으떻다고‥! 도적놈들의 새끼
들이 꼬랭지 말고 숨가 있으면 고 메가지를 '탁' 잡아다
가, '확~!' 비틀어 불면 그만이지.

김경삼  누가‥? 겁은 무슨 겁을 낸다 그라능교? 고마, 아무 허락
이 없이 마카 여를 비우면 안 되니까 그카는 기제.

강병두  (총을 매만지며) 으메 좋은거~! 요것이 무라따 조총이라 했
는가‥? 매끈매끈헌 것이 실팍허기도 허고‥, 참말로 이
뻐 디지겄네‥! 왜놈들 조총은 거시기 때깔부터가 화승총
찌끄래기허고는 견주는 것 자체를 거부해 부요. 소리도
겁나 징헌 것이 꼭 벼락이 같고‥. 요로쿰 신묘헌 것이
있응께, 고‥ 대국大國이 오금 한번 못 써보고 아산허고
성환 땅서 허벌나게 작살이 났는갑네‥. 안 그렇소? 나가
언능 요놈으로‥, (대숲에 겨누며) 고 놈의 쥐새끼 같은 동
학당 놈덜이 도망이를 치기 전에, 냄김읎이 한 놈 한 놈
죄다 싸그리 잡아 쏴 죽여써야 허는디‥. (총을 끌어안고는
입이 '쩍~' 벌어져) 으메~ 참말로 환장허겄네‥!

김경삼  옴마야‥. 억수 무섭기도 캐라. 이 아재 마‥, 시레 문디
광철이매이로 이바구 한번 살벌하게 한데이‥. 보소, 동

학당이랑 불공대천의 큰 웬수졌능교? 아이라, 아이라…. 이라이 풍신을 살~ 들이다 보이 혹간이나 모르겠네…. 대갈배이만 커가꼬, 어데 딴 나라 당 서학사람 아인지…. (혀를 차며) 쯔쯔쯔쯧…. 암만 그라캐도 그 아니라예. 삼천리 금수강수 난리버꾸통이 났다캐도예, 일국一國 땅에 발붙이고 사는 한 백성, 한 동포, 한 겨레끼리 그리 험악시레 말하는 뱁이 아니라예.

강병두 삼강과 오륜의 법도를 모르는 저 개잡놈들 땜시 시방 나라가 온통 개판으로 어지러워졌는디…, 일국 백성은 뭔 얼어 디질 놈의 백성이고 개 풀 뜯어 먹는 한 겨레고 동포요? 으디 가서라도 고딴 소리는 허덜 마시오! 여기 기신 이 몸이야말로 시방…, 한 나라 당 참 백성이 되어갖꼬 진충보국盡忠報國과 보국안민輔國安民의 심정으로 역적 놈의 무리들을 때려잡고자 자진해서 여까정 홀라당 날라온 사람잉께.

김경삼 하이고야~ 에북 대차기도 캐라…. 죽을 아 목을 다 조르겠네…. 혼차 다 자무글라 그라지예? 보소, 내 요로쿠로 곁눈으로 '살~' 디다만 봐도, 내 아재보다 밥그륵이라도 한두 개 더 묵은 거 같아 하는 말인데예. 이… 사람이라 카는 것이, 암만 죽을죄를 지어났다 캐도, 같은 사람끼리 그리 야박하게 말하는 게 아니라예. 그카고 고마 없으이 하는 말이지만서도, 절마들도 마카 곡절이가 있고 사연이가 있어 저러는 거 아니겠능교?

| 강병두 | 사연이요…? 오호호호…. 아, 시상 나고 살다 가는 것이 한 사연인디, 언 놈 꼬라지마다 사연이년 보따리 한 놈 짊어지지 않은 놈 있소? 나는 말요, 요년이 조년이 사연이년 보따리고 으싸 가오리연이고 암만 뭣이고 간에…, 고딴 쓰잘데기 읎는 것은 모르오. 나는 시방 나라님께서, '저것들이 쌩~ 도적놈에, 비적에 역적 놈이다…' 허시시면 '것이 참말로 참말이다.' 믿고…! 또 '저것들을 처 죽여라.' 허시시면 일순간에 '벌떡' 허고 인나갖꼬 처 죽일라는, 이 나라의 참 백성잉께. 그라고… 거시기…! 앞으로는 나의 앞서, 말 쪼까 조심하시오. 나는 역적 놈들의 편을 드는 씨종자는, 것이 누구건 상하와 귀천을 막론하여 꼭 그맹키로 역적 놈으로 알고 있는 사람잉께…. (다시 소총을 만지며) 으메, 때깔 한번 고운 거…. 환장허겄네…. |
|---|---|
| 김경삼 | 몰인정하이…, 성미가 보리 까끄래기매이로…. 아고고고…, 내는 모르겄다…. 이 오금쟁이가 다 쑤실라 카네. 생고롬한 데 쭈글시고 앉은 지가 은제고? 이카다 안질배이 되는 거 아인지 모르겄네…. |

철릭 차림의 군관 여찬성과 별군관 문일진, 잡목 사이를 지나 무덤가로 내려온다.

| 김경삼 | (총을 겨누며) 누…, 누꼬? |
|---|---|
| 여찬성 | (앞서 내려오며) 총을 거두게. 별군관 나리께서 납시었네. |

| | |
|---|---|
| 김경삼 | 하이고~ 미끄러븐데‥, 여는 우짠 일로 오셨능교? |
| 여찬성 | 무슨 일인가? |
| 김경삼 | 야‥? (시선을 강병두에게) |
| 강병두 | ‥ (모른 척) ‥ |
| 김경삼 | 아‥, 아무 일도 아니라예. |
| 여찬성 | 총성을 듣고 왔거늘, 아무 일도 아니라? |
| 김경삼 | 초‥, 총성이라꼬예‥? |
| 여찬성 | ‥ (턱을 살짝 들어 내려다보듯) ‥ |
| 강병두 | ‥ (김경삼의 옆구리를 '꾹' 찌르고) ‥ |
| 김경삼 | 아‥! 아‥, 총성‥! 그 총성‥. 마‥, 삐끼로 별일 아니고 예‥ |
| 여찬성 | ‥ (눈썹을 꿈틀) ‥ |
| 김경삼 | (얼른 머리를 조아리고) 야, 그 일이‥. 그라이 고마‥, 쩌짝 아덜바우 알로, 대밭 안 있능교? 거서 뭐가 희미카니 살 살‥, 곤기랑 곤기랑 꼬물락 기는 게 있다캐서예‥ |
| 여찬성 | 대밭에‥? |
| 김경삼 | 야. 그래 가꼬 혹간이나 동학당인가 싶어 가꼬‥, 몰라를 가꼬, 일단 먼처, 급히 쏘고부터 보기는 봤는데예‥. 고마 잠잠히 살펴를 보이, 기도 맥도 없어가가‥, |
| 문일진 | ‥ (시선을 대나무 숲으로) ‥ |
| 여찬성 | 나리, 허면 소인이 군졸을 풀어‥ |
| 문일진 | ‥‥‥ |
| 여찬성 | 나리‥. |

| | |
|---|---|
| 문일진 | 아닐세. 그럴 필요 없네. 내버려 두시게나. |
| 김경삼 | 하모예…! 뭐 할라꼬 그라능교? 모르긴 모르지만서도, 놀개이새끼 아이면 산도야지를 쏜 거이 확실… |
| 여찬성 | … (시선을 김경삼에게) … |
| 김경삼 | (그 시선에 찔끔하여) 확실… 할 끼라예… . |
| 여찬성 | …… |
| 김경삼/강병두 | … (여찬성의 눈치를 살피고) … |
| 여찬성 | … (다시 시선을 강병두에게) … |
| 강병두 | 야… , 야. 쉰네 생각으로도 그럴 것같구 만이… , 확실… 하구먼요. |
| 여찬성 | …… |
| 문일진 | 누가 발포하였는가? |
| 강병두 | 야…? 지… , 지가 혔는디요… . |
| 문일진 | …… |
| 김경삼 | 날이 어둑부리해가 잘 몰라… , 안 그랬능교… . |
| 문일진 | …… |
| 여찬성 | 신중치 못하게… . |
| 강병두 | 지송허구만요… . 그라도 이놈은 혹간이라도 동학당 비적놈들이 야반도주하는 줄로만 알고, 한 놈이라도 살려 보내선 안 되겠다는 안민보국과 보국진충의 심정으로… |
| 문일진 | (듣기 싫다는 듯) 알았으니 그만 되었네. |
| 강병두 | … ( '찔끔' ) … |
| 문일진 | 허나 차후로는… , 어떠한 이유 여하를 막론하고라도, 발 |

포하는 것은 삼가도록 하게. 알겠는가?

강병두      야, 나으리.

김경삼      야….

문일진      (어딘지 모르게 안타까움이 느껴지게, 혼잣말하듯) 이 어리석은 싸움도 이제 곧…, 마무리가 지어질 것이니….

강병두/김경삼 ……

문일진      … (시선을 대나무 숲으로) …

김경삼      … (따라, 시선을 대나무 숲으로) …

강병두      … ('왜 저런가? 하여) …

여찬성      정신들 똑 바로 차리고 있게.

강병두/김경삼 야. 나으리.

여찬성      (문일진에게) 나리….

문일진      … (여전히 시선은 대나무 숲을 향한 채) …

여찬성      ……

문일진      (시선을 거두고) 그만 가세나.


별군관 문일진과 군관 여찬성, 잡목 숲으로 걸음을 옮긴다.


김경삼      보소, 군관님요…! 뭣 좀…, 쪼매 여쭤 봐도 되겠능교?


문일진과 여찬성, 그 자리에 멈춰 선다.


여찬성      무엇 말인가?

| | |
|---|---|
| 김경삼 | 금새루 군관 나으리님께서, '고마, 인자 마무리가 날 것이다' 카셨는데예…. 카믄, 은제…? 은제쯤 그리 되겠능교? |
| 여찬성 | 자네들은 그렇게만 알고들 있게. 자세한 일은 조식朝食 후 본영本營으로부터 하달될 것이니. |
| 김경삼 | 아칙 먹은 담이라 카믄…, 혹…, 금일…? 금일 아칙 묵고 낮으로 그칸다 말씀이싱교? 일이 고마 고단새, 대번에 그리 급히 됐능교? 야? |
| 여찬성 | 어허~ 그렇게만 알고들 있으라니까. |
| 김경삼 | … (시선을 문일진에게) … |
| 문일진 | …… |
| 여찬성 | 나으리, 오르시지요. |
| 김경삼 | (다가서며) 군관님요. 쩌기…, 쪼매 민구시런 일인지는 모르겠는데예, 이러쿠로 지가 한 말씀 올려도 되겠능교…? |
| 여찬성 | 무어라…? |
| 김경삼 | 아…, 그…, 그 아니고예…. 이짝 군관님한테예.. |
| 여찬성 | 어허~ 이자가 그래도…! |
| 문일진 | 여군관…. |
| 여찬성 | 예, 나리. |
| 문일진 | 무슨 말인지 한번 들어나 보세나. |
| 여찬성 | … ('그럴 필요가 있을까요? 라는 눈으로) … |
| 문일진 | … (고개를 끄덕) … |
| 여찬성 | … (마뜩찮지만 할 수없이) … |
| 문일진 | 그래.., 하고 싶은 말이 무엇인가? |

김경삼    예. 다른 일이 아니고예. 무슨 말인가 카믄…. 우…, 우리
         가 먼저 그리 허푸로 부뜰득이 그칼 필요가 있나, 캐서
         예….

여찬성    무엇을? 무엇을 말하는 겐가?

김경삼    야. 여하如何로 약하若何로 차분하이 말씀을 올리자믄
         예…, 우리가 불가불不可不 에렵사리 고께고께 해가, 가푸
         러진 젤벽을 타고 넘고 저 산만데이까지 올라갈 끼 뭐가
         있나…, 캐서예. (슬쩍 여찬성의 눈치를 살피고) 이리 보이 절
         마들도 오동지설한풍에 남께로, 방구 새새로 숨가가 불
         도 맘대로 때지를 몬하이 춥기도 엥간하이 추울끼고…,
         또 양석은 차치하고 어데 고구메 한 알이 귀경하는 것도
         이무럽지 않을 낀데예…. 그라이 후네껴가 춥기도 추울끼
         고 또 배도 억수로 곪기도 곪고 있을낀데예…. 마…, 나으
         리님요. 절마들도 마…, 저마다 임꺽정이가 아이고 장길
         산이도 아일낀데예…, 저들도 살기도 살아야 할끼고 또
         분멩하이 살고도 싶을 낀데, 일이 고마 그쯤 되면 내려올
         라 카지 않겠능교? 딱 보이 일이 그리 될 끼 뻔한데…, 카
         믄 우는 다 내삐루 두고, 여… 여하고 저 깨끌막진 산몰랭
         이 편에 딱 엎드려가 쉬~ 지키고만 있으면…, (다시 한 번
         강조하려는 의도로, 강하게) 필시로…! 뿔뿔이 흩어져가 내
         려를 올낀데…, 그때 가가 이무러이 싹 다 잡아뺄면, 이…
         이… 말랑한 땅에 말뚝을 쌔리 바아뿌는 것보다 훨씬 수
         월하지 안겠능교? 그 아니고 어데로 빠져 나아야 할찌 몰

라가가 온채로 쩌서 고대 있으면‥, 마카 굴궁어 골아 죽던가, 얼어 죽지 않겠능교‥? (다시 여찬성을 슬쩍 살피고) 으짜든 간에 솥안에 괴기요, 도마우에 괴긴데예‥.

문일진/여찬성 ……

김경삼   마‥, 언뜻 들어보이, 쟈들은 얼나에 안덜하고 할매, 할바씨도 있다카던데‥. 인자 고마 죽을 똥 살똥, 깔찌 뜯고 싸우다 보면, 저가부지 저거무이 저그 아들까지 싹 다 직여삐는 것을 안 보게 되겠습니꺼‥?

문일진/여찬성 ……

김경삼   카믄 절마들 저‥, 눈깔이 확 디집어져가 지랄 문데이 오만 발광 안 하겠능교? 안 그렇습니꺼? 일이 그리 되면 우리만 고랑태 묵어가, 다치기도 다치고 만만찮게 죽기도 죽을 일이 '뻔할 뻔짜' 인데예‥. 부러 쌔빠지게 올라가가 대가리 터지라꼬 피차간에 싸울 필요 뭐 있겠능교‥? 마‥, 옛날 간날 투수바리 얼나적부터, '쫓기던 새가 둥지 안으로 옮아를 가면, 포수도 그 새는 쏘는 법이 아니다.' 캤는데예‥. 쟈들은 마‥, 식솔도 있지를 안능교‥? (자신감을 얻어) 이리 곰곰하이 살 쎄알려 봐도, 사람의 목심이 젤로 중하다 캤는데‥. 그카믄 안 되지 싶네예‥. 고마, 안 그러는 게 안 낫겠습니꺼?

문일진   ……

여찬성   (눈을 반짝이며) 자고로, 종묘와 사직을 어지럽히는 역적의 도당은 삼족을 멸하는 것이 이 나라의 법도‥! 몸을 천 개로 토막 내고 만 쪽으로 뼈를 갈아도 오히려 그 죄가 남음이 있을 것이거늘…, 자네는 혹시라도 저자들을 살려 두자 말하려는 것인가!

김경삼　어…, 어데에…!!아… 아니라예…! 절마들 목심이 아니라예, 우…, 우리…! 우리 편 이바구 카는 기라예…! 고마, 쥐새끼도 궁지에 몰려서면 괭이를 문다 카고, 새도 발악을 하면 수레를 부순다 카는 말이 안 있능교? 보면 부꿈찾기도 아인데…, 에렙사리 쪼까가면 후처가고, 다부 쪼까가면 말캉 또 후처가고…. 저 만데이까지 기 올라삔 동학당 문디이들 아닝교? 독한 걸로 따지자믄야, 조선 팔도에 저맨이로 독한 종자들이 또 어딨겠능교? 카고 저…, 저 산몰랭이가 요래 보기에도예…, 장정 하나이 두당 백을 막을 만한 천험의 요새 아닝교? 그라이 피도 눈물도 없는 왜군 군관들도 즈그 뱅졸 목숨이라도 상할까 봐 혹 걱정이 되가 끼꾸룸하이, '회군을 하까 마까. 진군을 하까 마까.' 여즉 뽀그작 뽀그작 요래 밍기작 밍기작걸다, 제우 이리 궁양 저리 궁양 해가, 우리 조선사람 앞에 세워 놓고 방패라도 삼아 볼까 꼼수 삼을 요량으로, 우리 먼저 앞서 화살 통 메고 구루포 굴리고 회선포 이고 지고 그케 우그로 올라가라 캐라, 그라는 거 아니겠능교?

문일진/여찬성 ……

김경삼　그래봐야 죽는 것은 애꿎은 조조曹操네 군사일 낀데… 언제 왜군이 우리 조선사람 목심이를 생각이나 했능교….

| 문일진 | …… |
|---|---|
| 여찬성 | … (한쪽 눈썹을 꿈틀) … |
| 김경삼 | 그카이 올리는 말씀인데예…. 암만 캐도 쌈판이 확 벌어지기 전에예, 누구 하나 시켜 가꼬 퍼뜩 우그로 올려 보내 가가, 투항을 함 권해 보는 것이 우짤까 하는 데예…. |
| 여찬성 | 투항을…? |
| 김경삼 | 야. |
| 여찬성 | … (시선을 문일진에게) … |
| 문일진 | …… |
| 김경삼 | 동학당이 암만 숭악하고 상그럽다 캐도, 종내에는 인두겁을 디집어 쓴 사람 놈의 새끼 아니겠능교? 늙으신 저가부지 저거무이 비끼리 같은 아도 있는데, 마카 죽고 싶기야 하겠능교? (강병두에게) 안 기요? |
| 강병두 | 잉? 뭐…? 뭣이? (재빠르게 여찬성의 눈치를 살피고) 아…, 아니요! 저것들은 원체가 사람 놈의 새끼들이 아니랑께요. 저것들은 징허디 징헌…, 독종 중에서도 상독종이랑께요. 하늘이 무너졌으면 무너졌지, 필시로 항복 같은 것은 아예 생각도 안 하고 있을 것이요. 그럴 것이었으믄, 애시당초 진즉부터 저까정 죽어라 죽어라 기를 쓰고 올라가지도 않았을 것이요. 저것들은 인정이고 사정이고 볼 것도 읎이…, 아조 뿌리를 확 잡아 뽑아 불고, 싹을 몽창 잘라갖꼬 씨종자를 말려야 써. 노인네건 아새끼건 한 놈도 살려 둬서는 안 된당께요…. (문일진에게) 안 그런감유, 나으리? |

| | |
|---|---|
| 문일진 | …… |
| 김경삼 | … (눈짓으로 강병두에게 타박을 주고) … |
| 강병두 | … (모르는 척, 오히려 목에 힘을 주고) … |
| 여찬성 | (김경삼에게) 자네… . 이리저리 애써 말 머리 돌려가며 완곡하게 말하고는 있네만…, 결국 말인즉슨, 저 역적의 도당들을 살려주자는 이야기 아닌가? |
| 김경삼 | 하이고~ 기 무슨…, 갠 하늘에 날베락이 맞을 말씀이싱교…? 지 같은 꽁댕이가 언감생심 어데 감히 허푸 딴 맘 먹고 이카자 저카자 말씀 올리겠능교? 아니라예…! 천부당만부당 팔만사천 부당부당이라예…. 그리 중한 일은 오로지 가을서릿발 같으신 나랏법과 높으신 나으리님 요량대로 하실 일이 아니겠능교? (강병두의 옆구리를 툭 찌르며) 아…, 안 긋나? |
| 강병두 | 잉. 그리어. 그라지라, 잉…! 그려요, 나으리…. |
| 김경삼 | 하모, 하모…!! 이 우둑배기 쫄짜구는예…, 이… 이…, 고저 우야든동 귀한 목숨들이 오락가락하는 거이 맘에 걸려가가…, 그라는 것 뿐이라예. |
| 여찬성 | … (꿰뚫어보듯) … |
| 김경삼 | … (그 시선에 ) … |
| 여찬성 | 공연히 쓸데없는 생각들 말고, 여기 길목이나 잘 지키고 있게. 쥐새끼 한 마리 빠져 나가지 못하도록 말이야. 알겠는가? |
| 김경삼 | (힘없이) 야… . |

| 여찬성 | … (시선을 강병두에게) … |
|---|---|
| 강병두 | 야! 지야 당연히 그라지라, 잉…. 당연히…! |
| 여찬성 | (문일진에게) 나리, 곧 날이 밝사오니 그만 오르시지요. |
| 문일진 | … (골똘히) … |
| 여찬성 | …… |
| 문일진 | 허면…, 자네가 다녀오겠는가? |
| 김경삼 | 지…? 지가예…? 지 말씀이싱교? |
| 문일진 | …… |
| 김경삼 | … (시선을 여찬성에게) … |
| 여찬성 | 허나 나리, 초토사招討使의 영令이 없이는… |
| 문일진 | 군령軍令을 어기려는 것이 아니니 염려치 마시게. 조식 후 출정 준비를 갖추고 항오行伍를 정렬하기까지는 두어 식경 여유가 있을 것이니…, 자네는 그 일이 차질 없도록 준비해 주게. 이 일은 그와는 별개의 것이니 말일세. |
| 여찬성 | 허나, 나리… |
| 문일진 | (고개를 가로 저으며 가라앉은 말투로) 아닐세…. 이 자의 말 이 옳은 듯싶네. 죽고 죽이는 피바람은 이제 그만 멎어야 할 때가 되지도 않았는가…? 헤아려보면 저들도 본시 이 나라의 양민良民이었던 것을…. |
| 여찬성 | …… |
| 김경삼 | 보소, 군관님요. 고마 분부를 내리셔가, 소인이 가라시면 가는 것은 가는 것이지만서도예…. 카믄 혼차로…, 지 혼 차 가라 카는 것은 아니지예? |

| | |
|---|---|
| 여찬성 | 허면, 같이 가겠는가? |
| 김경삼 | 야? |
| 여찬성 | … (시선을 강병두에게) … |
| 김경삼 | … (따라, 시선을 강병두에게) … |
| 강병두 | 야 … ? 지 … ? 지 말씀이신감요 … ? (시선을 여찬성에게) |
| 여찬성 | …… |
| 강병두 | … (침을 '꿀꺽…!) … |

서서히 어두워지고 무덤 주위 잔설만이 희미하게 빛난다.

한 걸음도 가지 못한 어슴새벽 길 … 한 줄기 가느다란 바람에도 주름지는 대나무 숲의 정적 … 해도 달도 있는 듯 없는 듯, 이승인지 저승인지 알 수 없는 거무죽죽한 하늘 빛 … 대나무 숲을 부유浮游하는, 깊이깊이 목을 죽여 가며 흐느끼는 소리 … 커다란 새 그림자 하나, 이미 절반은 녹아 없어진 달빛을 타고 어지러운 댓잎 위로 날아든다. … '그와왁~!' '가왁~!' 소름끼치는 울음소리 … 새가 내리 앉은 대나무 가지, 수심에 겨운 듯 무겁게 고개 숙이고 아래쪽을 내려다본다. … 기괴하게 드리워진 댓잎 그림자에 파묻힌 채, 뭍으로 패대기쳐진 어린 물고기마냥 시뻘건 아가미 벌름거리며 겨우겨우 샛숨만 할딱거리는 어진이 … 핏물이 괴인 채 반쯤은 감기우고 반쯤은 풀려 있는 눈‥‖ … 비린내 '물컹' 푸르뎅뎅한 입술을 비집고 '꿀럭꿀럭' 배어나오는 미끈덕거리는 핏덩이 … 머지않아 꺼져 버릴 마지막 숨결인양, 갑작스레 '그르륵~' '그윽~!' 된 목에 쇳소리로 숨넘어가는 소리 … 어진이 주위로 하나 둘, 어슴푸레하게 엉겨 붙어 있던 그림자들이 모습을 드러낸다. … 어진이에게 손 뻗으며 발버둥치는 고은이를 뒤에서 붙잡아 안고, 한 손으로는 입을 틀어막은 채 대나무 뒤편으로 몸을 피하려 애쓰는 호봉 … 가슴팍 깊숙이 두범이를 품어 안고 '보지마‥, 보지마‥.' 나지막하게 읊조리는 소희 … 콧구녕으로 '쉭~ 쉭~' 바지랑대 같은 숨을 거칠게 몰아쉬며 자기 손으로 연신 자기 입술 쥐어뜯고 있는 궁궁이 … 서 있던 그대로 얼어붙은 채, 눈만 커다랗게 뜨고 있는 청수 … 주저앉은 채, 놀라 벌어진 입을 다물지 못하고 행여 청수의 손을 놓칠세라 꼭 쥐고 있는 성미 … 호봉의 갈퀴 같은 손가락 사이로 새어나오는 말도 울음도 아닌 기이한 소리 … 이윽고 호봉의 손을 뿌리치고 '더듬더듬' 어진이에게 기어가는 고은이 … 붉은 실핏줄 조각조각 갈라진 고은이의 핏발 선 두 눈‥‖ … 도무지 믿기지 않으며 믿을 수도 없기에, 혹시나 손끝이나마 닿게 되면 꿈이 아니라 여겨질까 그래서인지, 차마 무엇을 어쩌지 못하고 '바르르' 떨고만 있는 고은이의 두 손 … 그러다 자기 손으로 자기 입을 틀어막고는 소리 죽여 흐느낀다. … 어진이의 붉은 신음과 뒤엉켜 선홍빛으로 부서져 내리는 고은이의 하얀 숨결 … 뒤편 바위 그늘에 납작하니 머리를 처박은 채, 엉덩이는 어느 한곳에 실컷 내놓고 숨어있던 이재필, 고개를 '삐죽' 내민다.

| | |
|---|---|
| 이재필 | 쉿~, 아, 들키믄 으짤라고들 그랴? 쉿! 쉿~!! |
| 청 수 | 이‥, 이‥바보 멍청이‥, 반푼이 같이‥. |
| 이재필 | 어이~ 청수야‥. 살살 쫌 잉‥? 살살 쫌 혀‥. |
| 청 수 | 하지 말라니까 말 안 듣고‥, 촐싹거리고 깝치기만 하더니‥. |
| 이재필 | 아야, 청수야‥. 지발 쫌‥, 얼릉 쫌 안거라, 잉‥? 아, 얼릉‥. |
| 청 수 | …… |
| 이재필 | (몸이 달아) 아, 얼릉 싸게 앉으랑게‥! 아야, 호봉아, 너는 시방 뭣하고 있냐? 쟈 쪼까 말리잖고‥! |
| 호 봉 | …… |
| 어진이 | … (뭐라, 알아들을 수 없는 소리로) … |
| 청 수 | 얼뜨기, 어리보기, 바보 맹추같이‥. 똑바로 말해, 이 멍청아‥. |
| 고은이 | (울먹이듯) 청수야, 그러지 마‥. 그러지 마‥. |
| 궁궁이 | 그그그그그‥ 그러지‥, 그러지‥ 마‥. 그러지‥ 마. |
| 청 수 | 아냐. 이 바보는 이렇게 말을 해야 알아들어. |

| | |
|---|---|
| 성 미 | 청수야‥. |
| 청 수 | ‥ (입술을 '꽉' 깨물고) ‥ |
| 어진이 | (겨우, 그나마 들릴 듯 말듯) 누누누누‥누누‥ 누나‥, |
| 고은이 | 웅. 어진아‥, 누나 여기 있어‥. 누나 여기 있어‥. (어진이의 손을 꼭 쥔다) |
| 어진이 | 누누누‥누나‥, 나‥, 나‥, 배‥, 배가‥, 고프다‥, 배가‥고‥파‥‥‥ (가물가물 감긴채 꺼져가는 눈으로) |
| 고은이 | (애가 타서) 어진아‥, 어진아‥. |
| 궁궁이 | 조조조‥졸려‥, 어어‥어진‥, 어진이‥, 배배배‥배가‥, 배가‥, 고고고‥고파‥서‥, 조조조‥졸립다‥. |
| 청 수 | 이‥, 이‥ 머저리, 바보 멍충이‥. 배 고프다면서‥, 지금이 잠이 올 때냐? 잠은 깜깜한 밤에나 자는 거란 말이야. 어서 안 일어나‥? 너어, 바로 안 일어나면 내가 가만 두지 않을 꺼야. 볼기 치기 전에 빨리 일어나란 말이야‥! |
| 궁궁이 | 어어어‥어진‥, 어진‥아‥, 어어‥어서‥, 어서‥, 이이이‥일어‥, 나‥, 처처‥청수‥, 청수‥, 화화화화‥화‥, 화났‥다‥, 화가‥났다‥. |
| 이재필 | (몸을 일으키며) 으메~ 참말로 환장허겄네. 저 쪼깐헌 것들이 왜‥, 말들을 안 들어 처먹고 지랄들이라냐‥. 시방 으디서 쌌는지도 모르는디‥. |
| 호 봉 | (어진이 숨이 붙어 있는지 확인하고) 안 되겄네. 거시기‥, 쫒아 올 낌새는 읎는 것 같응게, 소희가 야들 데꼬 먼저 내려 가드라고. 어이 성님, 성님이 소희 앞서 내려가시오. |

저짝 길로만 쭉 허니 사부랑삽작 내려가면 될 것잉께.

이재필 　잉? 잉···. 그려. (바위 뒤에서 얼른 나온다)

호 봉 　고은이 너도 소희 언니 따라 내려가고.

고은이 　···(울먹이며, 고개를 가로 젓고)···

호 봉 　아녀, 걱정 말어···. 나가 시방 너그 아부지한테로 데꼬 올
　　　 라 갈 것잉께, 주천이 아저씨께서 살펴보시면 금새 나술
　　　 것이구먼. 틀림없이···. (이재필에게) 성님은 사내잉께, 딴
　　　 생각은 허덜마시고 야들부터 먼저 우선 꼭 쫌 챙겨주시
　　　 오.

이재필 　그리어. 그리어. 알았응께, 걱정일랑 챙겨 넣고 싸게싸게
　　　 올라가라. 잉? 자, 우덜도 어여 서둘러 내려가자.

모 두 　···(발걸음이 쉬이 떨어지지 않아)···

이재필 　청수야, 성미야. 뭣하냐? 소희, 뭣 하는겨? 싸게 안 내려가
　　　 고?

모 두 　···(그래도)···

이재필 　···(시선을 호봉에게)···

호 봉 　나가 먼저 가야 쓰겄네. 성님, 어진이 요리로 쪼까 업어주
　　　 시오. (손에 쥐고 있던 칼을 궁궁이에게 건네며) 성님 요것 쪼
　　　 까 가지고···

궁궁이 　('주춤~! 뒤로 물러나며) 카카카···칼···? 카···칼···!! 칼···!!!

이재필 　(얼른 칼을 빼앗아 들며) 아···, 아니어···. 칼 아니어···. 칼 아
　　　 니어. (호봉에게 칼을 도로 건네며) 야, 이 오라질 놈아···! 너
　　　 시방 뭣 하는 겨? 칼이라믄 아조 쇠붙이 냄새만 맡아도 경

끼허는 놈헌티‥!

궁궁이    ('덜덜덜~' 떨리는 자기 손을 내려다보며) 카카카‥칼이‥!칼
        이‥!

이재필   아녀, 아녀‥, 아니랑께‥. 암껏 아니랑께‥, (아이를 달래
        듯) 칼 읎다‥. 칼 읎다‥. 여기 칼 읎다‥. 칼 여기 읎
        다‥. 잉‥?긍께 잠자코, 잉‥?조용‥, 조용히‥, 잉? 잉?

궁궁이    ‥ (혼자 '낑낑' 거리듯) ‥

이재필   잉‥잉. 그랴‥그랴‥, 어이구 착허다‥. 어이구 착허
        다‥. 숨 쉬고‥, 숨 쉬고‥. 잉‥, 잉‥. 그라지‥, 그랗
        게‥, 천천히, 잉?

궁궁이    ‥ (다소 진정되어) ‥

이재필   어이, 소희야‥. 너가 나허고 어진이 쪼까 업어주자, 잉?


소희와 이재필, 어진이를 호봉의 등에 업어놓는다.


고은이   (붙잡으며 매달릴 듯) 어진아‥, 어진아‥.

성 미    (말리며) 언니 울지마. 괜찮을 꺼야‥.

고은이   어진아‥, 어진아‥.

호 봉    그라믄 너거는 얼릉 재필이 아자씨 따라 조심히들 내려가
        라. 나는 시방 올라갈텡게. (올라가려 한다)

궁궁이    (붙잡으며) 나나나나‥나도‥!나도‥, 나도‥.

호 봉    성은 또 왜 그랴? 시방 일각이 급헌디‥!

궁궁이    나나나나‥나‥, 나도‥, 어어어‥어진‥, 어진이랑‥,

가가가가…가‥, 같이‥, 같이‥,

호 봉    뭣을 같이?

궁궁이    우우우우우…우리‥, 우리‥ 호호호호‥, 대호‥, 대호한

테‥

호 봉    으디를? 쩌 우에‥? 아녀‥! 성은 내려 가랑께.

궁궁이    아아아아‥, 아니‥, 아니‥. 나나나…나도‥ 나도‥, 호

호호‥호‥, 우우우우…우리‥, 대호‥, 대호한테‥,

호 봉    으메 참말로 환장허겄네‥.

이재필    (일행에서 떼어놓으려는 의도로) 아녀, 아녀. 같이 올라가는

것도 낫겄네. 너 혼자 업고 가면 힘들 텡게, 둘이 번갈아

업고 가며 말이여. 안 그리어?

궁궁이    (끄덕이며) 응응…웅. 나나나…나도‥, 어어어‥업고‥.

청 수    나도‥! 나도 갈래요.

이재필    아녀, 너는 시방 가만히 있드라고.

청 수    왜요?

이재필    너 땜시 걸음 늦어지면 으짤라 그려? 너는 기냥 내려가자

니께.

청 수    나도 빠른 걸음으로 갈 수 있어요.

이재필    어허~! 으른이 말을 허면 들어‥.

청 수    아녀요. 나도 한울이여요!

이재필    이잉‥? 야가 참말로‥!

성 미    청수야‥.

청 수    ……

| | |
|---|---|
| 호 봉 | … (시선을 소희에게) … |
| 소 희 | 그렇게 하도록 하세요. |
| 궁궁이 | 응응응응…응. 그그그그그…그…, 그렇게…, 그렇게…. |
| 호 봉 | 흐이그~ 알았응게, 싸게 올라갑시다. 인자 우덜은 갈텡게, 성님도 지체말고 싸게 가시오. 너들은 아자씨말 잘 듣고 조심들혀서 조용조용히 내려들 가고, 잉? 잉? |

호봉, 어진이를 업고는 궁궁이와 함께 잰걸음으로 왔던 길을 되돌아간다. … 그 뒷모습을 지켜보는 사람들


| | |
|---|---|
| 이재필 | 자, 인자 우덜도 가자고. 어이, 성미야, 고은아, 얼릉…. |
| 성 미 | (고은이의 손을 잡고) 언니…. |
| 고은이 | … (성미를 보고, 다시 시선을 소희에게) … |
| 소 희 | … (고개를 끄덕이고) … |
| 고은이 | 언니…. (성미와 함께 소희의 품에 안긴다) |
| 이재필 | 아, 안갈 것이여…? 싸게 가자니께…! |

이재필과 소희, 아이들을 데리고 대나무 숲 아래쪽으로 내려간다. … 휴지 … '푸다닥~! 날갯짓 소리 … 그 소리에 뒤돌아보는 고은이 … '우수수~! 댓잎들이 땅위에 떨어진다. … 가와왁~!' '가왁~!' 새 울음소리 … 멀리로, 대나무 숲 너머 산봉우리 쪽으로 사라진다.

구름에 구름을 덧대어 겹겹이 층층이 깁고 또 이은 듯 애애(靄靄)한 하늘 … 그 하늘 한 자락 한 구석에 뭉툭한 돌 침(石針)마냥 '폭' 박혀 있는 산봉우리 … 그 산봉우리 한 번 '쭉~!' 하고 뽑아 내리면 터진 구름 자루 하나 가득 옥 티끌(玉塵) '펄펄~' 흩날릴 하늘 아래로, 이엉이 듬성듬성 금세라도 쓰러질듯 기울어져 있는 초막(草幕)이 한 채 … 산봉우리에서 달려 내려오는 바람 무리에 초막을 에우고 있던 구름이 흩어지자 사람들의 모습이 드러난다. … 초막 입구 쪽으로 양 무릎 모아 세우고 앉아 웅크리듯 두 손으로 감싸 안은 채 무릎 위로 검은 머리타래 힘없이 올려놓은 분이와 무릎을 꿇고 고개 숙인 채 손가락 끝으로 바닥을 긁듯 무엇을 끼적이다 이따금 콧물 '훌쩍!' 들이마시는 만석 … 초막 가운데쯤 멍하니 앉은 채 고랑 깊은 주름에 고인 슬픔이 행여 쏟아지기라도 할까 그래서인지 먼 산 허공만 바라보고 있는 응칠과 '퀭' 하니 '옴폭' 그늘진 눈에서 기어 나와 광대뼈를 거쳐 부르튼 입술 주변으로 숨어 버린 찝지름한 눈물자국이 진버짐처럼 허옇게 피어있는 거무튀튀한 얼굴로 왼 무릎을 세우고 오른 손으로 바닥을 짚고 앉아 있는 응칠처 … 그리고 이엉 성깃한 흙벽을 등지고는 꼿꼿 하게 정좌하여 지긋이 눈감은 채 좌우로 가볍게 몸을 흔들어가며 주문(呪文)인 듯 진 언(眞言)인 듯 나지막한 소리 외고 있는 연화와 얌전하게 연화의 허벅지 안에 들어앉 아 표정 없는 얼굴을 하고는 이따금 입술 깨물어가며 소리 없는 소리로 따라 읊조리 는 난화의 모습이 보인다. … 그들의 뒤편 안쪽 구석진 곳에는 시커먼 잔주름이 얼키 설키 '삐죽' 나온 발뒤꿈치 때문인지 발바닥 한가운데가 도드라지게 희게 보이는 황 노파의 주검이 거적때기에 둘둘 말려진 채, 수북하게 흙 담긴 바가지와 나란히 놓여 있다. … '피우우~' 한숨 한번 길게 내쉰 응칠처, 왼손으로 가슴을 '턱턱' 친다. … 고 개를 들어 응칠처를 바라보는 만석 … 그래도 답답한지 다시 한숨 쉬는 응칠처 … 곁에서 따라 한숨 내쉬는 응칠 … 만석, 고개를 숙이고는 다시 바닥을 긁듯 끼적거린다.

… 응칠처, 가락에 가락을 이어 곡曲으로 곡哭하듯


응칠처　　(설운 소리 슬픈 곡조로)

　　　　으메으메··, 환장허겄네··. 환장허겄어··.

　　　　뭔 놈의 생겨먹으신 팔자모냥이··,

　　　　기박도 허시고 명박도 허시어··,

　　　　힘드시게 여까정 올라를 와갖꼬··,

　　　　도야지막 같은 디서 한겨울을 나싱께로··,

　　　　바람에 병드시고 추위에 상해부러··,

　　　　칠성판에를 눕덜을 못하시고··,

　　　　베옷을 한 벌을 입덜을 못하시고··,

　　　　묏똥을 한 놈을 쓰시덜 못하시고··,

　　　　북망산천이 멀은 줄만 알았는디··,

　　　　문밖으로 발 놓으면 저승이라 허더니만··,

　　　　갈 것 읎이 여가 똑 북망산이 되어부렀네··.

　　　　북망산 되어부렀어··.

모　두　　……

응칠처　　(깊은 한숨 내쉬고는, 사설조로)

　　　　암만 암토롱 덧읎는 시상살이가 잉··,

　　　　수유須臾간 찰라刹那간 뜬구름만 같고요, 잉··,

　　　　아침에 나서 저녁에 가는 여로旅路와 같아도요, 잉··,

　　　　가슴팍을 졸여가며 겨우내 모진 바람 견디어 내셨는디··,

인자 시방, 금시로 참말로‥, 쪼매만 참으면 봄이라 헐 것
인디‥,

응 칠     ‥ (고개를 들어 젖히고 한숨) ‥

응칠처   으메~ 나 디져불겄네‥. 디져불겄어‥. (악을 쓰듯) 환장해
        디져불겄소~오! 디져 불겄어‥!

응 칠     ‥ (고개를 떨어뜨리고 한숨) ‥

응칠처   (응칠의 손을 잡고) 아이고, 분이 아부지‥. 나 죽겄소. 나
        죽겄어‥. (시선을 황노파의 주검에 던지고) 하이고, 엄니, 엄
        니‥! 시방 나 죽겄어요. 나 죽겄어‥!

응 칠     ‥ (손을 '꼬옥' 쥐고) ‥

응칠처   하이고 아이고, 아이고 하이고‥! 허이구 으이구, 으이구
        허이구‥!

응 칠     ‥ (그저) ‥

응칠처   (코를 '팽~!' 하니 풀고는) 알만 모를만 끄달린 설움살이에
        도요, 잉‥. 사잣밥 한 술을 챙기시지 못하시고요, 잉‥.
        노잣돈을 한 냥을‥

응 칠     임자, 고만 혀어‥. 이러다가 임자까정 일 나겄네‥.

만 석     야, 엄니. 인자 고만 고정하셔유.

응 칠     삼천갑자 동박삭이도 저 죽는 날은 모른다고 안혔는가.
        사람이 때가 됭께 가는 것이, 모다 시왕전十王殿에 달린
        것인디‥.

응칠처   ‥ (시선을 응칠에게) ‥

응 칠     (고개를 끄덕이며) 그리어‥. 주무시다 잠자신 듯 좋게 가셨

|        |                                                                                 |
|--------|---------------------------------------------------------------------------------|
|        | 응께··, 그나마 호상으로 편히 곱게 잘 돌아가신 것이여.                              |
| 만 석   | 그려요, 엄니. 아버님 말씀이 백번 지당허서유.                                       |
| 응칠처  | ··· (잡은 손을 놓는다) ···                                                       |
| 만 석   | ··· ? ···                                                                        |
| 응칠처  | 사램이 숨이 끊어져도 삼일은 듣는다는디··. 시방 엄니 섭섭허시게··, 돌아가신 양반 옆에다 뇌 놓구서 곱게 가고 잘 가고, 호상好喪 악상惡喪이 으듰다고들 그러시는가? |
| 만 석   | ··· (뭐라 할 바 몰라 눈만 '꿈벅') ···                                            |

응 칠   아녀, 그려··, 그라지. 알지, 알어··. 나가 왜 임자 맴을 모르겠는가? 알고 남음에 넘침에도 모자람이 읎지. 그란디 그라르면··, 고렇케라도 맴을 먹지 않으면 워쩔 것인가? 울 엄니 뼈를 빌고 살을 빌어 나온 나는··, 나는 시방 왜 맴이 거기시 안 허겠는가? 울 엄니께서 나를 놓으실 적에서 말 여덟 되의 피를 흘리시고 여덟 섬 너 말의 젖을 먹이싱께··, 살아 몸꺼죽은 겨울 잎사구마냥 푸석이 푸석이 말라비틀어지시고 쪼그라드시고, 죽어 뻬다구는 타다 말은 숯뎅이마냥 쌔까맣고 가배워지셨을 것인디··. 왜 나는 안 그렇겠는가? 잉? 나도 시방 엄니를 생각허면 등짝에 들쳐 업고 이고 안고 수미산을 찾아가서 백천만 번 돌고나서, 배꼽때기 심지 삼아 불을 확 붙여갖꼬 한울님께 공양하기를 백천만겁이 지나도록 하고 싶은 맴이랑께.

응칠처  암요, 암요··. 임자 맴이 그러시면 얼릉 싸게 그러시오. 허방에 지방으로 수미산에를 찾아나 가서 한울님헌티 공양이나 잘 해 보시오.

응 칠     …?…

응칠처    복 많으신 우리 분이 아부지께서야 시상 나시기 전에 한
         울 궁(宮)에 안겨 기셨다가 산보하듯 나와갖꼬 한울 젖을
         먹고 자랐웅께, '애시당초 당연지사 있는갑다. 그런갑다.
         별무가관 별무신통 으디 딴데 있다니께 별무천지 있는갑
         다.' 별무 상관 안허셨겠지만서도…. (고개를 저으며) 나는
         아니요…. 조실부모 사고무친, 혈혈단신에 홀홀이 홀몸으
         로 넘의 집이 종년 살이로 배라먹고 굴러먹던 이년한티는
         엄니가…, 엄니를 만나갖꼬 한울님을 모시었고, 엄니 무
         르팍에 누워갖꼬 한울 하늘 꿈을 꿨소. 분이 아부지헌티
         는 한울님이 뭣이고 으떤 것인지 나는 당최 모르겠소만,
         나헌티는 엄니가 한울이고 하늘땅 별땅 각기 별땅이요.
         나는 말이요…. 인자 시방으로 꽃 피고 새 우는 봄이 오면
         말이요…. 들로 산으로 냇가 꼴짝으로 쏘댕김서, 방구 틈
         틈이 모래 새새이 살살이꽃 피살이꽃 숨살이꽃 찾아내갖
         꼬요…. 살살이꽃으로는 엄니 젖에 문데갖꼬 포동포동 뽀
         얀 살이 '살살' 허니 찰지게도 빚어를 낼 것이고, 피살이
         꽃으로는 양 뺨에 문데갖꼬 어여쁜 연지 고운 곤지 혈색
         이 화색이 '핑핑~' 허게 돌게끄롬 할 것이고, 숨살이꽃으
         로는 콧구녕을 간질간질 재채기 '확확~' 숨소리 '쌔록쌔
         록' 씨게 내게 할 것이요. (황노파의 주검을 보고 자세를 바꾸
         어, 오른손으로 왼 가슴을 치며) 엄니…. 이…, 이…, 나가 말

이요…. '하이고 에미야~ 에이고 분이야~!' 무릎팍이 양··, '삐거덕 쩍쩍~' '펄쩍펄쩍' 인나게 해 드릴텡게 요…. 여 시방 시원헌 디 고대로, 잉? 당굿네 염불 듣고 정신머리만 쏙 빼갖꼬 으디 좋은 디 가서 놀고 기셨다가요, 나가 꽃 따갖꼬 오면 말이요, 엄니 나를 꽃 본 듯이 얼릉 벌떡 인나시오, 잉? 아셨지라?

| 모 두 | ······ |
|---|---|

응 칠  (한숨을 내쉬고는) 암~~. 그리어, 그리어…. (읊듯) 청산靑山 백산白山에 황산黃山에 적산赤山으로··, 흑산黑山에 오방 산五方山 가시려네 새왕산도 두루두루 댕겨를 보고··, 야 산野山에 바위산, 돌산 거쳐 화산花山 녹산綠山 설산雪山 허고 영산靈山으로 '빙~' 허니 회상(會相/回翔)을 허여도 보며[48]··, 우뚝우뚝 묏부리에 꼴짝꼴짝 골짜기마다 산초 山草 수초水草 야초野草 목초木草, 영초靈草 미초美草 약초 藥草에 독초毒草··는 안뎋께 빼도록 허시고··, 향초香草 경초勁草 노초露草 잡초雜草, 녹음방초綠陰芳草에 불로초 不老草 불사초不死草 약방문 감초甘草까지··, 녹초가 되도 록 허벌나게 다 찾아 댕겨 봄세··.

| 모 두 | ······ |
|---|---|

분 이  (갑자기, 고개를 들고) 으메~ 열통 터지는 거··! 한 넝쿨에 달리는 호박은 아랭이 다랭이라더니··, 으째 미럭퉁이 찌 질이 궁상 떠는 모냥이 둘이 그리 꼭~ 같소?

응칠처  뭐여, 이년아··?

| | |
|---|---|
| 분 이 | 으이구~! 기냥 하늘땅이 아예 '확~!' 허고 붙어 버렸음 쓰겠네···. (벌떡 일어난다) |
| 만 석 | ··· (곁에서 어쩔 줄 몰라) ··· |
| 응칠처 | 으디가, 이년아···! |
| 분 이 | 수미산으로 꽃 따러 가요! |
| 응칠처 | (좇아 일어나려는 듯) 저···, 저 배라먹을 년, 저···. |
| 응 칠 | (말리며) 임자···. |

분이, '확~' 하니 초막을 나서 고샅길로 내려간다. ··· 우물쭈물 눈치 살피던 만석, 주춤주춤 일어나 분이를 좇아간다.

| | |
|---|---|
| 만 석 | 분이야···! 분이야···! |

초막을 나선 만석, 초막으로 올라오는 덕배를 만난다.

| | |
|---|---|
| 덕 배 | 너거는 또 으디 가냐? |
| 만 석 | (급한 마음에) 야···? 야···. 거시기··, 쪼까 댕겨 올께라···. 기시오. |

만석, 서둘러 분이를 좇아 고샅길로 내려간다. ··· 덕배, 고개를 갸우뚱

| | |
|---|---|
| 덕 배 | (초막에 들어서며) 쟈들 왜 저려? |

| 응칠처 | 냅 두시오. 싸가지 없는 것들…. 저년 저거 저런 줄도 모름서, 저것들 쪽 지어주자 허신 엄니만 불쌍허신 양반이지…. |
|---|---|
| 덕 배 | 뭔 일이 또 있으셨소? |
| 응 칠 | 암 껏 아니여. |
| 응칠처 | 아니긴 뭣이 아니요. 뻔히 디다 보이는디…. 저년 저…, 지 시집갈 때 입었다고 쟁겨둔 놈으로 지 할머니 염殮헀다고 지랄 승질 피우는 것이요. |
| 응 칠 | 것이 뜬금 없이 또 뭔 소리여? |
| 응칠처 | 저년 저 속을…, 나가 모를 줄 아시오? 허이고~ 저 썩을 년…, 속도 없이…. (밖에 대고) 야 이년아…! 너 할머니가 너 놓고서 분하라고 분이라 지은 줄 아냐, 이년아~! |
| 응 칠 | 어허~ 그 아니랑께. 임자는 잘 알지도 못함서…! |
| 덕 배 | 그라게라. 암만 분이가 그럴 리가 있겄소? |
| 응 칠 | 나의 말이 바로 그 말이여. |
| 응칠처 | 으메~ 복장 터지는 거…! 엄니가 지를 월매나 이뻐를 허셨는디. 허이구, 인정머리 없는 년…. 허이구…, 어이구…. |
| 응 칠 | ……… |
| 덕 배 | (황노파의 주검 앞에 앉아있는 연화와 난화를 보고는) 그란디 당굿네는 뭣하고 기시오? 자리걷이 할라 그러시는가? |
| 응 칠 | 시방 초빈草殯도 지우 쓸까 말까 허는 판국인디 자리걷이는 무슨…. 그냥 옆서 염불 쪼까 외워 주는 것이지. |

| | |
|---|---|
| 덕 배 | 판국이가 으졌다고···. 아, 못할 것은 또 뭣이 있소? 대소 양념[49]도 하루 만에 해치웠는디. 기왕지사 말 나온 김에 양··, 지전춤 한 자락에 시왕도 가르시고 탈상까지 아예 한 번에 다 해치웁시다. 으차피 인자···, 시방 아니면 허지도 못할 것인디. |
| 응 칠 | ······ |
| 응칠처 | ···(다시 한숨)··· |
| 덕 배 | 으메, 땅뿌닥 꺼지겄네···. (응칠에게) 많이 캥기시는갑소, 잉. |
| 응 칠 | 누가 아니냐. 아조 창새기가 허옇게 바래지는 갑다. |
| 덕 배 | 것이 다··, 사램이 양, 겁나 징허시게 다심多心허신 탓이 아니겄소. (응칠처에게) 안 그렇소? |
| 응칠처 | 흐이구~ 시묘侍墓 살이도 허다 가야 허는디···. |
| 응 칠 | 으이구~ 아, 난리바람풍에 땡감도 떨어져 나가는 판국인디···. 시방 팔자 좋게 뭔 소리랑가? |
| 응칠처 | ······ |
| 덕 배 | 그려요. 앞서거니 뒤서거니 곧장 가고 나중 가도 우덜 모다 따라들 갈 것잉께···, 섭헐 것 한 놈 읎이 '인자 갈 때가 와 부러서 좋은 디로 가신갑다.' 생각허시고 그저 맴들이나 편허시게 허십시다. |
| 응칠처 | ······ |
| 덕 배 | 아, 이승 사람들이 에려우면 저승길 가시는 양반네도 발걸음 띠기가 어렵답디다. 여 남은 사램들이 즐거워야, 가 |

시는 노인네 걸음걸음이 '훨훨~' 허니 '쉬이~' 수월하게 가실 것 아니겄소? 그랑께 인자 고만 붙들고…, 놓아 보내 주시오.

응칠처       … (다시 한숨) …

응 칠       ……

덕 배       그나저나 아까 참에 총소리 아니었소?

응 칠       글씨…? 나는 모르겄는디?

덕 배       … (시선을 연화와 난화에게) …

연화/난화   … (여전히 진언을 외고) …

덕 배       으째 아그들이 읊응게…, 워째… 꼭, 절간 같소, 잉….

응칠/응칠처  ……

덕 배       별일 읎이 잘들이나 내려갔나 모르겄네….

응칠처      불안 불안…, 알 두고 날라댕기는 엄니 새 맴인가 보요, 잉. 걱정마시오. 지비 아그들은 원체가 다구지고 양글져 서, 으따 떵겨놔도 암 탈 읎을 것잉께.

덕 배       (위안이 되었는지, 멋쩍게 웃으며) 것은 그라요, 잉.

응 칠       그란디 재필이 놈은 으디 간겨? 죙일 코빼기도 안 보이는 디….

덕 배       글씨라…. 새벽참부터 안 뵈이긴 헙디다.


김태훈과 박주천, 고샅길을 지나 초막으로 올라온다.


박주천      안에들 계십니까?

덕 배        (그 소리에 밖을 내다보며) 으메~ 으르신 납신갑네‥.

응 칠        그리어‥? (응칠처에게) 임자, 어여 일어나아.

응칠처        ……

응 칠        아, 어여‥!

응칠처        에이고~ 그려요‥. 끄응~! (일어선다)

덕 배        ‥‥ (따라 일어서고) ‥‥

김태훈        (초막 입구에 들어서며) 괜찮네. 앉아들 계시게.

덕 배        오셨어라?


김태훈과 박주천, 초막 안으로 들어선다.


응 칠        여‥, 여짝으로 앉으셔요.

김태훈        그러세. 다들 앉으세.


김태훈과 박주천, 응칠과 응칠처, 덕배, 차례로 자리에 앉는다.


김태훈        그래‥, 얼마나 상심이 크시겠는가?

응 칠        아니여라. 시방 하필이면 정신 사나운 판국에 가서갖
            꼬‥, 지가 지송스러 몸 둘 바를 모르겄어라. 그랴도 기력
            쪼까 남아 기실 때 정신 놓지 않고 가신 것이 그나마 참말
            로 다행이라 생각허고 있어라.

김태훈        ‥‥ (고개를 끄덕) ‥‥

응칠처        ‥‥ (한숨) ‥‥

| 박주천 | 무엇이라도 드셨습니까? |
|---|---|
| 응 칠 | 목구녕이 콱 멕혀갖꼬 암 껏도 안 넘어가는 모냥이여. |
| 덕 배 | (의도적으로 과장하여) 으메…! 억지로라도 쪼까 드셔야지. 그러다 쓰러지기라도 허면 으쩔라 그라시오? |
| 응칠처 | … (다시 한숨) … |
| 박주천 | 옳은 말입니다. 어버이의 죽음을 슬퍼하다 그것이 지나쳐 병이 되는 것은, 효로써 효를 상하게 하는 불효 중에 불효 이지요. |
| 응칠처 | … (그래도 한숨) … |
| 김태훈 | … (시선이 염불을 외고 있는 연화에게로) … |
| 덕 배 | (그 시선에, 연화에게) 어이, 당굿네! 도금찰 으른 납시었소. |
| 연 화 | (여전히 눈감은 채, 그러나 조금 더 커진 목소리로) "옴~ 아모가 바이로차나 마하무드라 마니파드마 즈바라 프라바를타 야 훔~! 옴~ 아모가 바이로차나 마하무드라 마니파드마 즈바라 프라바를타야 훔~!" |
| 박주천 | 오호~! 실로 오랜만에 들어보는 광명진언光明眞言일세 그려. 서방정토 극락정토로 영가천도靈駕遷度하시고 계셨는가? |
| 응 칠 | 잉… . 거시기…, 삼칠자 주문은 아까 참에 진즉…, 새암물로 청수淸水 한 사발 떠다놓고 벌써 다 혔고… . 인자는 시방…, 당굿네가…, 아, 긍께…, 분이 에미가 자꼬 엄니헌테 좋은 것 쪼까 해 달라 조름서 깨깨거링께… |
| 덕 배 | (슬쩍 김태훈의 눈치를 슬쩍 살피고는, 타박하여주려는 의도로) |

으따~! 시방 누가 효자 메누리 아니랄까봐서··, 아, 곧 다 죽을 양반들이 엄니헌티 좋다 헝께, 별 짓꺼리를 다 허고 기시오, 잉.

김태훈    ······

응 칠    (우물쭈물, 기어들어가는 소리로) 지송혀라··. 지사祭祀도 한 번 못 지낼 것이 뻔헐 것 같응 게라··. 긍께 은제라도 한 번은··, 혀 드려야 허는 것이··, 자식 된 놈의 도리인 것 같아서라··.

김태훈    (온화한 미소를 지으며) 아닐세. 잘 하셨네. 물물천사사천物物天事事天[50]이라, 천지만물 만물만사가 한울님 아닌 것 없고··, 지나가는 새소리조차 한울님의 소리[51]라 하셨거늘. 한울님께서 한울님 돌아가시는 길에 염불을 외면 어떠하며 주문을 외면 또 어떠한가? 그 역시 한울님의 소리일 진데··. 그저 한스러운 것은 한울님 마음 편히··, 곡哭이라도 원 없이 할 수 없는 것이 안타까울 따름이라네.

응 칠    ··· (마음이 뭉클하여) ···

응칠처    (다시 눈물이 그렁그렁하여) 허이구~ 엄니··,

응 칠    어허~! 시방 뭣 하는 겨? 으르신 앞에 모셔놓고··.

응칠처    ··· (소리 죽이고) ···

김태훈    ······

박주천    다만 흐르지 않는다 하여 고여 있는 눈물이 마를 것이며, 설혹 그 눈물이 마른다하더라도 흉중胸中 깊은 그리움까지 마르겠습니까? 일컬어 살음살이라··. 마음이 가지는 대로, 마음이 하라는 대로 그리 해야 하는 것. 즐거우면 즐거운 대로 슬프면 슬픈 대로 저 언덕 넘어 가는 그날까지, 피하고 감추고 붙잡아 남기고 가는 것 없이 그리 살아야 하는 것이니…. 눈물 없고 그리움 없이 살아가는 것이라면, 그게 어디 사람의 살음살이라 할 수 있겠습니까? (김태훈에게) 아니 그렇습니까?

김태훈       ……

박주천       정가로운 눈물…. 그저 마음 편히…, 원 없이 우시도록 하시지요.


응칠처, 그 말이 서러운지 '꺼억~ 꺼격~' 소리 삼켜 가며 운다. … 오히려 더욱 더 커진 소리 … 연화와 난화, 흙이 담긴 바가지를 들고 일어나서는 황노파의 주검 위에 뿌린다.


응칠처       으메~! 으메~!! 엄니…! 엄니…!

덕 배        으메~? 시방 엄니헌테 흙을 다 뿌리요?

박주천       (웃으며) 백팔 번을 외고 나서 저리 행하는 것이라네. 저리하여야만 망제의 모든 죄업이 소멸되고 서천서역西天西域 연화대로 오르신다 하니….

응 칠        임자 들었는가? 원래 저렇게 해야 하는 것이라는구먼.

응칠처       하이고 시상에나…! 시상에나…! 나는 모르겠소…. 모르겠소. 저러쿠롬 한 데 누워 기시는 것도 서러운디, 참말로….

응칠처, 설레발치며 황노파의 주검으로 기어간다. … 아랑곳 않고 계속 흙을 뿌리는 연화와 난화 … 이윽고 몸을 돌려 김태훈과 박주천을 본다.

연 화   와 계셨습니까?

김태훈   … (고개를 끄덕) …

박주천   참 좋은 일을 하셨습니다. 그려.

연 화   (웃으며) 아닙니다. 제가 원하여 한 일입니다.

덕 배   (난화에게) 애기 보살께서도 수고하시었소, 잉.

난 화   … (고개를 끄덕이고는 시선을 김태훈에게) …

김태훈   ……

응칠처   하이고, 이‥, 이‥ 이게 뭣이여‥. 이게‥, 이게‥. (황노파의 주검위에 뿌려진 흙을 털어내며) 아이고 아이고‥, 하이고 하이고‥,

박주천   헛허‥. 하이고何以故[52]라, 아이고我離姑[53]라‥. 어의 운하於意云何, 어이 우나[54]‥. 어이가 없음에 가이可以 없음[55]이로고‥. 내가 떠난 탓이로다‥. 내가 떠난 탓이로다‥. 허나 그 또한 어이 하단 말이던가? 인간사 백천만사 비비가 유지(比比有之)요. 비비가 개연(比比皆然)[56]이라‥. 겪고 나고 돌아보면 여차여차如此如此 우여차又如此[57]이거늘‥.

응칠처, 주검 위의 흙을 털어내고는 삐져나온 발과 발가락을 만지작거린다.


응칠처     하이고메~ 아적도 따끈이 따끈이 거리는 것이‥, 꼼지락
              꼼꼼 허실 것도 같은디‥. 참말로 환장하겄네‥.

박주천     '적(寂/敵)이 입入'하시매‥[58] 그 양쪽 발을 밖으로 내어
              보이시고[59]‥, (문득 떠오른 좋지 않은 예감에 '흠칫' 하고는)
              매만지시니 열 발가락에 발뒤꿈치를‥. (혼잣말 하듯) 발꿈
              치를‥, 평시불소향平時不燒香‥, 급래急來‥ 포포抱‥불
              佛‥각脚[60]‥?!! (얼굴이 어두워진다)

덕 배     (살피고) 으째 그라시오?

박주천     ……

응 칠     이보게 주천이‥.

박주천     ……

연 화     평시 한울님 부처님, 유야무야 일언반구 없으시던 양반께
              서 갑자기 부처님 발가락 끄트머리 찾으시는 걸 보니, 기
              다리시던 기일(其日/忌日), 명일(明日/命日)[61]이 바로 금일今
              日인 겝니까‥?

박주천     … (흔들리는 눈을 연화에게) …

연 화     ……

박주천     … (다시 난화에게) …

난 화     … (그저) …

응 칠     으메, 시방 또 저들끼리서만 뭔‥, 상여 미고 가다 귀청 후

비는 소리들이랴…? 것 보시오, 당굿네.

연 화   (한숨 곁들인 미소 비치며) 음지전陰地轉 양지변陽地變의 돌고 도는 세상사…. 변變하고 화化하고 생生하고 성盛하나, 종국에는 환원還元[62]하나니…. 그 이치 또한 생주이멸生住異滅이라…. (뒷말을 머금고) ‥ (멀리 구름 낀 하늘을 바라보고는) 그러고 보니 어느덧 해가‥, 중천中天을 지나가 버린 모양입니다.

박주천   ……

덕 배   음메 참말로! 답답해서 속 디집어지겠네…!

박주천   (갑자기) 일중 즉 측日中則昃하며, 월영 즉 식月盈則食하나니…. 천지영허天地盈虛도 시時와 더불어 소식消息하거늘, 하물며 사람이나 귀신에 있어서랴[63]…!

모 두   …?…

박주천   (밝아지며) 하하하…! 아닐세, 아니야…! 뇌화雷火가 풍豊인 것을, 내 괜한 걱정을 하였‥!!??‥ (무엇이 연상되었는지 다시 ‘문득!’, 그리고는 불안해하는 기색으로 더듬더듬) 풍豊은…? 풍은…! 풍자豊者는 대야大也이니‥, 궁대자窮大者이 반드시 그 머무름을 잃음이(必失其居)[64]‥, 아니‥!! 아니고…. (점점 더 불안해지는 마음으로) 풍은 풍風이니, 풍風이라, 풍…! 풍…! (서둘러 바람을 짚어보려는 듯, 애써 찾으려는 듯, 허공으로 손을 뻗어 휘저으며) 풍은‥, 풍은‥, 아아‥, 가고 없어 휴休하며 빈貧하나니‥, 빈은 곧 곤困이라…. (강한 거부로) 아니, 아니지…! 풍豊과 풍風이 궁窮하야 변變

하야 통통通하며‥, 다시 전轉하야‥, (갑자기 시선이 황노파의 주검에 꽂히자, 동공이 팽창되어) 아뿔사‥! 시屍와 더불어 소식消息하나니[65]‥, (시선이 응칠처에게) 흉복凶服에 흉변凶變‥! 흉단절凶短折[66]에 흉회일凶會日[67]인 게로구나‥!!

김태훈     ‥!‥

박주천     ‥ (시선을 김태훈에게) ‥

모 두      ‥ (따라, 시선을 김태훈에게) ‥

김태훈     ‥‥‥

박주천     ‥‥‥

덕 배      쩌으기‥ 나으리‥. 성님‥. 들어봉께 흉‥ 단절이믄‥, 흉이 끊깅다는 것잉께‥. 거시기‥, 좋은 것 아니오?

박주천     ‥ (시선을 덕배에게, 그리고는 물끄러미) ‥

덕 배      ‥ (눈을 '꿈뻑' ) ‥


대호, 고샅길 아래쪽에서 빠른 걸음으로 올라오며 유인모와 김태훈을 찾는다.


대 호      나으리‥! 으르신‥!


뒤이어 서도중과 남이, 한칼이와 천수, 김경삼과 강병두를 앞세워 고샅길을 올라온다.


응 칠      대호 아니여? (밖을 내다보고) 잉‥. 맞네 그랴‥. 그란디

저치들은 뭐여? 워서 또 데꼬오는 것이랑가?

덕 배     으디‥? 누구요? (고개를 쭉 빼고 내다본다) 그라게‥? 첨 보
          는디?

응 칠     모냥새가‥? 왜 쟈들이, 왜 쟈들한티 총을‥?

덕 배     (문득) 으메으메‥! 쟈‥ 쟈들‥, 호호호 혹‥, 미‥민보군
          아니여?

대 호     나으리, 안에 계시옵니까?

김태훈     ······

덕 배     나으리‥, 성님‥.

박주천     ‥ (시선을 김태훈에게) ‥

김태훈     ······

박주천     나가 보세나.


박주천, 일어선다. ‥ 덕배와 응칠, 따라 일어선다.


응칠처     맏상제가 으디‥, 자리를 다 비울라 그라시오?

응 칠     (응칠처에게) 아녀. 임자가 여‥, 당굿네허고 으르신 뫼시
          고 있소, 잉. 나는 요 앞으로 쪼까 나가 볼 텡게.


박주천과 덕배, 응칠, 차례로 초막을 나선다. ‥ 초막 앞의 너른
터에 굳은 얼굴로 서 있는 대호의 뒤로 서도중과 남이, 한칼이와
천수가 김경삼과 강병두에게 화승총과 칼을 겨누고 있다. ‥ 못
마땅한 얼굴로 삐딱하니 뻗대고 있는 강병두와 대조적으로 고분

고분한 태도와 조심스러운 몸짓의 김경삼, 얼른 박주천에게 고개
숙여 인사한다.


김경삼      안녕하싱교? 하이고야~! 마‥, 이‥, 이‥ 길이 깨끌막져
             갖꼬, 억수로 얄궂네예.

박주천      ……

김경삼      고생들 많으시지예? 진지들은 자셨능교?

박주천      어디서 오신 분들이신가?

대 호      장군바우쪽서 올라왔구만이라.

덕 배      으메‥! 민보군 맞는갑네, 잉.

응 칠      가만있어 봐아‥.

김경삼      아아‥! 아니라예. 그라지 마이소, 마‥! 해꼬지 할라꼬
             온 게 아니고예‥, 저들 군관 나으리께서 지를 시켜가가,
             이짝 나으리한테 말씀 쫌 전해라 캐서, 그래 온기라예.

박주천      별군관의 말씀을요?

김경삼      (끄덕이며) 야.

박주천      … (시선을 강병두에게) …

강병두      … (여전히 삐딱하니 뻗대어) …

김경삼      고마 거, 거서 그라이께 거슬려가 그라는 거 같은데예‥.
             거 쪼매 쫌 치워주면 안되겠능교? 무기도 없이, 싸울라 온
             기 아닌데예.


박주천, 고갯짓으로 '끄덕' … 겨누고 있던 화승총을 내려놓는

박주천    그래, 전하실 말씀이 무엇입니까?

김경삼    아‥, 예‥. 그 뭐‥ 그‥, 그거이 뭔가 카믄예‥, (살짝 머
         뭇거리고는) 고마, 아래짝서 살 들어보이, 이짝 높은 디서
         해산령을 내린지도 벌써 꽤나 되었다카고예, 또 이 지긋
         지긋하이 난리버꾸통도 애저녁에 거반 끝나가는 것도 같
         은 데예‥.

박주천    ……

김경삼    (초막을 보며) 마‥, 여는 권속眷屬들도 적잖이 있다카던
         데‥. (다시 '슬쩍' 박주천을 보고) 마‥, 마음이야 분하기도
         하도 속상키도 하고 억울키도 할 테지만서도‥, 인자 고
         만 접어두는 기 쌍방 간에 안 낫겠능교? 이리 뼛골 빠지게
         싸워봐야 종내에는 우리들만 죽어나갈끼 뻔한데에‥. 그
         라이 인자 고마 벵장기 내리놓고 마카 내려가입‥

남 이     아니오!! 우덜은 그리 안허요. 우덜은 모다 끝까정 싸울
         것이요!

김경삼    ‥‥!‥

강병두    오호호호~! 시방 으른들 말씀허시는디, 뭔 갯지랭이 어금
         니 갈아대는 소리랑가? 잉? 암만 시상이 난장이라 혀도 그
         라지 여는 우아래들도 읎는가?

남 이     시방 나가 쪼깐 에리다고 깔볼라 그라는 것이요? 잉? 허면
         으디, 여 쪼깐한 고추 맛 쪼까 함 보시겄소? 잉? 잉??

| 강병두 | 으메으메…! 야…, 야 쪼까 보소! 승질머리 딱딱헌 것이 아 |
| --- | --- |
| | 조 으른 딱따구리 뺨따구를 치시겄네. |
| 남 이 | 나가 비록 몸은 크잖아도요, (칼을 들어 내밀며) 여 칼은…! |
| | (칼 든 손으로 가슴을 치며) 여 간땡이는 그짝 아자씨보담 짝 |
| | 지가 않어라. |
| 강병두 | 하이고 아이고~, 야가 아조 역적의 무리가 될라 그라는 |
| | 지…, 말 한 마디 마디마디마다 삐죽이삐죽이 징허게 까 |
| | 꾸루구마, 잉. |
| 남 이 | 아니오!! 우덜은 역적 아니오! 우덜이 으째서 역적이요? |
| | 우덜을 역적이라고, 우덜이 비적이라고 하는 그 놈들이 |
| | 바로 역적이고 도적놈들이요!! |

유인모와 최명인, 춘배, 고샅길에서 너른 터로 올라온다.

| 유인모 | (남이에게) 그만하거라. |
| --- | --- |

모두의 시선이 고샅길에서 올라오는 유인모와 최명인, 춘배를 향
한다.

| 한칼이 | 오셨어라? |
| --- | --- |
| 유인모 | … (굳은 얼굴로) … |
| 한칼이 | 대정… |
| 유인모 | 오며 보니 거북바위에서 장군바위 쪽으로는 아무도 보이 |

지 않던데, 대체 어찌 된 일인가?

한칼이     야‥?

유인모     ‥ (시선을 서도중과 천수에게) ‥

서도중/천수  ……

유인모     (영을 내리듯) 어서들 서둘러 내려가 보시게.

한칼이     시‥ 시방요?

유인모     (서늘하게) 허면, 계속 비워 두실 생각이신가?

한칼이     (그 태도에) 야, 대정. 알겠어라.


한칼이와 천수, 영에 따라 고샅길로 내려간다.


유인모     남이는 게서 뭣하고 있는 게냐? 어서 내려가지 않고.

남 이      ……

서도중     네, 나으리. (남이에게) 어서 내려가자.


서도중, 남이를 데리고 고샅길 아래쪽으로 내려간다. ‥ 마지못
해 내려가는 남이


남 이      (가다, 뒤돌아) 항복은 절대로 안 되어라!! 암만 열두 물길
           첩첩산중‥, 삼수갑산三水甲山엘 가다 가서 메골모루[68]에
           묻힌다 혀도요, 그라도 절대로‥!! 절대로 안 되어라! (서도
           중이 말리자 뿌리치며) 거 놓으시오!! 비루허게 목숨 부지허
           고 사느니 차라리 헛바닥을 깨물고 디져부는 것이 나서

요!! 암요…! 암요!!

서도중과 남이, 고샅길로 내려간다.

강병두   오호호홍~ 쩌 대통만헌 것이 참말로 독종이구마, 잉…. 그려, 실컷 떠들어 봐라. 죽고 사는 디는 우아래가 따로 읎응게.

유인모   … (시선을 강병두에게) …

강병두   흠흠…. (지지 않으려) 아, 그라고 보지 마시요. 자 말하는 싹퉁머리가 놀놀항께 그라는 것이지. 뭔 말도 못하요?

유인모   그 말씀 하시러 오신 겐가?

김경삼   (얼른 끼어들며) 하이고메~! 아니라예. 그럴 리가 있겠능교? 아래편서 정세를 살 알아보이‥, 고마, 오늘 금새루 끝장을 볼일이다 캐가 서둘러 급박하게 여 와가, 이리 이 바구 할라 카는 것 아닝교? 고마, 순순하이 내려들 오시기만 하믄예, 마카 온전하이 아무 일 없을 끼라고‥, 저희 군관 나리님께서 초토사한테 약조 받아 낼끼라고 진작 말씀 안 하셨능교? (강병두에게) 안 긋나?

강병두   (손사래 치며) 아아‥, 나는 것까정은 몰러라. 나는 시방 같이 올라가라 헝께, 따라 올라온 것뿐이요.

김경삼   … (눈짓으로) …

강병두   알았소. 알았소‥. (박주천과 유인모를 '흘깃' 보고는) 으메, 참말로‥! 그랴도 글줄 깨나 읽어보신 잔반殘班 정도는 되는 줄로 알았는디, 인자 봉께 두 양반도 눈썹 붙으신 양반⁶⁹들이었구마, 잉. 아, 거시기‥, 뭣을 '떡~' 봐갖꼬 '척' 허면 '쿵' 인갑다, 허고 알아들으실 일이지‥. 암만 우덜이 먹는 둥 마는 둥 허방지방 밥숟가락 내려놓고 낑낑대고 올라와갖꼬 실없이 뺄소리 지껄이겄소?

박주천/유인모 ……

강병두    허기사 말을 혀 봤자 뭣‥, 들어먹지를 않을 양이시면 뭣을‥, 송곳으로 태산을 허무시건 지푸래기로 한수漢水를 건너시건, 것도 이쪽들 맴이긴 하지만서두‥. 암만 죽기 살기로 뎀벼봤자 되잖을 일은 안 되는 것이요. 우덜 일본군이 월매나 강성헌‥

유인모    (눈썹을 '꿈틀') 우리‥, 일본군이라 하셨는가?

강병두    ‥?‥

유인모    외적으로부터 나라를 지키고자 척양척왜斥洋斥倭 벌화伐華의 기치 아래 일어나 싸우고 있는 것이거늘, 어찌 나라의 백성 된 자로 의기상투意氣相投는 못할망정 도리어 왜놈의 끄나풀이 되어 동족에게 위해를 가하려는 것인가? 부끄럽지도 않으신가!

강병두    뭐‥ 뭣이여‥? 끄‥? 끄나풀?? (발끈하여, 덤벼들기라도 하려는 듯 눈을 부라리며) 아니, 요 양반이‥! 뱉으면 다 말인 줄로 아시는가‥!!

대 호     뭐여, 시방? (칼을 반쯤 뽑으며) 뭣 하자는 것이여??

최명인과 춘배, 칼자루에 손을 대고 여차하면 뽑아들을 듯 … 강병두, 그 기세에 '멈칫' … 김태훈과 연화, 초막에서 나온다.


김태훈      (나서며) 왜들 이리 소란스러우신 겐가?

모 두       ……

김경삼      하이고야~ 고마, 진정들 하이소. 우짜건간 귀하신 목심들
            하나라도 같이 살아보자꼬 이리 애써 이라고 있는 것 아
            닝교? 고 칼 쫌 쪼매‥, 집어넣어 뿌소마.

대 호       … (그래도 여전히) …

유인모      접사께서는 그만 칼을 거두시게.

대 호       … (칼을 칼집에 도로 집어넣는다) …

김경삼      사람들이 살벌하이 이리 까칠까칠 해가, 어데 이바구 되
            겠능교? 성질 쪼매들 쫌 죽이소마.

대 호       헐 말 다 하시었소? 허실 말씀들 다 허셨으면 싸게 싸게
            내려들 가시오. 우덜도 준비를 혀야 헝께.

김경삼      뭐‥ 뭐라꼬예? 보‥ 보소‥! 아재요!

대 호       ……


김경삼, 시선을 덕배와 웅칠 그리고 최명인과 춘배를 거쳐 박주
천과 유인모 그리고 김태훈에게로


김경삼      (김태훈에게) 으‥, 으르신예‥. 참말 이리‥, 이리 아까웁
            게 다들 여서, 고대 죽을라 그러시능교? 야?

| | |
|---|---|
| 김태훈 | …… |
| 박주천 | 사바세계 떠나가는 일도 필시 사람살이의 한 가지임이 분명할 진데··. |
| 김경삼 | ··· (시선을 박주천에게) ··· |
| 박주천 | 우담바라 꽃송이도 꽃을 피우려면 아생芽生이 우선일 터··! 허면··, 그 씨앗부터 깨어지고 썩어져야 할 일. (김경삼을 보고, 미소 지으며) 기왕에 가야 할 것이라면 싹을 틔우고, 그리 가야 하지 않겠습니까? |
| 김경삼 | 하이고야~ 이, 이·· 무삼 돌부처 똥방뎅이 긁어대는 소링교? 보소, 아재요. 이·· 암만 절륜 고루한 문자 써가 모르고도 아는 소리 멋깔리게 씬다 캐도 예, 죽는 것은 고마·· 고저, 죽는 기라예. 자고로 주유옥갑珠襦玉匣 채려를 입고 만인조송萬人祖送으로 귀북망歸北邙 한다 캐도예, 누덕 누더기 기워를 입고, 양지 볕을 가려가가 거풍질에 이 잡는 기 훨씬 낫다고들 안 했능교? |
| 박주천 | …… |
| 김경삼 | (사람들에게) 안들 그런교? 야? 야? 그라이 죽은 석숭石崇이 보다 산 도야지가 낫다고들·· |
| 덕 배 | (갑자기) 가만··, 가만··. |
| 김경삼 | 와··? 와예? |
| 덕 배 | 가만히 쫌 기시오. (응칠에게) 뭔 소리··, 뭔 소리 못 들으셨소? |
| 응 칠 | 뭔 소리? |

덕 배    쉿…! 들어 보시오.

모두, 귀 기울인다. … 아래쪽 고샅길에서 들려오는, 잉잉거리며
부르는 소리

소 리    "잉잉잉…호호호호…호야…, 잉잉…잉잉… 대대대…
대…호…대호야…, 잉잉…잉잉잉잉…"

덕 배    징징거려 쌌는 것이…, 궁궁이 같은디? (시선을 대호에게)
대 호    …(시선을 유인모에게) …
유인모    ……

대호, 고샅길로 달려 내려간다. … 사람들의 시선, 대호를 좇아 고
샅길로

응 칠    (고샅길 쪽을 보며) 궁궁이 맞네 그랴. 흐이구~ 저 웬수덩어
리! 아, 저것은 시방 왜 또 안 내려가고 시근벌떡 방정맞게
징징거리고 다님서 지랄 염병이랴? 참말로 가지가지로
속 썩이고 자빠졌네.
덕 배    혼차 올라오는 디요?

궁궁이, 고샅길에서부터 잉잉거리며 너른 터로 올라온다.

| 궁궁이 | (올라오며 연신) 잉잉잉잉‥, 아아아아‥아저‥아저‥아저씨‥ 잉잉잉… |
|---|---|
| 응 칠 | 왜~에? 또 왜? 또 뭣이~? |
| 궁궁이 | (고개를 저으며) 아아아아‥아니‥아니‥, 아아아아아‥ 아저…아저‥, 어어어어‥어진‥어진이‥아아아아‥ 아…아저씨‥ |
| 덕 배 | 나‥? 시방 나가 왜? |
| 궁궁이 | 잉잉잉잉‥ 어어어어어어‥어진‥어진‥어진이‥어진이가‥ |
| 덕 배 | 뭣‥?? 어진이‥? 어진이가 뭣을? 잉? 왜‥? |
| 궁궁이 | (고샅길을 가리키며) 어어어어‥어진‥어진‥어진이‥가… 잉잉잉… |

고샅길에서 올라오며 박주천을 부르는 호봉

| 호 봉 | 복새ㅏ師 으른…! 복새 으른…! |

호봉, 고샅길에서 올라온다. … 뒤이어 대호, 어진이를 등에 업고 올라온다.

| 덕 배 | 가만‥ 가만‥. (그제야 '화들짝' 놀라) 으메으메~!! 저‥, 어어어어어‥어진이‥, 어진이 아녀?? 잉? 잉? 아이고 어진아~!! 어진아야‥! |

덕배, 강병두를 밀치고는 김경삼과 강병두 사이를 뚫고 가로질러
어진이에게 달려간다.

강병두   (투덜거리며 '툭') 이런 엠병헐‥! 왜 사람을 밀고 지랄이
        랴‥? 자빠러지게시리‥.

덕 배   (어진이의 곁에 서서) 요요요요요‥요것이‥, 요것이 대대
        대대‥대체, 대체‥, 으으으으‥으짠 일이다냐? 잉? 잉?
        어이, 아야‥! 아가‥!! 어진아!!

호 봉   총에 맞았어라. 애기바우를 막 지나가는디‥

덕 배   뭐뭐뭐뭐뭐뭐‥뭣이여? 초초초초초‥총에‥, 총에 맞아
        부러‥?? 으메으메, 나 환장허겄네‥! (축 늘어진 어진이를
        안아 내리며) 어이, 아야! 아야‥! 어진아야‥!! 아가! 아
        가‥!! 이놈아‥! 누누누누‥눈‥, 눈 쪼까 언릉‥, 언릉
        떠 봐야‥!! 잉? 아가‥! 아가‥!! (박주천에게) 야가‥, 야
        가, 당최 으으으으으‥ 으찌 된 것이여? 잉? 잉? 어이, 아
        야! 아야‥! 어진아야‥! 여‥여‥, 애비여, 애비‥!! 안 들
        리냐? 잉? 잉? 언능 언능‥, 싸게 인나 보랑께‥!!

박주천, 어진이에게 다가와 상태를 확인한다.

덕 배   (안절부절 어쩔 줄 몰라 하며) 으으으으‥으짜요? 잉? 잉? 괘
        괘괘‥괜찮지라‥? 잉? 벼벼벼벼벼벼‥별일‥, 별일 아

니지라? 잉? 잉?

박주천    ··· (어두워진 얼굴을 연화에게) ···

연 화    ······

덕 배    마마마마·· 많이··, 많이 에·· 에럽소? 잉? 잉?

박주천    ······

덕 배    으메 까깝한 거··. 아, <u>으으으으</u>·· 으째··! 으째 말이 읎으
         요~오··!! 나나나나나··· 나 보고, 나··, 나 쪼까 보고 야그
         허시오. 잉? 잉? 나나나나나··· 나보고··!!

박주천    ··· (그래도 여전히) ···

덕 배    성님··!!

박주천    (호봉에게) 얼마나 되었는가?

호 봉    아까 참에··, 새벽녘에 그랬는디요.

궁궁이    새새새새·· 새·· 새벽·· 새벽에··, 구구구구·· 궁궁·· 궁궁
         이와··, 토토토토·· 토끼·· 토끼, 자자자·· 잡다··, 잡다··
         "쾅!"

덕 배    뭐··? 뭐·· 뭣이여··? 토토토토·· 토끼··?? 시방··, 시방,
         토토토토토·· 토끼는 것들이 뭔 지랄 났다고 토토토토토
         토토·· 토끼여, 토끼는··!!!

궁궁이    ··· (그 소리에 눈이 동그라져) ···

덕 배    워워워워·· 워디··? 워워·· 워서??

궁궁이    나나나나·· 나는··, 나는··, 모모모모·· 몰라·· 몰라··. 어
         어어어·· 어진·· 어진이가··

호 봉    지송혀라. 지가 서둘러 온다고 온 것인디··.

덕 배      (눈앞이 캄캄해져) 이이‥이를‥, 이를 으쩐다냐‥? 잉? 잉?
          (김태훈에게) 나리‥, 나리‥. 이를‥ 이를 으짠다요, 야‥?
          야‥? (어진이를 부둥켜안고) 하이고메~! 이이이‥이놈아,
          이놈아‥ 으디여, 으디‥. 으디를 맞은 것이여‥? 으디
          를‥? 하이고~

          잠자코 지켜보던 강병두, 마음 한 구석으로 뭔가 켕기는 것이 있
          기에 팔꿈치로 김경삼의 옆구리를 '쿡쿡' 찌른다. ‥ 김경삼, 시
          선을 강병두에게로

강병두     (짐짓 안타까워하는 투로) 쯔쯧‥! 으쨌스까, 잉. 아가 아적
          겁나 한창은 에려 뵈는디, 징허시게 속상허시겄네. 그랑
          께 진즉에들 내려를 오실 일이지‥.
김태훈     서둘러 안으로 모셔야 하지 않겠는가?
박주천     예, 나으리. (호봉에게) 어서 안으로 옮기도록 하세.
호 봉      야.
덕 배      하이고~ 어진아, 어진아‥, 이이이이이이이‥이를‥, 이를
          으짠다냐, 잉‥. 잉‥?

          호봉, 어진이를 들쳐 업는다. ‥ 징징거리며 어진이를 안아 업혀
          주는 덕배

강병두     암만 하잘 것 읎이 비루먹은 목심들이라두 그라지, 어린

것이 뭔 죄가 있다고 저 모냥이랑가…. (한숨 섞어) 에휴~ 참말로 개죽음일세 그랴…, 개죽음.

덕 배 뭐‥뭣이여‥!! 주주주주‥죽긴‥!! 죽긴‥! 이 염병헐 놈아…! 누누누누‥누가? 누가 죽어, '죽었다. 죽었다' 개소리여? 개소리가‥!! 이‥이 우라질 놈아‥!!

강병두 …(순간, 당황하여)…

덕 배 오오오오‥오냐‥! 너너너너‥너들, 너들‥! 이‥이이‥, 지 에미랑 붙어먹다 급살을 맞아 디질‥, 개 후레 아들놈의 육시럴 놈의 천하 잡열의 자슥‥!! 너‥너들 땜이여‥! 너들‥!! 이이이‥이놈‥!!! 이 육시럴 놈‥!!

덕배, 소리 지르며 강병두에게 달려들어 순식간에 멱살을 틀어쥔다.

덕 배 이이‥이놈아‥!! 이 처 죽일 놈! 회 처먹을 놈아‥!! 으으으‥으짤 것이냐? 잉? 잉? 내‥내 새끼‥! 내‥내 그그‥금쪽같은 새끼‥, 으짤 것이여? 잉? 잉?

강병두 아니‥, 요‥요 양반이 고새 돌으셨나? 왜 나헌티 그랴? 잉? (덕배의 손목을 붙잡고) 이‥이‥, 이것 쪼까 놓으시오!

덕 배 (움켜잡으며) 모‥못 놓겄다, 이놈아, 이놈아‥!! 그리어‥! 나‥나가 시방‥, '화‥확~! 하고 돌은갑다! 잉? 그랴서? 잉? 잉? 그랴서 으짤 것이냐? 이이이‥이놈! 이 드런 놈‥! 이‥ 이‥ 드런 년 밑구녕서 오줌에 씻겨 나온, 오사리 개

잡놈아…!

강병두    이~잉? 이‥이것 참말‥, 참말로 안 놓을 것이여? 잉? 이
         것 안 놔? 못 놔?

덕 배    (놓지 않으려 비틀어 움켜잡고 기를 쓰며) 못 놔, 이놈아!! 안
         놔, 이놈아! 이이‥ 뜯어먹어도 시원찮을‥, 화냥년 밑구
         녕으로 나온 놈‥!

강병두    (힘을 쓰며) 이익~! 익~! 노노‥놓으랑께‥!!


김경삼, 엉겨 붙어 옥신각신거리는 두 사람을 떼어 놓으려 끼어
든다.


김경삼    하이고야~ 이이‥, 와들 이라능교? 고마, 손들 놓으소 마.

덕 배    안 놔! 못 놓는다. 이놈아! 싫다!! 절대로 못 놓는다, 이놈
         아! 이‥이놈‥! 이‥이 육시럴‥!! 디져도‥, 디져도 안
         놓을 것이다. 이놈아…!! 그랴‥! 그랴, 이 우라질 놈아!
         너‥, 너도 오늘 디져 불자! 오‥오늘, 나랑 같이, 디져‥!
         디지자, 이놈아! 디져라!! 디져, 이놈아…!!

강병두    (힘을 쓰며) 이런 니미럴! 참말 안 놓을 것이냐? 잉? 잉?
         것‥, 놔! 놔…!!

덕 배    ('바락바락' 악쓰듯) 못 놔, 이놈아! 못 놔!! 못 놓는당께! 디
         져라! 디져, 이놈아…!! 디지랑께…!! 디져…!! 디져!!!

강병두    놔…! 놔! 놓으랑께…!!

옥신각신 소리 높여가며 뒤엉키는 강병두와 덕배 … 갑작스런 궁
궁이의 날카로운 비명…! … 휴지 … 사람들의 시선, 궁궁이에게
로

궁궁이    (칭얼거리는 아이처럼) 싸싸싸싸 … 싸우 … 싸우 … 지 … 마, 싸
         싸 … 싸우지 … 싸우지 마 …

강병두, 덕배의 손아귀가 느슨해진 사이 거칠게 뿌리친다. … 맨
바닥에 주저앉혀진 덕배

강병두    (의기양양하게, 손을 털며) 같잖은 간재미가 뭣이 석자라드
         만, 으서 째바리도 안 되는 양반이 으따 대고 …!
덕 배     … (주저앉은 채, 그저 멍하니) …
강병두    (갉작거리듯) 홀레가 '벌떡벌떡' 70 눈깔이 디집어져갖꼬
         똥구녕에 뭣이 찔린 뿌사리 새끼마냥 빡빡거림서 엥겨 붙
         더만 …, 시방은 서리 맞은 삐약이마냥 쪼까 힘드신 모냥
         인 갑소, 잉. 식은땀도 흘리시고 …. 그러다가 으쩌요? 고
         로코롬 얼갱이 내어놓고 한데 앉아 기시다가 횃대찌에 삐
         직삐직 피똥 섞어 안 싸시겄소?
유인모    그만하시게.
강병두    … (시선을 유인모에게) …
유인모    … (단단하게) …
강병두    오호~ 고로코롬 째리고 보싱께로 나가 무쟈게 겁나브요,

잉. (김경삼에게) 여는 참말로 애 으른 할 것 읎이 무서운
냥반들이 많기도 많네 그랴, 안 그렇소?

김경삼 고마‥, 고만 하소 마‥.

강병두 뭣을 고마, 고만고만이라고라‥? (고개를 끄덕이며) 잉~ 잉!
알겄소‥. (다시 덕배에게) 으짤라요? 고마‥, 그 짝이 배기
나 나가 배기나 고만고만허게 고마, 함 더 해 보실라요?
지는 놈은 여서 '학~!' 메가지를‥

김태훈 (불호령으로) 네 이놈~! 당장 그만두지 못하겠느냐‥!!!

강병두 ‥!‥


모두 놀란, 잠시 고요한 사이 ‥ 그 사이를 비집고 들어오는 김태
훈의 노기에 찬 고함의 메아리 ‥ 넋이 나간 듯 멍한 상태의 덕배,
느린 고갯짓에 무딘 시선으로 그 메아리의 잔향殘響을 좇는다.


궁궁이 (겨우 들리게) 잉잉잉‥ 잉잉잉‥, 구구구‥ 궁궁‥, 궁궁
이‥, 무무무‥무서‥무서‥워‥. 그그‥그러‥그러‥,
그러지‥ 마‥. 그러지‥마‥. 잉잉‥ 잉잉‥

덕 배 ‥ (그 소리에, 시선을 궁궁이에게) ‥

궁궁이 (그 시선에) 아아아아아‥아저‥아저‥아저‥씨‥, 어
어‥어진‥, 어진‥, 어진이‥

덕 배 ‥!‥


몽롱한 듯, 느린 시선으로 돌아보는 덕배 ‥ 흐릿하게, 물끄러미

지켜보고 있는 사람들 … 호봉에게 업혀 있는 어진이에게 옮아가는 덕배의 시선 … 덕배, 이끌리듯 비척거리며 일어나 어진이에게로 한걸음 다가간다. … 호봉, 덕배의 낯선 행동에 순간 '흠칫~!' 저 모르게 뒤로 주춤거리며 물러선다. … 호봉에게 가까이 다가선 덕배, 잠시 선채 그대로 어진이를 멀끄롬히 바라본다. … '바르르…' 미세하게 경련 이는 손끝으로 어진이의 머리와 등을 쓰다듬고는 팔과 손을 거쳐 손가락 마디마디를 매만져본다. … '부르르르~' 몸 전체로 번지는 끔찍한 경련 … 갑자기 무릎이 꺾이어 '철푸덕!' 무너져 내린다. … 고개를 숙이고는 자신의 손을 내려다본다. … 다른 사람의 손인 양 제어할 수 없는, 떨리는 손 … 어느덧 창백해진 얼굴 관자놀이위로 '울뚝~!' 불거진 핏줄 … 그 손을 가슴에 품어 안고는 '쿵! 쿵!' 소리 나도록 땅바닥에 연신 머리 찧는다.

응 칠      어이~ 야…! 아퍼야…!

덕 배      … (그래도) …

응 칠      이잉…? 시방 뭔 지랄…

박주천      … (시선으로, 덕배를 말리는 웅칠을 말린다) …

고개를 처박고 엎드린 채로 어깨가 들썩들썩 자신도 모르게 새어 나오는 소리 '흐으으~' '흐으~' … 가슴을 쥐어뜯으며 기어 나오는 목울음 소리 '꺼어~억' '꺼억~' … 덕배, 기이한 숨앓이 소리 내며 자기 자신에게 가하는 고통만이 할 수 있는 유일한 위무慰

撫인양 참절비절의 몸부림으로 땅바닥에 거칠게 얼굴을 부비며
갈아댄다.

응 칠     야…! 야, 이놈아! 이‥ 이 미친놈아…!!

얼굴을 갈아대던 덕배, 무엇에 홀린 몸짓으로 서서히 상체를 일
으켜 세운다. ‥ 벗겨진 얼굴의 너덜거리는 살갗에서 배어나오
는 끔찍스런 핏물…!! ‥ 고개를 들고는 눈구름 가득 애애靉靆한
하늘을 바라본다. ‥ 찢어지도록 아가리 벌려가며 소리 없는 비
명을 내지른다. ‥ 눈으로 '끔뻑' 다시 또 '끔뻑' 안면을 일그러
뜨려가며 부르짖는다. ‥ '문득' 시선을 주변으로 돌려보는 덕배
‥ 그의 동공으로 화석처럼 굳어져버린 사람들의 조각조각이, 피
보다 뜨겁고 원怨 보다 차가운 소리 없는 비명에 부딪히고 부딪
혀 깨어지고 부수어진 사람들의 파편들이, 깊숙하게 박힌다.

하늘 소沼 한 곳에 먹墨을 풀어 놓은 듯, 먼 곳으로부터 가까이로 바람물결 따라 일 렁이듯, 짙게 혹은 담박하게 번져나가는 애애靉靆한 겨울 하늘로 이른 낮달이 반쯤 투명한 모습을 드러낸다. … 우멍우멍한 비탈길 가 돌멩이 사이로 틈새로, 점점點點 이 점설點雪 성깃한 한범이의 돌무덤 … 그 돌무덤 옆으로 조금 아래쪽으로 나란하 게, 한범이의 돌무덤 그림자 끝자락이 가장자리로 드리워지는 양지 터에 새로 쌓아 올린 어진이의 자그마한 돌무덤 … 그 앞에 주저앉아 돌멩이를 만지작거리며 하나씩 둘씩 '툭~ 툭~' 던지듯 쌓아 올려놓는 덕배 … 곁에는 한범이의 돌무덤을 등지고 앞 으로 두어 걸음 물러나온 채, 아픈 기억 부여잡고 서 있는 한칼이 … 입으로 '잉잉~' 눈물 흘리며 '훌쩍' 걸쭉한 콧물을 다 헤진 소매 끝으로 '스윽~' 훔치고 있는 궁궁이 … 고개를 숙인 채 숙연한 얼굴로 어금니 앙다물고 두 개의 돌무덤을 내려다보고 서 있는 호봉 … 어스레한 먼 하늘 바라보며 길게 한숨 내쉬는 응칠과 저편 언덕(彼岸) 너 머로 먹빛구름이 흘러나가듯, 낮은 소리로 '업장소멸진언'을 외고 있는 박주천의 모 습이 보인다.

한칼이  니미럴~! 급헐 것이 뭣이 있다고 아를 꼭‥, 요 시각에 묻 어 쌌는지 모르겠네. 인자 시방 해도 금방 질라는디‥. 아, 서산일몰 전에 묻어놔야 서천서역 간답디요?

응 칠  야는 으째‥, 왜 또 여까정 쫓아를 와갖꼬 개살을 부린당 가? 안 그라믄? 여‥, 여 맨바닥에 하냥 고대 됐다가 우덜 까정 죄다 죽고 나면 그나마 여 시체라도 누가 건사헐 것 이냐? 너는 시방 고런 것은 생각이 안 드는 것이냐?

| 한칼이 | 이잉‥? 아예 관짝에 눕혀 놓고 흙 떨어지는 소리 듣고 인 |
|---|---|
| | 날지도 몰라 그런다 하시오. 나가 그것을 몰라갖꼬 그러 |
| | 는 것이 아니오! 나 말은 그랑께 일단 거시기‥, 한번 아를 |
| | 파묻어 놓으면 다시 끄잡어 낼 수가 읍응게 너무 서둘지 |
| | 말았으면 하는 것이지. 자식새끼 하나를 가슴팍에 묻더래 |
| | 도 뭣을‥, 얼굴이나 몸뚱이나 손꾸락 발꾸락 멀끄댕이 |
| | 생긴 모냥이나마 대그빡에 잘 넣어둬야 낭중에라도 덜 보 |
| | 고잡고 서러울 것 아니겄소. 시방‥, 넘의 깊은 뜻도 모르 |
| | 는 양반이‥. |
| 응 칠 | ‥‥‥ |
| 한칼이 | ‥ (툴툴거리듯) ‥ |
| 덕 배 | (피딱지 않으려는 쓰라린 얼굴을 들고 멀리 하늘을 바라보며) 지 |
| | 물지물허고 어둑부리헌 것이‥, 한참이나 먼 디에만 있는 |
| | 줄로 알았는디‥, 인자 봉께 솔찬히 가찹소, 잉. 저짝은 벌 |
| | 써부터 벌거죽죽 헐라 그라고‥. (한숨을 내쉬고) |
| 모 두 | ‥‥‥ |
| 덕 배 | (어진이의 돌무덤을 보고, 매만지고는) 아마도 여는‥, 하늘도 |
| | 뵈지 않고 볕도 들잖고 별도 달도 빤짝이는 게 읍응게, 겁 |
| | 나 깝깝헐 것이여‥. 새소리 물소리에 오가는 산들바람도 |
| | 매만질 수 읍응게 더 할 것이고‥. |
| 모 두 | ‥‥‥ |
| 덕 배 | (멍든 이마를 돌려) 안들 그렇소‥? |
| 모 두 | ‥‥‥ |

| 응 칠 | 흠흠…. 으메~ 저 달은 또 은제부터 저기 있었당가…! (사람들에게) 봉께로 인자 시방 날이 저물라나? |
|---|---|
| 호 봉 | 시방까정은 그나마 별무 일이 읎었응께, 인자 오늘 하루는 별 탈 읎이 넘어 갈는지도 모르것소, 잉. |
| 한칼이 | 거야 안즉 모를 일이지. |
| 호 봉 | 야…? |
| 응 칠 | (손사래 치며) 아녀, 아녀. 걱정허지 말어. 여는 해만 떨어지면 부작때기 한 놈으로도 일당이 백잉께, 오늘은 틀림 읎이 별래무탈허게 넘어 갈 것이구먼. |
| 덕 배 | (어진이의 돌무덤을 바라보며) 참말로…, 우리 어진이란 놈이 효자는 효자요, 잉…. |
| 모 두 | … (무슨 말인가 하여) … |
| 덕 배 | (서글픈 미소를 비치며) 나가, 가야 헐 때가 되었응께…, 저 것들만 냄겨 두고 으찌 가야 헐 것인가 아침저녁 밤낮에 조석으로…, 고민에 고민으로 겹 고민을 혔었는디…. 우리 어진이놈이 참말로 기특스럽게도, 지 애비 징헌 맴을 미리 알고 맴 편허시게 가시라고…, 저가 앞서 가버린 모양이네…. 그리어, 그렇구마, 잉…. 너들 두고 나 못 가니 차라리 너가 앞서 훌쩍 간 것이로구나, 잉. 그리어…, 너가 참말로 효자다, 효자. 암~ 암~. |
| 모 두 | …… |
| 덕 배 | 그나저나 우리 성님 아우님헌티 미안들 해서 으쩐다요? 괜시레 나 땜시… |

| 한칼이 | 으따~ 시방 뭔 맴뿐새로 허심허심 어물전 홍에洪魚 뭣 같은 말쌈을 허심시룽 꿇어앉아 기신당가? |
|---|---|
| 덕 배 | … (시선을 한칼이에게) … |
| 한칼이 | 긍께 시방 우덜 팔자는 이 풍진 땡볕의 포리새끼마냥 싹싹이 빌어쌈서 구걸구걸 배라먹고 굴러 굴러 비루먹을 넘 부끄런 팔자들이고, 성님 팔자는 혼차 멋들어지게 디져불어 청사靑史에 길이 길이 '아~! 그 이름하야, 덕배~!' 요로코롬 넘겨 먹으실 팔자라는 것이오? 오홍~! 것은 절대로 안 되고도 못 될 일이지! 명색이 나의 심뽀가 놀부 뺨따구를 처올리는 심뽄디, 혼차 고렇게 두고 보지는 못헐 일이지! |
| 덕 배 | … (그 마음에) … |
| 한칼이 | (하늘을 가리키며) 함 보시오, 잉…! 앗쌀허게, 잉? 모다 함께 디지기엔 허벌나게 좋은 날 아니겠소? |
| 응 칠 | 어허~! 그런 말 말어! 말이 씨가 되는 법잉께. |
| 한칼이 | 씨야 원래가 뿌리는 놈 맴이고, 우덜은 그저 잘 받어두면 되는 것이지! 우리 두벅 에미가 본시, 고을 구실아치 놈 씨받이 출신인 거 모르셨소? 하하하~! |
| 응 칠 | 허허~! 이 사람이…! |
| 한칼이 | 인자 가는 마당인디 뭣을 그라시오? 다 암시롱…. 오다가다 눈 맞추고 살 붙이는 뜨게부부 팔자들이 거반 다들 안 그렇소? 잉? (아프게) 하하하하~! |
| 모 두 | …… |

| 한칼이 | (하늘을 바라보며) 으메~ 양…! 왼종일 환장허게 요상망칙 꺼무죽죽허네, 그랴…. (이를 앙 다문다) |
|---|---|
| 모 두 | …… |
| 응 칠 | (한숨에 얹어) 에히고~! 인자부턴 너거 두 분들이 나란히들 누워 기실 것이니 심심치는 않을 것이다. '졸랑졸랑 왈달 왈달' 형님 아우님 동무를 삼아갖꼬…, '홍이야 항이야' 오구작작 담방담방 재미나게 놀다가서, 낭중이나 혹간이나 은제라도 한울님께 빌고 빌어 시상으로 다시 날 것이면…, 기왕이나 나왕이면 율도국, 금병도錦屏島[71]로…, 빈부귀천 반상班常 구별, 노사勞使의 차별 읎는 좋은 시상서…, 배 곪지들 마시고 잘 곳 찾아 댕기다가 추위에 상하지도 마시고, 배불리 실컷 드시고 뱃가죽 두들겨 가며 육자배기나 한 두 자락 감칠맛 나게 뽑아 우는 그런 시상에 나도록들 하거라, 잉…. |
| 한칼이 | 그리어 가 보드라고. 그 시절 그 시상에…!! |
| | (춤을 추며) 가들 보세, 가들 보세. 가서 보고 또 가보세. |
| | 겁나게덜 가서 보고, 보고 와서 또 가보세. |
| | 원제적 은제적 빙신되면 못강께로, |
| | 가서 보고, 보고 와서 겁나게덜 또 가보세.[72] |
| | 킥키킥~ 키킥~ 키키키킥~ |
| 응 칠 | 너는 으째 사람이 매사에 삐끔이마냥 삐딱허니… 속이 배배 꼬여갖꼬, 툭허면 쌔쌔거려 쌌는 것이냐? |
| 한칼이 | (웃음을 멈추지 못하고) 아, 웃기는 소리들을 허고 계싱께 웃 |

기는 꼬라지가 나는 것이지. 으째 나는 웃지도 못허요?

응 칠    넘의··, 것도 시방 아그 초상 치는 디 웃음이 나오냐, 이 썩을 놈아!

한칼이    허면 시방 누구처럼 읊는 한울님 불러쌌고 한숨으로 울 며불며 두 눈으로 찌질허게 찔찔거려야 쓰겄소?

응 칠    뭣이여··?? 읊기는 이놈아! 한울님이 왜 안 기시냐? 안 기시면, 잉··? 읊으시면 시방 너가 워서 나왔냐, 이놈아! 것이 다 한울님의 공덕으로··

한칼이    흐따~! 기시다는 양반께서 고로코롬 잉? 우덜 목숨이 추풍에 지는 낙엽 맹키롬 '우수수수~' 떨어져나가는 판국인디··, 손바닥이 부르트게 빌고 빌며 '쪼까 도와주시오. 지발 살려만주시오.' 비명에 가는 아우성 소리가 천지간에 까마득허게, 목구녕이 째져봐라 왜가리 새끼마냥 '악악' 거림서 불러쌌도 으째 코빼기 한 놈을 안 비치신다요? 하늘이건 땅이건·· 아니, 그 사이 으디라도 기신다면 당최 으서 뭣을 하고 기시기에 '너거는 시방 온전히 죄다 디져 부러라.' 하냥 구경만 허고 기신다요? 잉? 잉?

응 칠    으메으메으메··, 이··이놈 시방 말허는 것 보소··.

한칼이    (악을 쓰듯) 아, 우덜 궁헐띠 기꾸조차 안 허시면··, 고런 빌어자실 양반이시면 오만 욕을 다 자시고 우아래로 먹고 싸고 횃대찌 토악질에, 또 먹고 싸고도 남을 일 아니오!!

응 칠    이··이··, 이놈이 아조··! 기운이 주둥이로만 뻗쳤는가··? 아조 눈깔이 '확~' 디집혀갖꼬 디질라고 환장을 했는갑네‥. 야 이놈아‥! 너 머리 우가 바로 하늘인디‥, 으서 감히 벼락 맞을 소리를‥!

한칼이     벼락?? 으메 좋은 거‥! (하늘을 바라보며) 겁나 헤푸러지고 으슴프레 헌 것이 벼락이 맞아 디지기엔 허벌나게 좋은 날이네! 그리어! 이 몸은 시방 벼락이를 맞아 디질 놈의 모진 놈의 팔자잉께, 성님은 여 기시지 마시고 저짝으로 가시오. 시천주가 겁나게 조화정잉께, 성님은 연세가 불망허시고 만사지도 허셔야 허지 않으시겠소?

응 칠     야‥야‥! 야 이놈아‥!!

궁궁이     아아아아‥아자‥아자‥아자씨‥

응 칠     왜? 너는 또 뭣이??

궁궁이     저저저저저‥저‥, 어어어어‥어진‥이‥ 아아아자‥아자씨‥


사람들의 시선, 덕배에게로 ‥‥ 두범이의 돌무덤을 안으려는 듯 엎드려 있는 덕배


덕 배     (돌무덤을 치며) 이‥이‥, 이놈아‥! 이놈의 자슥‥! 이 천하에‥ 불효막심헌 놈! 이놈‥!! 이럴려고‥, 지우 이럴려고 시상 나온 것이냐? 잉? 애비헌티 지우 이 꼬라지 뵈줄려고 나온 것이여? 잉? 이 천하에 몹쓸‥, 우라질 놈아‥! 암만 애비 읎는 자식보다 자식 읎는 애비가 덜 설웁다 혀도 그렇치‥! 사람이 시상으로 오고가는 이치가‥, 나올

띠는 고달픈 맘으로 나서 울고‥, 돌아 갈 띠 자식 놈헌티 설운 곡조 한 가락을 냄겨 주고 가는 것인디‥. 너는 으찌 된 영문으로 애비 섧게 울려 놓고 너가 앞서 '홀홀' 가는 것이냐‥? 이‥이 천하에 불효막심헌‥놈‥! 이놈아‥! (다시 무덤에 엎드려) 허이구~ 이‥ 불쌍헌 놈‥! 이‥이 놈‥! 이놈‥! (엎드린 채로 잠시 '흐득흐득', 그러다 몸을 일으키며) 얼굴은 고사허고 지 에미 젖도 한번 물려 보덜 못헌 놈이‥, 혼차 뭣을 으찌 찾겠다고‥, 지 누이도 모르는 저 그메를 지가 으찌 찾겠다고 서둘러 앞서 혼차 가는 것이냐. 이‥이 무심헌 놈아‥! 허이고~! 하늘에 기신 어진어메요‥. 이승에 남아 있는 당신 서방 부탁이요. 나도 곧장 갈 것잉께 옛정으로 돌아보고 부탁 하나 들어주소. 저그메를 찾겠다고 머나 먼 길 황천길로 금동은동 어진이가 날 버리고 들어섰소‥. 밤낮으로 길을 묻고 낮밤으로 물을 건너 낯 모르는 어린 아가 혹간에나 찾더래도 '너 누구냐, 너 모른다.' 절대 박대 하덜말고 이리저리 디다보고 요리조리 뜯어보고 쪼그러진 빈젖통을 '쪼물락탁 쪼물락탁' 비틀어진 젖꽁댕이 '쪼물랑탕 쪼물랑탕' 엉겨갖꼬 쥐어짜던 고사리손 맨져보고 눈치 코치 살펴보고 냄새라도 맡고보고 것으로도 모잘라면 천지신명 힘을 빌어 한울님께 빌고 빌어 혈육지정 모자지간 혼백으로 알아보고‥, (합장을 하고 빌며) 빌고 빌고 또 이렇게 비오나니 모자상봉 이루소서. 모자상봉 이루소서‥. (절을 하듯 엎드린다) ‥

(잠시) ‥ (몸을 일으키며) 좁쌀만헌 까시 한 놈에만 찔려도 ‘호호~’ ‘앵앵’ 음살을 부려쌌고 ‘으메, 아파 죽을 일이 다.’ 온통 난리 법석을 칠 판인디‥, 으쩌다가 총알에는 맞아갖꼬 얼굴이 온통 핏기가 싹 가싱께로‥! (가슴을 치며) 허이고~ 흐이고~ 억장이 무너지는 갑네‥! 인자 으짠 다냐? 잉? 여 돌멩이 아래짝은 아조 깜깜헝께 으른 송장도 무서워 헐 것인디‥, 해만 지면 무서워갖꼬 혼차서는 오 줌도 못싸러 댕기는 놈이 깨깡부릴 지 누이도 읎는 데, 인 자 혼차 으쩔 것이여? 아, 호랭이 불알 녹을 띠를 조심하 라고 주천이 아저씨가 그라고 그라고 신신허게 당부를 혔 는디도, 으째 일이 고로코롬 된 것이여‥! 잉? 잉?

‘업장소멸진언’을 마친 박주천, 몸을 일으킨다.

박주천    (어슴푸레한 하늘을 바라보며) 운야산야雲耶山耶 사냐 우 냐‥,[73] 애애靉靉하니 처처悽悽에 참참慘慘이 절절切切이 라‥. 여기가 바로 애재[74]였구나‥.

모 두    ……

박주천    신진薪盡하니 화멸火滅[75]이라‥. 연기煙氣는 곧 연기緣起[76] 요. 인연 따라 모인 것이 인연 따라 흩어지니‥, 태어남도 인연이요, 돌아감도 인연이라‥. 이르기를 ‘나고 죽는 것 을 그저 옷 한번 입어 보고 벗는 것으로 여기라.’[77] 하였으 나‥. (고개를 가로 저으며) 헛허~ 것도 다만 우매한 뙤놈들

듣기 좋으라는 소리일 뿐…. 일대 고승의 낭랑한 염불 외는 소리조차 들리지 않는 저승에서도, 막내아들놈 서러운 울음소리는 또렷하게 들린다 하였으니…. 그것이 어디 말이나 글처럼 쉬운 것이겠는가?

모 두 ……

호 봉 좋은 디로 갔겠지라?

박주천 (어두운 하늘가 저편, 볼그무레해지는 서쪽 하늘을 바라보며) 이른바 법력 꽤나 높으시다는 땡초님들께서도, '해는 반드시 서편으로 지는 것이지만, 혼령이 어디로 가는지는 도무지 알 수가 없다.'[78] 하였거늘…. 겨우 부처님 발가락 하나…, 그것도 끄트머리쯤 잡다 놓친 이 미욱한 중생께서 어찌 감히 알겠는가? 오로지 산사람의 도리로써 그러기를 빌고 또 비는 마음뿐이지….

한칼이 다 허당이여…, 허당….

모 두 …?…

한칼이 구절에…, '바람이 지나고 비 내린 낭구위로 서리 내리고 눈 온 담에는…, 것들 모다 지나간 뒤로 고 낭구 한 놈에 꽃이 피면 온 시상이 봄일 것이다.'[79] 하셨는디…. (고개를 가로 저으며) 인자 봉께, 것이 아니요. 파랑새 한 놈 날라댕긴다구 봄이 왔을 리가 만무허단 말이요, 시방.

모 두 … (불편한 침묵으로) …

응 칠 그 아니여…. 한 놈이라도 있응 게 그나마나 월매나 다행헌 일이냐. 한 놈이 있을 양이면 으딘가엔 알똥 모를똥 꼭 그 짝(匹)이 있을 것이고, 그 짝이 있으면 필시로 적시로 짝을 지어갖꼬 새끼들도 놓을 것이고···. 허먼 은젠가는 떼를 지어 하늘 우로 '훨훨~' 허니 쌔까맣게···, 아조 '훨훨~' 허게 날라 댕길 것 아니겠냐? 시방 쪼까 늦더래두 말이다.

한칼이     (쏘아붙이는 말투로) 은제요? 죽은 자슥 붕알 갖꼬 '쪼물락 쪼물락' 호두알을 맨들고서, 그라고도 한참을 지난 담에 나 말이지라? 잉?

응 칠      ······

한칼이     으메, 참말로···! 아, 내 새끼랑 성님 음니랑 다 죽은 담에···, 우덜까정 모다 디지고 난 담에 개벽인지 개뻑다군지, 것이 오면 뭣 헌다요? 잉? 우덜이 뭐 빨랐다고 여까정 기어올라 왔소? 으짜건간 살겄다고···! 오만 잡놈에 하도 끄달리다 봉께, 잉···? 물이 더러븐께 살겄다고 대가리 들이밀고 주뎅이 내밀고 빠꼼이 빠꼼이 꼴짝거리다, '에라~ 니미럴 것···!' 들불처럼 일어나갖꼬 넘어지고 자뿌러지고, 우짜건 간 벌거지새끼마냥 비비적 뭉기적, 그라고도 끝까정 함 살려보겄다고 종국까정 이라고 있는 것 아니냔 말이요···! 그라믄 사는 것은 뭣이고, 개벽은 또 뭣이요? 사람이 나고 가는 한 평생이 윗구녕으로 두둑허니 처먹고 아랫구녕으로 시원스레 퍼질러 싸는 것이지, 뭣이 별다른 것 있소? 잉? 살아생전 내 매누라 내 새끼랑 하늘땅에 옹기종기 밥상머리 둘러앉아 모둠밥에 따순밥으로 봄보꾸

겨울 동치미 후루룩 쩝쩝 허는 것이 다가 아니냔 말이시! 안들 그렇소? "포덕천하布德天下요? 광제창생廣濟蒼生이요…??" 아니오. 인자 이놈은 시방 서학이고 동학이고 주둥이로 편 가르고 씨부려 쌌는 그딴 것은 모르겄소. 이놈은 겁나 무식헝게…, 오로지 한 놈만…!! 시방 암만 천지가 개벽을 허고 개좆을 허건 간에, 이놈헌텐 그저 눈앞에 '하늘하늘' 배창시 두둑허니 따순 밥 한 그릇이 하늘이란 말이요! 나는 인자는 아조…! '한울님, 한울님' 삼칠자 소리에 하늘 치다 보는 것도 참말로 징글징글허단 말이요!!

모 두         ……

한칼이       (분통이 터지는 마음으로) 으메 씨부럴 것…! 하늘도 무심허시지….

박주천       (갑자기) 핫하하하~! 핫하하~!

한칼이       이잉…? 성님은 뭣이 그라고 우습다요? 나가 틀린 말 혔소? 아, 법푸리 양반께서도 은젠가 '시방은 우리 도인덜이 거친 옷에 보리밥 먹음서 도를 닦고는 있으나, 이담에는 능히 고루헌 거각에 앉아갖꼬 비단옷에 쌀밥을 먹음서 도를 닦을 것이다.' 진즉에 말씀 안 허셨소!

박주천       (손사래 치며) 아닐세, 아닐세…. 자네 말씀이 백천번은 옳으이! 자네 입에서 나오는 것이 내 일생지간 읽어온 글귀 나부랭이에 비할 것이 아니니…, 내 솔직히 부끄러워 그러는 것이라네. 두고 이르며 이르고 또 가로되, '염불 또한 그 입을 더럽힌다.'[80] 하였거늘…. 언필칭에 문필칭 만

권시서萬卷詩書를 들춰본들‥, 살펴보고 다시 본들, 깨알
같은 먹물뿐이려니‥, 일체가 녹비鹿皮에 가로 왈曰[81]이
요, 가이동가이서可以東可以西‥, 이현령비현령耳懸鈴鼻懸
鈴하는 것일 뿐‥! 핫하~!! 기氣라, 정精이라‥! 돌아보고
풀어보니, 푸르고 옹골진 쌀 알갱이 왼편으로 꿰어 차고,
또 올라앉은 것이거늘[82]‥, 이 몸은 겨우 지게미에 취해버
린[83], 그야말로 눈뜬 판수라‥! 스스로 문일지십聞一知十
에 지낭智囊이라 여겼으나, 일지반해一知半解[84]는 고사하
고 유칭호수唯稱好鬚[85]에 훼장喙長이 삼척三尺[86]‥, 어두귀
면지졸魚頭鬼面之卒[87]의 미련한 밥주머니(飯囊)가 아니었
던가‥! 노새에 올라 앉아 노새를 찾았으며, 타서고는 내
릴 줄도 몰랐으니[88]‥, 이른바 천의인天依人 인의식人依食
만사지식일완萬事知食一碗[89]의 이치가 바로 발꿈치[90]에 붙
어 있는 것이었거늘‥, 가련 무지한 이 몸께서는 과연 어
디서 그것을 찾으려 했던 것이었는가‥? 핫하하하~! 으핫
하하하~~!!!


'쩌렁쩌렁' 골짜기를 울리는 박주천의 호방한 웃음‥‥ 그러나 그
웃음살 한켠에 뼈처럼 깊이 박혀 있는 짙은 회한


| | |
|---|---|
| 궁궁이 | 아아아아‥아저‥씨‥, 배‥! 배배배‥배가‥, 배‥고 프‥다‥ |
| 한칼이 | 야는 시도 때도 읎이 먹는 타령을 허고 지랄이랴? |

| | |
|---|---|
| 응 칠 | 밥 소리가 나옹께 그런갑지. (궁궁이에게) 아니다, 아니어…. 너가 옳다…. 너가 옳아. 언놈 말마따나, 사람은 먼저 좌우당간 살 때나 디질 때나 있는 뭣을 먹고부터 볼 일이여. 암~ 암~. |
| 궁궁이 | … ('훌쩍' 콧물을 들이마시고) … |
| 덕 배 | 눈이라도 올라는 갑소…. |
| 모 두 | … (고개를 들어 하늘을 보고) … |
| 응 칠 | 오기라도 오기는 와야는 헐 것이구먼. 그라녀도 쪼까 있음 우수에 경칩인디, 으째 흉년이라도 면헐라치면 말이여. |
| 모 두 | …… |
| 응 칠 | 흐이고~ 요번 겨울짝에는 암껏도 허덜 못혔는디…. 시방이면 재거름을 재워 놓고 뽕밭에 오줌도 누고 측간서 똥 퍼다가 두엄도 만들어야 헐 것인디…. 살포를 챙겨갖꼬 밭고랑당 손질도 허고 물꼬도 내야허고…. |
| 호 봉 | 작년에 쓰다 냅둔 가래허고 써래허고 극젱이도 손을 봐야 쓸 일이구만이라. 난리통에 고대 있기나 헐까 모르겄지만 말이요. |
| 응 칠 | 가래는 커녕 파종헐 종자라도 한 웅큼 있을까 모를 일이다. 흐이그~ 농투산이는 죽더래도 씨오쟁이는 배고 죽으라 혔는디…. |
| 모 두 | …… |
| 덕 배 | 우리 어진이란 놈은 고은이년이 보리 뿌리를 뽑을 적[91] 마 |

다…, 꼭 고 옆에 '착~' 허니 달라붙어 앉아갖꼬 '시게 뽑아라. 꼭 시게 뽑으랑께' 대실백이를 떨어 썄는디…. (시선을 다시 돌무덤으로)

모 두    ……

응 칠    그라고 봉께 작년에는…, 보리밟기도 못해 주었네 그랴. 으히고~! 으쩐당가…?

잠시, 고향에 대한 그리움으로 아련해진 사람들 … 한 순간 허공으로부터 무엇인가 물컹거리는 것이 땅바닥으로 '퍽~!' 하고 떨어져 '투두두둑~!' 징그러운 소리 내며 나뒹군다. … 사람들의 시선, 그 물체에게로 … 살(矢)에 꽂힌 채 '부르르르~' 겨우겨우 부러진 날갯짓으로 '퍄득' 거리며 움츠려드는 까마귀 한 마리! … 연이어 '후두두둑~!' '퍽~!' '퍽~!' 둔탁한 소리 내며 땅위로 떨어지는 까마귀 너 댓 마리 … '까악~!' '퍼드드득~!' '까아악~!' '후루루루룩~!' 어지러이 울부짖으며 날아올라 골짜기를 새까맣게 뒤덮는 일군의 까마귀 그림자 … '쉑~!' '쉑~!' '쒸익~' '쉬이익~!' 가파른 호弧를 그리며 허공을 가르는 화살 소리 … 그 소리의 끝자락을 부여잡고 '픽~!' '퍽~!' 나무에, 마른 풀숲과 맨땅에 화살이 박히는 소리 … 한 걸음 늦은 까닭으로 그 늦은 만큼의 다급함으로, 아래쪽에서 부르짖는 소리가 까마귀 날개를 타고 골짜기로 날아 들어와 돌무덤에 부딪힌다.

외치는 소리    "민보군이다…! 왜놈이다…! 왜놈덜이 몰려온다…!!"

동시에 정으로 바위를 쪼개듯, 이어지는 총성과 포성

한칼이      이런 니미럴 것들…!! 하필 꼭 이럴 띠…!! 총! 총 으댔냐?
           총…!!

           호봉, 돌무덤 가에 두었던 화승총을 주워들어 한칼이에게 건넨다.

더욱 가까워진 외침 소리 "관군이 올라온다…! 왜놈들이 몰려온다…!!"

한칼이      (무심하게 앉은 채 그대로 있는 덕배와 응칠에게) 이런 제미~!
           안 인나고 거서 뭣들 허시오! 총포 소리 못 들으셨소?
           잉…?! (미동 없이 서 있는 박주천에게) 아 시방, 성님은 또 거
           서 뭔 생각을 허고 기시오!!
박주천      (물끄러미 한칼이를 바라보고는) 생각이라… 그렇군… 생
           각하다가, 생각하다가…, 생각 속에 또 길을 잃고 있었구
           만, 그래. 헛허허….
한칼이      이…, 이런 니미럴~!!

           천수와 만석, 민보군을 피해 비탈길을 올라온다.

천  수     (턱밑까지 차오른 숨으로 '다달다달' 한칼이를 부르며) 서서
           서…성님! 성님…! 시방, 크크크…큰일 났어라! 쩌…쩌기

쩌짝, 쩌짝 아래짝서요‥, 민보군 놈들이 꼭‥, 꼭, 개떼마냥‥! 누‥누‥, 누렁이 새끼마냥, 왜놈들 앞잡이로 붙어 갖꼬요‥, 오만 지랄들을 해댐서 바글바글‥, 부스럼 난 데 이 꾀듯이 허벌나게 기어 올라오고 있당께요!! 으메 시상에‥!

호 봉      (한칼이에게) 으쩐다요?

한칼이      으쩌긴 뭘 으째? 싸워야지!

천 수      시방‥, 시방 여서유? 저‥저것들 쪽수가 워‥ 월매나 많으디요?

한칼이      갈 디까정 다 왔는디, 시방 여 아니면 갈 디가 더 으됐냐!


최명인과 춘배, 다른 방향에서 뛰어 올라온다.


최명인      (올라오며) 대정! 대정! 대정께서는 어디 계신가?

한칼이      으디서 오는 길이시요?

춘 배      장군바위 쪽서 올라오는 길이지라.

최명인      (천수와 만석을 보고) 자네들은?

만 석      우덜은 애기바우 쪽서 왔어라. 그라믄 시방 장군바우쪽도‥


남이와 서도중, 대호, 또 다른 방향에서 비탈길로 올라온다.


서도중      여기서 뭣들 하고 계시는 겁니까? 어서 산채로 올라가지 않고!

최명인    거북바위 쪽에서 오시는 길이신가?

대 호    야. 시방 사방팔방 헐 것 읎이 쩌그 아래 꼴창서부터 몰랑
         지 너머로 빙~ 둘러갖꼬, 아조 징그럽게 바글바글 구데기
         새끼 마냥 새까맣게 기어 올라오고 있어라. 시방은 필시
         로 작정들을 허고 처 뎀비는 모양이요.

호 봉    (최명인에게) 허면 으짤 것이요?

한칼이    자꼬 너는 뭣을 으짜냐고 물어쌌냐! 당연지사 싸울 생각
         은 않고!

서도중    아닐세. 방책도 없이 무턱대고 싸우기 보단, 우선 도금찰
         어르신과 대정께 기별을 올린 후에··

한칼이    예미~ 그것 기둘리다 진즉에 다 죽었소!

최명인    허면 패를 두 패로 나누어, 한 편은 여기서 최대한 버틸 수
         있는 데까지 버텨 보도록 하고, 다른 한 편은 대정을 찾아
         뵙고 방도를 구하도록 해 봅시다. (대호를 보고) 접사께서
         는 어서 오르도록 하시게.

대 호    싫소! 나는 여서 싸울 것이요.

최명인    허어~ 이 사람! 왜 이리 생각이 짧으신 겐가! 그나마 여기
         서 걸음이 제일 빠른 사람이 접사 아니신가? 군소리 말고
         어서 오르시게.

만 석    (응칠에게) 아버님도 같이 오르셔유.

한칼이    염병헐 놈이···! 시방 이 판국에도 너 처갓집 식구 챙길라
         는 것이냐?

| | |
|---|---|
| 만 석 | (대꾸도 않고 웅칠에게 다가가) 얼릉 오르셔유. 지가 모실라니께. |
| 웅 칠 | … (그저 고개만 들어 물끄러미) … |
| 만 석 | 아, 어서유! (팔소매를 잡아끈다) |
| 웅 칠 | … (그래도 여전히) … |
| 박주천 | 애연愛緣이 기연機緣인지라…. 그리 하시지요. 먼 길을 가시려면, 가시기 전에 식솔들 얼굴부터 가슴에 새겨 두어야하지 않겠습니까? |
| 웅 칠 | … (시선을 덕배에게) … |
| 덕 배 | … (그저) … |
| 호 봉 | (다급하게) 쩌 … 쩌기 ‥ , 저짝서 벌써 기 올라오는 디요? 야 이~ 이놈들아 ‥ !! 이 ‥ 염병헐 놈들아 ‥ ! (화승총 심지에 불을 붙인다) |

최명인과 춘배, 천수와 서도중, 그리고 남이, 비탈길 아래쪽을 향하여 화승총을 쏜다. … 궁궁이, 귀를 틀어막고 제자리에서 발을 동동 구른다.

| | |
|---|---|
| 만 석 | (웅칠에게) 시방 상황이 다급헝께요. 얼릉 인나셔유. |
| 덕 배 | 그라요. 만석이 놈 말 들으시고, 싸게 인나 가시오. |
| 웅 칠 | … ( '너는…?' 이라고 눈으로 묻는 듯) … |
| 덕 배 | 아니요. 나는 안 갈 것이요. 나가 가면 으짜겠소…? 살아서 생이별도 한번으로 족한 것이고…, 명색이 애비가 되 |

어갖꼬, 죽어갖꼬 찾아온 놈을 으찌 두고 또 가겠소. 성님이나 속히 오르시오, 얼릉.

한칼이 　아 시방, 이몽룡 성춘향이 광한루서 작별허요? 일각이 촉각이랑께 뭣들 허고 기시오! 고만 느스렁대고 싸게 올라가랑께요!!

응 칠 　(덕배의 두 손을 꼭 쥐고) 곧…, 꼭 보드라고, 잉. 곧 다 갈 것잉께.

덕 배 　… (고개를 끄덕) …


웅칠, 일어나 만석과 대호와 함께 초막으로 이어지는 고샅길을 오른다.


궁궁이 　(금방 울기라도 할 것 같은 얼굴로) 호호호호…호야, 호야…! 나나나나나…, 나…! 무무…무서…무서…, 무섭…다!

한칼이 　으메~ 참말로…! 야 초 친 지랄 방정에 나가 아조 환장허겄네…! 어야, 대호야! 야가 아조 가로 곤칭께 얼릉 싸게 데꼬 올라가라. (궁궁이에게) 어여 가! 어여!

궁궁이 　(고개를 연신 끄덕이며) 응응응응….


궁궁이를 쫓아 보내는 한칼이 … 궁궁이, 대호를 따라 고샅길을 오른다. … 순간 쏟아지는 총성 … '악!' 하는 외마디 비명 … 어깨에 총탄을 맞고 쓰러지는 천수 … 대호와 만석, 웅칠과 궁궁이, 비탈길을 오르다 '주춤~!' 멈춰 서서 뒤를 돌아본다.

| | |
|---|---|
| 서도중 | 이보게, 천수! 천수…! |
| 한칼이 | 야 이놈아! 으찌 된겨? 잉? 잉? |
| 천 수 | (추스리며) 아… 아녀라…. 괘… 괜찮소…. |
| 서도중 | (대호와 만석에게) 여기 걱정은 마시고 어서들 올라가시게! |
| 대호/만석 | …… |
| 궁궁이 | (앞서 칭얼거리며 조르듯) 잉잉잉‥, 어어어‥ 얼룽‥, 얼룽‥, 가가가‥가자‥, 가자…. |
| 서도중 | 어서 가시라니까! 어서~!! |

대호와 만석, 두 주먹을 '불끈' 쥐고 앞 선 궁궁이를 좇아 웅칠과 함께 비탈길 위로 사라진다. … 골짜기를 무너뜨리듯, 더욱 거세지는 총성과 포성

| | |
|---|---|
| 박주천 | (여전히 선 채로 자기 생각에 잠기어 있다가는, 혼잣말 하듯) 앞일을 예견한다 하여, 운명을 예감한다 하여‥, 어디 한번이라도 비껴지나간 적이 있었던가…? 핫하~! 시천恃天으로 대천戴天하야, 도천禱天하며 청천聽天함에‥, '순천順天에 응천應天하야, 시천恃天하거라.' 하였거늘‥. 천시天時와 지리地理와 인화人和가 부르나니 바야흐로 백성이 하늘 되는 후천後天의 세상이라…! 부름에 응함이 순順이요. 거스르면 역逆임에 분명하거늘‥, 역의 부름에 거스름이 오히려 역이요. 그 역에 순하면 순함이 아니었는 |

가…! (고개를 들어 하늘을 바라본다)

호 봉      파…판수 나리…! 위험허요…. 고러고 기시다가는 큰일
          이 난당께요!

박주천      … (물끄러미 호봉을 바라보고) …

남 이      안 엎디리고 뭣 허셔요! 싸게 쑤그리랑께요~!!

서도중      … (고개를 돌려 박주천에게) …

박주천      … (그 시선에, 말없이 입술을 '꾸욱' 깨물며) …

서도중      … (눈가에 경련이 일어) …

박주천      (혼잣말로 중얼거리듯) '물物에는 본말本末이 있음이요, 일
          (事)에는 종시終始가 있다.' 하였음이라…. 하야…, 본디
          본래本來 본시本始는 물의 본本과 일의 시始요…. 종말終
          말이라, 일의 종終과 물의 말末이 한데 엮여있는 것[92]이
          니…, 본시가 종말의 꼬리를 물고, 종말이 본시의 머리를
          물은 것일 터….

서도중      ……

박주천      (입가에 쓴웃음 지으며 멀리로 하늘을 바라보고는) 허나…, 그
          또한 무엇 하단 말이던가? 오불관언吾不關焉이라…. 오
          불관吾不關에 여불관汝不關…, 이여불관爾汝不關인 것을
          [93]….(눈을 감는다)

서도중      ……

한칼이      옘병헐…! 냅둬 버려라. 저러다 디지던가 말던가. (돌멩이
          를 던지며) 야! 이…이 썩을…! 개… 호로 아들놈의 잡놈들
          아…!! 뎀빌 티면 뎀벼 봐라! 얼릉 싸게 기어올라 오랑께!!

'우르릉~! 메아리로 돌아오는 포성 위로 찢어질 듯 총성이, '쉬

익~!' '쉭!' 허공을 가르는 화살 소리가, 쌓이고 또 쌓여 겹겹이

층층이, 더욱 두터워지는 소리들

박주천    (눈을 뜨고는) 무가내無可奈라, 무가내라…. 무가여하無可如

何, 무가내하無可奈何[94]…! 하늘에는 사시四時가…, 땅에

는 사방四方이 있음으로, 사람에게는 사지四肢가 있나

니…. 천번지복天飜地覆의 한 가운데 어찌 사람의 사지만

이 멀쩡할 것인가…? 찢기울 것이로서니…. (쏟아져 들어오

는 총포성에 '문득') 찢어지고 또 찢으려는 소리…. 소리라

굉음轟音이로구나…! 하야…, 분수粉水는 추풍秋風이요.

우산牛山은 낙조落照라[95] 이르되…, 쏟아지는 총성에 포성

이라…!! (총성과 포성에 맞춰 들썩들썩 춤사위로, 흐르는 노랫

가락으로) 으헛차~! 분수는 자진머리 휘머리요. 우산에 부

딪는 뇌성벽력은 진양조에 다스림이로구나…! 둘이 서로

노님에 중중머리 엇머리로 어울어졌다 풀어지고 다시 더

하여 흩어져버리나니…. (흥을 내어) 잠용潛龍은 물용勿用

이요. 항룡亢龍은 유회有悔[96]하나 토룡土龍은 불용不龍이

요. 만용에 남용…, 오용 또한 불용不用이라…!! 아서라 책

상퇴물册床退物아…! 도룡지기屠龍之技[97]는 서간충비鼠肝

蟲臂[98]러니, 초망착호草網着虎[99]는 고사하고 화호유구畵虎

類狗[100]도 아니 되었구나…! 호라…! 호라…, 호狐가 제濟

하다, 그 꼬리 적신 격[101]이니…. 미제로다…, 미제로다, 화수火水가 미제未濟[102]로니 이로울 바 없느니라. 아니로 다. 아니 된다…. 아니 올세…. 아니 온다. 고되고도, 고되 도다…. 봄소식을 고대苦待하나, 봄빛(春光) 종終내 불래不 來하니…, 고故로 하여 고苦하도다…. 춘광을 내 호好함이 절대 없지 아니하되, 아직 오지 아니 한 즉…, 때가 아닌 탓이란다…. 마땅히 그 무성함, 그 절기에 이를 터면…, 기 다리지 않더라도 필시 자연…, 올 터이니….[103] 하여, 시유 시유時有한다 함에 한恨은 내어 무엇 할꼬…? 새 아침에 운韻을 불러 좋은 바람 기다릴 뿐….[104]


최명인과 천수, 총탄을 맞으며 비명을 지른다.


한칼이     천수야…! 접주…!! (그러다 자신도 총탄을 맞아 외마디 비명으로) 악~!

남 이      아자씨…!!

한칼이     아…, 아니여…. 나…, 나 안즉… 안 죽었다. 다들 괜찮으시오?

최명인     괜찮네….

천 수      야…, 지도 견딜만 허요….

한칼이     (큰소리로 민보군을 향해) 야, 이…이 육시럴~! 개 씨부럴 놈의 잡놈들아…!! 우덜은 끄떡이 없응게, 또 쏴 봐라, 잉! 쏴 보랑께…!!

박주천    허허…, 좋을시고, 좋을시고! 가이우歌以吁[105]라 좋을시고!
비명悲鳴으로 어우러지는 추임새라 좋을시고…! 백산白山
에서 백산魄散하야, 초목과 더불어 썩을 것이니…. 낙목
공산落木空山에 공산무인空山無人할 것이로되…. 옳거
니…! 수류화개水流花開[106]에 이르겠구나. 핫하하하~!!

한칼이    이런 니미럴…. 싹 다 디지게 생겼는디 뭔 뱃심으로 저라
고 쌕쌕거린당가? 아, 성님! 그라고 기시지만 말고 싸게
싸게 쪼까 도와주시오!!

박주천    … (뚫어져라 한칼이를 바라보고) …

한칼이    아, 어서요!!

박주천    (그러나 그 자리에서) 꾸중 꾸중…, 구중九重 구천九天 아홉
하늘…. 우리님네 황천皇天[107]께서 변천變天함에 구불구
불, 균천鈞天에서 창천蒼天으로 어둑 가물 현천玄天하
며…, 유천幽天이라, 그윽 아득 목을 놓아 호천(呼天/昊天)
하샤…,[108] 주천朱天에 염천炎天, 양천陽天[109]으로 번천翻天
하신 즉…! 황천皇天은 구민九旻이요, 구민은 구천九天이
라…. 구천은 돌고 돌아 황천黃泉, 구천九泉으로 되물어오
니…. 오호라~! 일러보되 열두 하늘(十二重天)이었구나…!
허면…, 올려보고 가로 보되, 첫째 하늘 월륜천月輪天에
둘째 천天은 진성辰星인즉 수성천水星天…. 태백太白이라
금성천金星天은 셋째 하늘이요, 사중천四重天은 일륜천日
輪天, 오중천五重天은 형혹熒惑에 화성천火星天…! 육중肉
重 육중 육중천六重天은 세성歲星이라 목성천木星天에…,

칠중七重 팔중八重 칠팔천七八天은 전성塡星임에 토성천土
星天, 삼원이십팔숙三垣二十八宿이라 이르고…. 아홉에 열
은 동서세차東西歲差에 남북세차南北歲差…. 십일이는 불
원각 불원각不遠覺, 부환몰 부환몰浮還沒[110]의 있고도 없
음이라…, 일컬어 무성종동천無星宗動天에 극락이로구
나…!![111] 하여…! 하여…, 삼세三世 삼계三界…, 육도윤회
의 삼악도가 멀지 않은 발밑이니…. 아아~! 아아~!! 하늘
이여…! 창창비천蒼蒼非天에 현현비천玄玄非天…, 삼천대
천三千大千의 하늘이여…!! 어찌 하여 그러한가! 어찌 하
여 그러한가…! 누대累代에 묻고 또 물으려니…, 답하여
라…! '그대의 도道는 옳은 것인가, 그른 것인가…!! [112] 답
하여라! 답하여라~!! 답하…

순간, '쉬익~!' 하는 화살소리 … 정확하게 모가지 한가운데를 꿰
뚫은 화살 … 꽃잎처럼 흩날리며 무너져 내리는 박주천

한칼이      서…성님…!! 성님!!!
호 봉       복새ㅏ師 으른~!!
한칼이      이…! 이런 니미럴…!

뒤에서 들리는 덕배의 소리 "땅이여…! 땅! 땅…!'

사람들      …?!…

덕 배     (앉은 채로) 울 엄니 뻬다구가 녹아버린 요 땅…. 내 아들놈
         살점 묻은 이 땅…. 그라고서 나가 디져 문드러질‥, 썩을
         놈의 땅…. 땅…! 이놈의 웬수 덩어리 같은 땅!! 으메~! 우
         덜헌티 한 뙈기 땅이래도‥, 부처 먹다 디져버릴 한 뼘의
         땅…, 바늘 한 놈 꽂아놓을 흙이래도 한 옴큼만 있었더래
         믄…! (시선을 돌려 돌무덤을 바라보며 대화하듯) 법풀이 으른
         께서 늘쌍 말씀허시기를‥, '땅을 중히 여기기를 느그 어
         메 살같이 하라.'¹¹³ 허셨응께 말이다…. 나는 시방, 시
         방‥, (돌무덤과 주변의 흙을 긁어모아 손에 쥐고는) ‥ (물끄러
         미 흙을 보고는 '꿀꺽' 침을 삼키고는) 먹어야 쓰겄다…. (입에
         털어 넣고는 '우적우적' 씹으며) 허이고~! 고소헌 것‥! 이것
         이 말이여…. 이것이 너의 살이고‥, 목숨이고‥, 넋이여‥.
         (삼키고는, 다시 한줌 쥐어 털어 넣으며) 나가 시방 뫼셔야 쓸
         일이여…. 요것이 나의 밥이고‥, 나의 한울잉께로‥. 너가
         와서 드러누운 한 줌의 땅‥, 나 속으로 드러누운 한 웅큼
         의 땅…. 아가…! 그랑께 말이여‥, 인자 너가‥, 나로 인
         해 시상 나온 너가 말이여‥. 요로크롬 다시크롬 한울님
         이 되어갖꼬, 나헌티로 돌아 온 것이여, 잉? 알긋자…? 그
         랑께말이여‥, 인자부턴 이 아비랑 따로 말고 같이‥, 같
         이 말이여‥, 너그 엄니헌티로 찾아 가는 것이다. 잉? 알
         긋지? 잉? 잉?


         덕배, 일어나 사람들을 가로질러 비탈길 아래로 걸어간다.

| 덕 배 | (노래하듯) 가세, 가세, 먼 길 가세. 느그메를 찾아 가세. |
|---|---|
| | 삐쭉 뾰쭉 묏고비를 휘둘러서 먼 길 가세. |
| 호 봉 | (말리려) 성님! |
| 덕 배 | (듣지 못했는지, 듣고도 상관없다는 것인지 계속 걸으며) |
| | 구비 구비 골고비를 돌고 돌아 먼 길 가세. |
| | 굽이굽이 물고비를 텀벙텀벙 건너가세‥. |
| 호 봉 | (더 큰소리로) 성님‥! 성님‥!! |
| 한칼이 | 이런 떠그럴‥!! 아, 디질라고 환장허셨소!! |
| 덕 배 | ‥ (그 자리에 멈춰 서서, 천천히 뒤돌아) ‥ |
| 호 봉 | ‥ (덕배의 그렁그렁한 눈을 보고) ‥ |
| 한칼이 | ‥!‥ |
| 덕 배 | ‥ (흐르는 눈물이 입술에 여린 꽃을 피우고) ‥ |

'쾅~!!' ‥ 커다란 총성과 함께 쓰러지는 덕배

| 호 봉 | 성님‥!! |

다시 총성과 더불어 호봉의 곁에서 쓰러져 나뒹구는 최명인

| 춘 배 | 접주‥! 접주! 으메 으메 으메‥. (한칼이에게) 더‥, 더 이 |
| | 상은 안 되겠소! 얼릉 싸게 피합시다. 잉? 잉? |
| 한칼이 | 피하기는 으디로요? 우덜이 여서 저것들을 쪼까 더 붙들 |

어뉘야‥

춘 배    아녀, 아녀! 시방 나는 모르겄소! 헐 만큼은 혔응께, 나는
        인자 갈라요.


        춘배, 초막으로 이어지는 고샅길을 향해 뛰어간다. … 춘배의 등
        뒤에서 빗발치는 화살과 총탄 … 춘배, 고샅길 입구에 고꾸라진
        다.


춘 배    (쓰러진 채) 하이고~! 살려주시오‥. 살려주시오‥.
한칼이    저런‥, 저‥ 등신 같은, 니미럴 것‥!
호 봉    지가 가서 데꼬 올라요.


        호봉, 고샅길을 향해 뛰어오른다. … 순간, 머리에 총탄을 맞고는
        널브러진다.


한칼이    호봉아‥!! 호봉아야~! 야 이놈아‥! 이‥ 이런, 육시럴‥!!
서도중    더 이상은 안 되겠네. 우리도 어서 물러나세.
한칼이    으디를요? 우덜이 가면 여는 으짤라고요?
서도중    우리 몇 사람이서 감당할 수 없지 않은가!
한칼이    아니요! 아니요!! 성님 혼차 가시오. 나는 죽어도 안가겄
        소. 분해서도 못가겠소. 다들 저라고 자빠져들 있는디‥,
        저 불쌍헌 놈의 시체들도 챙겨 주덜 못하고서, 우덜만 살
        겄다고 내빼 삐리면‥, 낭중에 저승 가서 나가 뭔 낯짝으

로 뭔 염치로 저 양반들을 뵌다요? 아니요. 나는 못가것
소. 안 갈 것이요.

서도중  고집 피울 일이 아니네. 우리가 죽는다면 산채에 남아 있
는 사람들은 어쩔 것인가? 함께 힘을 모아 대적해 봐야 할
일 아닌가!

천 수  (숨을 몰아쉬며) 그‥그랴요, 성님‥. 여‥여는‥, 우덜
쪼‥쪽수가‥, 중과가‥, 부족114항께‥, 우‥우덜도‥,
위‥ 쪽수에 더‥ 혀봐야 안 허겄소‥? 어‥얼릉‥, 오릅
시다‥.

서도중  그러세. 산채로 오르는 고샅길은 장정 둘 이상이 한꺼번
에 오르기 힘든 길이니 막아낼 방법이 있기도 할 걸세.

한칼이  으메, 분헌 것‥! 으메 분헌 것‥!

서도중  자, 어서 가세! 남이야~! 남이야~!


한칼이, 천수를 부축하여 남이와 함께 서둘러 고샅길을 오른다.


서도중  (오르다, 춘배에게 다가가) 일어날 수 있겠소?

춘 배  아니요‥. 나는 시방‥, 시방 허벅다리에 맞아갖꼬 꼼짝
달싹을 못항께‥, 여‥, 여 고대 있을라요‥.

서도중  ……

춘 배  죽은 척이라도 허고 살던가, 안 그라믄‥

서도중  ……

춘 배  뭔 방법이 있겠지라‥. 읎어도 헐 수 읎고‥.

| | |
|---|---|
| 서도중 | … (입술 '꽉' 깨물고) … |
| 춘 배 | 얼릉··, 얼릉들 올라가시오. |
| 서도중 | … (춘배의 손을 '꼬옥' 쥐고) … |
| 춘 배 | ······ |

서도중, 고샅길을 오른다. … 이어지는 총성 … 서도중, 등허리에
총탄을 맞는다.

| | |
|---|---|
| 서도중 | ('휘청' 한쪽 무릎이 꺽이며) ?~!! |
| 한칼이 | 성님··! |
| 서도중 | 아·· 아닐세, 괜찮으니 어서 오르시게··. |

모두 고샅길 위로 오른다. … 저근듯 한 사이 … 총성이 잠잠해진
비탈길 위로 하나 둘 어지러이 드리어지는 그림자들 … '바스락
~' '자박…!' 얼어붙은 돌밭 부수어지는 소리 … 애원하듯 희미
하게 들려오는 춘배 목소리 … '사…살려주시오….' '나…나
가…하…항복이요….' '하…항복잉께…, 지발…, 지발…살려만
주시오….' … 가물거리던 그 소리, 비탈길에 드리어진 거대한 그
림자 무리가 삼켜버린다.

해거름 붉은 노을 삼켜버린 예예翳翳한 하늘 아래로, 밤보다 어두운 그늘이 무겁게 내리 앉은 초막과 고샅길 사이의 너른 터 … 산머리 틀어쥐고 붉은 송곳니 희번뜩거리는 사나운 포성과 모질게 산허리 할퀴고 도려내는 날카로운 발톱 같은 총성 … 너른 터 한 곳에서 기도하듯 선 채로 삼칠자 주문을 외고 있는 응칠처, 엉겨 붙어 서로 으르렁거리는 그 소리에 옷고름 쥐어짜며 모가지를 '움찔움짤' 초조에 불안, 예민에 과민으로 마치 경기驚氣라도 일으키는 듯 … 그러다 총총걸음으로 너른 터를 '우왕좌왕', 나무둥치 주변으로 '왔다갔다', 이따금 초막 쪽으로 눈길을 '할금할금' 안절부절못하고 있다. … 그러기를 잠시 … 인기척을 느끼고 나무둥치 주변 고샅길 입구로 잰걸음을 옮긴 응칠처, 허방지방 고샅길에서 너른 터로 올라오는 분이를 발견한다.


| | |
|---|---|
| 응칠처 | (다가서며) 너가부지 뵀냐? 시방 으디 기시다냐? 잉? 잉? |
| 분 이 | (나무둥치에 앉아 숨을 고르며) 으메, 숨 찬거‥. |
| 응칠처 | 아야, 분이야~! |
| 분 이 | 모르겄어라…! |
| 응칠처 | 몰러? 왜 몰러? 너 시방 으디짝서 오는 길인디? |
| 분 이 | 저 아랫길로 내려를 갈라는디, 총알을 볶아대는 소리가 '따꿍, 따꿍' 하도 요란스렁께 월매 가지를 못혔소. |
| 응칠처 | 으디까지 가 봤는디? |
| 분 이 | 장군바우 애기바우 헐 것 읎이, 그 짝 아래짝으로는 아조 바글바글한 것 같응께, 멀찌감치서 보기만 보고 얼릉 달 |

모심에 가시는 듯 281

려 올라왔소.

응칠처   거북바우 쪽으로는 안 가봤고?

분 이   거는 진즉부터 놈덜 소굴인디 거를 뭐들라고 가요? 나 디
지라고?

응칠처   으메, 환장허겄네…! 아, 이 양반들이 아조 순번을 매겨갖
꼬 줄초상을 치르실라고 작당들을 헸는갑다…! 아니 너가
부지는 으디 상주가 되어갖꼬 뭣을 은어 자실 것이 있다
고 넘 초상 치르는 디를 쫓아가셨다냐!

분 이   덕배 아자씨가 맴이 그랑께 안 되어갖꼬 간 것이지, 몰라
묻소?

응칠처   (분이 등짝을 후려치며) 야 이년아…!! 너는 시방 너가부지
걱정도 안 되냐?

분 이   (등을 어루만지며) 으메 따간 거…! 아 왜 나헌티 주먹 승질
이시오! 오지랖 넓으신 아부지헌타나 따질 일이지!!

응칠처   (가슴을 치며) 으메, 복장 터지는 거…!

분 이   인자 시방 깜깜해지면 저것들도 필시로 물러들 갈 것잉
께, 너무 걱정 마시오. 아부지야 으디에 숨었어도 숨었을
것잉께.

응칠처   이 우라질 년이 꼭 넘의 옆집 사돈네 이종사촌의 팔촌 애
기허듯 태평시레…


유인모, 고샅길에서 너른 터로 빠른 걸음으로 올라온다.

응칠처       하이고~ 대정 나리! 우리 분이 아부지 못 보셨소?


한마디 대꾸도 없이 응칠처와 분이를 지나쳐 초막으로 향하는 유
인모 … 얼른 쫓아가려는 응칠처 … 이어, 고샅길에서 너른 터로
성큼성큼 올라오는 대호와 궁궁이


응칠처       (기척에, 둘을 발견하고) 너그들 혹시 아저씨 못봤냐?
대 호       (초막으로 향하며) 금시 올라오실 것이요.
응칠처       (쫓으며) 금시? 시방 금시로?
궁궁이       응응응응… . 그그그··금새··, 금새··
분 이       것 보시오.
응칠처       잉?
궁궁이       (빠르게 고개를 끄덕이며) 응응… . 아아아아…아래…아래··
          서…
응칠처       (대호에게) 참말이냐?
대 호       (지나치며) 야.
궁궁이       야… . 야··야··.
응칠처       하이고 분이 아부지~!


응칠처, 되돌아 아래쪽 고샅길 입구로 잰걸음을 옮긴다.


분 이       (뒤통수에 대고) 만석 오라비는요?
대 호       … (못들은 듯 지나치며) …

| 궁궁이 | 오오오오…온다. 가가가가가…같이…같이…. |
|---|---|
| 분 이 | 별일들 읎지라? |
| 궁궁이 | (고개를 끄덕거리며) 웅웅웅웅웅…. ㅇㅇㅇㅇㅇ… 읎다…, 읎다…. |
| 응칠처 | 으메으메~! 쩌~, 쩌기 오시는 갑네…! |

대호, '홀쩍~' 초막 안으로 들어간다. … 응칠, 만석과 함께 너른 터로 올라선다.

| 응칠처 | (반색을 하고 맞이하며) 하이고, 이 양반아…! 도대체 으디에 기시다가 인자 오요~! 넘의 애간장을 다 태우시고…!! 으디, 으디… (호들갑스레, 응칠의 몸을 여기저기 더듬으며) 으디 상허신 디는 읎으시요? 잉? (가슴을 쓸어내리듯) 으이고~ 천만에 만만으로 참말 다행이요. 나는 시방 아까참부터 맴이 아조 조마조마혀서… |
|---|---|
| 만 석 | (분이에게) 도금찰 으르신 안에 기시지? |
| 분 이 | 야. 다들 안에 기셔요. 워디 다친 디는 읎소? |
| 만 석 | 잉. (응칠에게) 아버님허고 어머님은 얼릉 쩌기 안짝으로 들어가셔유. |
| 응칠처 | 그랴요, 잉? 싸게 들어가십시다. |
| 분 이 | 오라비는 안 들어가실라요? |
| 만 석 | 아니여. 나는 인자 시방참에 쪼까 뜸해졌으니께, 아래편 으로 함 내려가서 으찌 되었는가 살펴봐야 쓸 일이구먼. |

| 분 이 | 그라믄 나도 같이 봐야 쓰겄네. |
|---|---|
| 궁궁이 | 나나나나나…나는…? 나나나나…나도…! |
| 만 석 | 아녀, 아녀! 시방 얼릉 대호헌티 가 있드라고…! |
| 궁궁이 | (풀이 죽어) 아아아아아아…알았…알았다…. |
| 응 칠 | 그리어, 어여 싸게들 내려가 보드라고. (불안한 바람으로) 꼭 다…, 틀림없이 다들 올라를 올 것잉께, 잘들 살펴보고, 잉? |
| 만 석 | 암요. 그래야지라. 긍께 인자 고만 걱정하시고 얼릉 들어가셔요. 시방 우덜도 바로 내려 가 볼라니께요. |
| 응 칠 | 너그들도 조심들 허고…. |
| 만 석 | 야. |
| 궁궁이 | 조조조조…조심…조심…. |

만석과 분이, 서둘러 아래쪽 고샅길로 내려간다.

| 응 칠 | …(멀어지는 둘의 뒷모습을 물끄러미 바라보며)… |
|---|---|
| 응칠처 | 분이 아부지…. |
| 응 칠 | …… |
| 응칠처 | 분이 아부지~! |
| 응 칠 | …(시선을 응칠처에게)… |
| 응칠처 | 으째 그래 쌌소? 싸게 드갑시다, 잉? |
| 응 칠 | …… |
| 응칠처 | …… |

응 칠　　　그리어. 들어가세‥. (궁궁이에게) 어여, 들어가자.
궁궁이　　　응응응‥응‥.

　　　　　　응칠과 응칠처, 초막으로 향한다. ‥ 뒤따르는 궁궁이 ‥ 초막 입
　　　　　　구에 다다라서 안으로 들어서려는 순간, 새어나오는 흥분한 대호
　　　　　　목소리

대호 목소리　"아, 이라고 다들 앉아 죽으실 참이시요!'

　　　　　　응칠, 잠시 '머뭇머뭇' ‥ 이내 초막 안으로 들어선다. ‥ 응칠처
　　　　　　와 궁궁이, 뒤따라 들어선다. ‥ 드러나는 초막 내부 ‥ 초막 안
　　　　　　쪽 구석진 곳에는 황노파의 주검이 꿈꿈한 암갈색 바위처럼 어둡
　　　　　　게 자리 잡고 있으며, 그 주검을 등지고서 입구 쪽을 향하여 소리
　　　　　　없는 입술을 움직여가며 '오물쪼물' 연신 뭐라 중얼거리는 난화
　　　　　　를 가슴에 품어 안고는 들리는 듯 마는 듯 그 중얼거림을 들으려
　　　　　　는 것인지 아는 듯 모르는 듯 그 뜻을 풀어보자 하는 것인지 눈을
　　　　　　감은 채 왼손으로는 염주를 굴리며 꼭 그 빠르기만큼 좌우로 몸
　　　　　　을 가볍게 흔들고 있는 연화의 모습이 보이고, 초막 가운데쯤에
　　　　　　는 꼿꼿하게 허리를 세우고서 정좌한 채 역시 눈을 감고 생각에
　　　　　　잠겨 있는 김태훈의 모습과 그 오른편으로 나란하게, 어두운 눈
　　　　　　으로 김태훈의 살며시 쥐어진 주먹을 바라보고 있는 유인모와 당
　　　　　　장이라도 일어나려는 듯 한쪽 무릎을 세우고 앉아 상기된 얼굴로
　　　　　　입술 '부르르~' 떨고 있는 대호의 모습이 보인다.

| | |
|---|---|
| 대 호 | 으메~ 참말로 환장허겄네…! 아, 좌우당간에 먼저 살아야 헌다고…! 그리고서 멀리 뛰보라고 말씀 안 허셨소? 맬겁시 여… 여 이람서 뭣을 으짤라고요? 얼릉 나가자니께 왜들 말씀들이 읎으시오! |
| 김태훈 | …… |
| 대 호 | 아, 이라고들 통부리고 외곬으로 기시다간 종당에는 외통수에 걸린당께요! 시방 참은 쩌번, 쩌 쩌번하고는 밀고 오는 쪽수부터가…, 방도부터가 틀려라! 싹쓸이를 허대듯이 토끼몰이로 산 우로다가…, 오만 활을 들입다 쏴대고도 대포를 쏴 제낌서 올라오고 있당께요. 으디로 숨을 디도 읎어라! |
| 김태훈 | … (그래도) … |
| 대 호 | (시선을 웅칠에게) 하이고, 아자씨! 아자씨가 나랑 같이 봤응께, 나 말이 참이라고 말씀 쪼까 거들어 주시오. 잉? 잉? |
| 김태훈 | … (그제야 눈을 뜨고 시선을 웅칠에게) … |
| 웅 칠 | …… |
| 대 호 | … (침을 '꿀꺽') … |

웅칠, 유인모와 대호 사이, 뒤편에 앉는다. … 웅칠의 곁에 앉는 웅칠처 … 궁궁이, '쫄래쫄래' 따라와 엉거주춤 그들의 뒤편에 앉는다.

| | |
|---|---|
| 김태훈 | … (다시 눈을 감고) … |
| 대 호 | 으메으메~ 까깝헌 거…! 대정! 대정께서도 말씀 쪼까 해보시오. 잉? 잉? |
| 유인모 | …… |
| 대 호 | 아, 대정…!! |

갑자기 들려오는 요란한 총성과 포성

| | |
|---|---|
| 궁궁이 | 까까…깜짝…깜짝이야…! |
| 대 호 | (안달이 나서) 쩌…! 쩌 소리 보시오! 이라고들 겨트로이 몽그리고 기실 때가 아니랑께요. 필시 오늘로 사생결딴이 난당께 왜들 말씀들을 못 알아들으시오!! |
| 김태훈/유인모 | …… |
| 대 호 | 흐이구, 참말로~!! 총포 소리도 허벌나게 가차워졌는디, 허면 쩌 아래짝은 대체 으찌 된 것이여? (번갈아 시선을 김태훈과 유인모에게) |

고샅길 아래쪽에서 들려오는 만석과 분이의 다급한 목소리

| | |
|---|---|
| 만석 목소리 | "대정~! 대정~!!" |
| 분이 목소리 | "접사 오라비~! 접사 오라비~!!" |
| 대 호 | 으메, 환장허겄네! 환장허겄어!! |

대호, '벌떡' 일어나 화승총과 칼을 집어 들고는 초막 밖으로 뛰쳐나간다.

궁궁이      호호호호‥호야…! 호야…! 호야!!

궁궁이, 대호를 좇아 나선다. … 대호와 궁궁이, 너른 터를 지나 고샅길로 내려간다.

응 칠      (조심스레) 으르신…. 거시기‥, 대호가 저라는 것도 무리는 아니여라. 암만혀도 인자‥, 오늘을 넘기가가‥, 쉽지는 않을 듯 싶어라‥.

김태훈      ……

응 칠      … (시선을 유인모에게) …

유인모      ……

김태훈      (눈을 뜨고, 초막 밖으로 하늘 가득한 눈구름을 바라보며) 여느 때와는 다르기도 한 것이‥, 구름 몰려오는 소리들이 어지러이 들리는구만, 그래‥. 허나, 걱정할 것이 있겠는가? 새 바람에 구름이 걷힌 즉‥, 곧 청명해질 것이거늘‥. 아니 그러한가?

유인모      ……

응 칠      ……

김태훈      무사히들 내려 가셨던가?

응 칠      아그들‥ 말씀이신감요?

김태훈     ……

응 칠      거시기‥, 호봉이헌티 야그를 들었는디요…. 재필이 놈이
          와갖꼬 데꼬들 갔당께, 별일 읎이 잘들 내려갔을 것이구
          만이라.

김태훈     그리 되었는가?

응 칠      야‥.

김태훈     (혼잣말하듯) 하엽荷葉이 곧 연화蓮華[115]인즉‥. 뿌리가 죽
          지 않고 살아 있으면‥, 그 마음만 죽지 않고 살아 있으
          면‥. (다시 눈을 감는다)

응 칠      ……


          계속 이어지는, 가까워지는 총성


응 칠      거시기 대정…. 인자 시방 판세가 거시기 그랑께, 대호 말
          마따다…, 인자 우덜 모다 나서야 허지 않을 듯 싶으네….

유인모     ……

응 칠      … (시선을 김태훈에게) …

김태훈     ……

응 칠      허면 지는 시방 나가봐야 쓰겄구만이라. (몸을 일으켜 초막
          밖으로 나서려 한다)

응칠처     (잡으며) 으메~ 인자 시방 올라오신 양반께서 가만히 기시
          지‥, 으디를 또 간다 그라시오? 엄니 여그 냅두시고?

| 응 칠 | (손을 꼭 쥐고) 자네가 여 있는 디 나가 뭣이 걱정인가? 나는 자네만 믿네. |
|---|---|
| 응칠처 | 아이고, 분이 아부지이~. |
| 응 칠 | … (잡은 손을 놓고) … |
| 응칠처 | 하이고, 참말로 ··! |
| 연 화 | 이 몸도 같이 가도록 하시지요. |
| 응 칠 | … (시선을 연화에게) … |

연화, 일어선다. … 옷자락을 붙들고 따라 일어서는 난화

| 연 화 | 애기 보살께서도 나서시렵니까? |
|---|---|
| 난 화 | … (고개를 끄덕끄덕) … |
| 연 화 | 도금찰과 함께 계시는 것이 어떻겠습니까? |
| 난 화 | … (고개를 가로 저으며) … |
| 연 화 | ('빙긋' 웃으며) 원하신다면 그리 하도록 하시지요. 하기야 혼자 가는 꽃길보다는··, 함께 가는 밤길이 낫기도 나은 법이니까요. |

연화와 난화, 초막 입구에 서 있는 응칠에게 향한다.

| 유인모 | 잠시만 기다려 주시겠습니까? |
|---|---|

초막을 나서려던 응칠과 연화와 난화, 입구 주변에 멈춰 선다.

유인모    … (시선을 김태훈에게) …

김태훈    … (여전히) …

유인모    나으리….

김태훈    ……


유인모, 일어선다. … 김태훈에게 하직인사 올리듯 큰절을 올린다.


유인모    … (숙인 채, 그렇게 잠시) …

김태훈    ……

유인모    (이윽고 고개를 들고) 나으리의 예를 따랐습니다…. 일신一身으로 만신萬身을 살피며 일물一物로써 만물萬物을…, 일심一心으로 만심萬心을 살핌으로 일세一世로써 만세萬世를 살피고자 하였습니다. 엎드려 땅위에 눈물로 새기며, 마음으로 한울의 마음을 대신하고, 입으로 한울의 말을 대신하며, 몸으로 한울의 업業을 대신하고자 다짐하였습니다. 삼가, 나으리의 마음과 뜻을 규구規矩로 삼으며, 나으리의 언행을 준승準繩[116]으로 삼아…, 성誠 경敬 신信의 세 글자로 하여금 칼과 창과 활을 대신케 하여, 일컬어 '일시一時의 죄罪를 지어 만세의 공功을 전하고자' 하였습니다. 나으리께서 사문師門의 난적亂賊이요, 역적이시라면…, 좌도左道를 걸으시어 난정亂正의 배리背理를 범하신다면‥, 불초 소생 또한 나으리의 길을 좇아 역도가 되어야겠다. 조상의 묘가 파헤쳐지고 뼈가 갈리어 그 뼈가 바람에 날리더라도, 일순一瞬의 망설임 없이 한 점의 부끄럼도 모르는‥, 대명률大明律의 모반대역죄를 범하는 난법亂法과 역리逆理의 길을 걷더라도 나는 그 길을 따르리라‥. 죽음을 각오하는 마음으로 살고, 살아가는 마음으로 죽고자 맹서하였습니다. 허나, 나으리‥.

김태훈        ……

유인모        (울분을 삼키듯 입술을 깨물며) 이 원통한 마음‥, 이 설움과 원한만은 안고 가렵니다‥. 사무쳐‥, 못 잊어‥, 소인의 혼魂이 강降하고 백魄이 승昇하야‥,[117] 구천을 떠도는 원귀冤鬼가 되더라도, 이 분기憤氣만은‥, 삼백육십 뼈마디에‥, 팔만사천의 모공으로 한 올 한 올 저미고 스민 채 가지고 가렵니다. 잊지 않으렵니다. 잊지 않으렵니다‥. 뼈조차 자취 없이 한 톨의 먼지로 부서진다 해도‥, 무궁한 이 울안에 한 줌 원기元氣로 흩어져 버릴지언정 안고 가렵니다.

김태훈        ……

유인모        ……

김태훈        (감은 눈가에 아픔이 촉촉하게 번지어) 허허~~

모 두        …(그 숙연함에)…

김태훈        가시려는 것인가…?

모 두        ……

김태훈    그래··, 환원還元들을 하시기에는 더 없이 좋은 날이로
         고··. 허허허~

         김태훈, 일어선다. ··· 초막 입구에 선 사람들 ··· 김태훈, 그들에게
         절을 한다.

응칠/응칠처  (깜짝 놀라, 얼른 맞절을 하며) 으메~! 으메~! 하이고 어르
         신··! 이··이··, 웬 변고시라요?? 야??

         김태훈, 잠시 그렇게 엎드린 채로 ··· 이윽고 몸을 일으킨다.

김태훈    ··· (눈가에는 아픔의 자취가 번지고) ···
응 칠    (무릎을 꿇은 채, 아이처럼) 하이고·· 으르신··
김태훈    잘들 가시게나··. 잘들··
응칠/응칠처  으메으메~ 으르신··. 으르신··!

         고샅길 아래에서 들려오는 요란한 총성 ··· 분이와 궁궁이, 허둥
         지둥 고샅길을 올라온다.

분 이    (올라오며) 대정~! 대정~!! 시··시방··! 쩌··쩌 아래짝서
         요··, 횃불들이 아조 그냥··! 새까맣게 몰려오고 있어라!
궁궁이    오오오오··온다··! 온다!! 호호호호··호랭이·· 누누누
         누··눈깔처럼··, 무무··무섭게··!!

고샅길에서 너른 터로 뛰어 올라오는 대호

대 호    장태요‥!! 장태 읎어라‥? 장태‥!! 잉? 잉?? 으메, 분헌
         것‥! 장태만‥!! 장태만 있었두래두‥!!

천수를 등에 업은 한칼이와 서도중을 부축한 만석과 남이, 너른
터로 올라온다.

한칼이    (올라오며) 대정‥!! 대정‥!
유인모    나가 봅시다.

유인모와 웅칠, 서둘러 초막을 나선다. … 뒤따라 너른 터로 나서
는 연화와 난화, 그리고 웅칠처 … 홀로 남은 김태훈, 그들의 뒷모
습 하나하나를 가슴에 새긴다. … 한칼이와 만석, 서도중과 천수
를 나무등치에 비스듬히 기대여 눕힌다.

천 수    대‥, 대정‥으른‥
유인모    아무 말씀 마시게나.
한칼이    이놈아‥! 지발 입 좀 다물라잖여!
유인모    … (상처를 살피고는 어두운 얼굴로) …
한칼이    으짜요, 잉‥?
유인모    … (찾는 듯 '두리번') …

| | |
|---|---|
| 한칼이 | 누구요? |
| 유인모 | … (시선을 한칼이에게) … |
| 한칼이 | 먼처들 갔어라. 덕배 성님허고 호봉이허고 다들 같이‥. |
| 유인모 | …… |
| 천 수 | (가쁘게 숨을 몰아쉬며) 서‥ 성님‥, |
| 한칼이 | …?… |
| 천 수 | 것‥, 것‥, 으‥짜셨‥소‥? |
| 한칼이 | 뭐‥? 뭣을? |
| 천 수 | (절실한 눈으로) 혀‥ 형수가‥, 새‥ 새벽 참에‥, 주고 간‥. |
| 한칼이 | 너 형수가‥? |

한칼이, ‘문득’ 떠오른 기억에 바지춤으로 손을 ‘쑥’ 집어넣어 꼬깃꼬깃하게 접혀 있는 종이쪽지를 꺼낸다.

| | |
|---|---|
| 한칼이 | (보이며) 요것‥ 말이여? |
| 천 수 | (겨우겨우 고개를 끄덕이며) 야‥. 것‥, 것‥ 나‥, 하‥한번 만‥ 읽어‥ |
| 한칼이 | (느낌으로 알고) 야‥, 야, 이놈아‥!! |
| 천 수 | 어‥어‥ 얼릉… |
| 한칼이 | 이‥, 이런 염병 헐 놈이‥! 너가 인나 읽어, 이 썩을 놈 아‥! |
| 천 수 | 서‥서‥ 성님‥, 꼬‥꼭‥, 하‥한번만… |

| 한칼이 | 이··, 이런 니미럴 놈이··! |
|---|---|

한칼이, '바르르~' 손을 떨며 삼칠자 주문이 적혀있는 쪽지를 편다. ··· 손목을 타고 흘러내려 종이로 스며드는 핏물

| 한칼이 | (보고 읽는다) 지기금지 원위대강·· 시천주 조화정··· 영세불망 만사지··. 지기금지 원위대강··시··천주·· |
|---|---|
| 천 수 | 서··성님··, 나··나가··, 어질··어질허는·· 것이··, |
| 한칼이 | 이놈아, 정신 놓치 말어! |
| 천 수 | 아··아니요··. 나나··나는 인자·· 틀린·· 갑소·· |
| 한칼이 | (눈물을 훔치며) 염병 헐 놈이 별··, 미친 개 아들놈 풀 뜯어 먹는 소릴허고 자빠졌네··! 헛소리 말고 듣기나 잘 들어 이놈아! 지기금지원위대강 시 천주·· 조화정 영세불망·· 만사지. 지기금지 원이·· |
| 천 수 | 서··성님··, |
| 한칼이 | 다물고 듣기만 하랑께!! |
| 천 수 | 거··것을··, 것을··! |
| 한칼이 | 이놈아! 주댕이 다물고 눈깔을 뜨란 말이다! |
| 천 수 | 꼭··꼭··, 놓지··말고···꼭··! 꼭 외고··· (숨을 거둔다) |
| 한칼이 | (꺾인 모가지를, 멱살을 잡아 흔들며) 야··! 야·· 이·· 이··, 우라질 놈아··!! 여까정 올라와갖꼬··! 아직 헐 일이 태산 같이 남았는디··, 너가 시방 우아래도 읎이 뭔 지랄이여··! 잉··! 잉··!! 은제는 생사를 같이 허자더니, 언릉 인 |

나 이놈아…!!

궁궁이    주주주주…죽었…다…, 처처처처처…천수… 주주주…죽
         었다…!

모 두    ……

남 이    (큰소리로) 아자씨…!!

서도중    ……

남 이    아자씨, 눈을 떠요! 잉? 잉??

서도중    나…남…이야…

남 이    여기요. 나 여깄소. 그렇게 얼릉 인나서요.

서도중    … (애써 힘겹게 태연한 표정 지으려) …

남 이    뭔 사내가 그라요! 설핏 맞은 것을 갖꼬 비실배실 병든 개
         꼬라지 마냥…!

서도중    … ('꿀럭꿀럭' 핏덩이가 배어나오며) …

남 이    으메으메~ 큰일 났네! 대정 으르신! 여…, 여 아자씨 쫌 살
         려 주세요, 야? 야?

서도중    … (늦었다는 듯 말리려, 남이의 손을 끌어 쥐고) …

남 이    …!…

서도중    … (편안하게 보이려는 옅은 미소로) …

남 이    아자씨….

서도중    꽤…괜찮다….

남 이    괜찮기는 뭣이 괜찮소! 피가 여…, 이라고…,

서도중    … (흐려져 가는 눈으로) …

남 이    (그렁그렁 해지는 눈으로) 지발 정신 차리시오! 잉?

| 서도중 | … (반쯤 감겨진 눈으로) … |
|---|---|
| 남 이 | 울 엄니하고··, 나를 살펴주신다고 꼭 하니 약조허지 않으셨소! 그라고서 이라고 드러 누면 치사스러 으짤 것이요! |
| 서도중 | 요··용서를··! |
| 남 이 | 뭐라고라요··? 시방 뜬금 읎이··, 뭔 코 찔찔이 소리시요? |
| 서도중 | … (느리게 고개를 저으며) … |
| 남 이 | …… |
| 서도중 | 남이야··, 미·· 미안·· |
| 남 이 | 아니어라. 괜찮소··. 울 엄니헌티 잘 해줬응께, 다 잊어뿌 랐소. |
| 서도중 | 요··용서를··! |
| 남 이 | 아니오! 알았소. 그랄랑께 언릉 퍼뜩 인나시오. 잉? 이라 시고 시방 고대 갈 것이면··, 나는 강짜를 놓고 절대 용서 못헐 것이요. 울 엄니는요··? 혼차 배부른 울 엄니는 으짜 라고요··! 울 엄니가 쩌 아래짝서··, 우덜이··, 아자씨하 고 나 오기만을 모가지가 빠져라고 기둘리고 있을 것인 디··. 여 이라믄 으짜라고요! |
| 서도중 | … (손으로 남이의 머리를 쓰다듬으려) … |
| 남 이 | …… |
| 서도중 | 나·· 남이야·· (숨을 거둔다) |
| 남 이 | 아자씨~! 아자씨~! (울며) 잉잉··. 이라고 가면 으짜라 고··, 으짜라고··. 나가 참말로 못되게도 굴었는디··. 나 |

|   |   |
|---|---|
|   | 도 다 아는디… 그라고 가면 으짜라고…. |
| 궁궁이 | 또…또‥ 주…죽었다…. 아아아아…아저씨‥ 또‥주주 주…죽었다…. |
| 모 두 | …… |

'쉬익~!' '쉭~!!' '쉭!' 너른 터로 쏟아져 들어오는 화살 … 그 꼬리를 물고 날아드는 포성 … 포격에 절벽 한 귀퉁이가 무너져 내린다.

| 응칠처 | 으메으메~!! (고샅길 아래로 고래고래) 야, 이놈들아~!! 여는 울 엄니께서 누워기시단 말이다‥!! 살아생전 무릎도 한 번 펴보시덜 못하시고 가신 것만도 억울해 디지겄는디‥, 눈감으신 마당에도 이 지랄…, 염병들이냐‥! 이 썩을 놈들아…!! |

뒤편에서 들리는 분이의 비명 "아부지~!!'

응칠처, 머리털이 '쭈뼷~!' 뒤돌아본다. … 응칠처의 확대된 동공 속에서 가슴팍에 화살이 박힌 채 뒤로 넘어가는 응칠

| 응칠처 | (사색이 되어 악을 쓰듯) 분이 아부지~!!! |
| 모 두 | … (시선이 응칠에게로) … |
| 응칠처 | (허방지방 달려가지만, 어쩔 줄 몰라) 하이고~ 엄니, 한울님~!! |

|          |                                                                                     |
|----------|-------------------------------------------------------------------------------------|
|          | 대체 것이‥, 것이 으짠일이요? 잉? 잉? 이‥이를 으쨌스까, 잉? 잉?                          |
| 응 칠    | 이‥ 임자‥.                                                                          |
| 응칠처   | 그랑께 나서지 말고 가만히 쫌 있으랑께, 으디에 정신 팔고 기시다가 이라시오‥! (분이에게) 야, 이년아! 너는 이년아, 시방 너가부지 이모냥이 될 때까정 뭔 지랄을 허고 있었다냐! 이 썩을 년아!! |
| 분 이    | (울먹이며) 아부지‥, 아부지‥                                                          |
| 응 칠    | 아‥아녀‥, 아녀‥. 나‥나가‥                                                         |
| 응칠처   | 으메으메‥! 마른하늘에 날벼락이도 유분수지‥! 으‥으짠당가‥? 나가 참말로 환장허겄네! 환장허겄어‥! |
| 유인모   | (만석에게) 어서! 어서 초막 안으로 모시도록 하게.                                       |
| 응칠처   | 잉? 그‥그려! 싸게 안으로 뫼시드라고.                                                 |
| 응 칠    | (힘겹게 가쁜 숨으로) 아‥아니어‥, 나‥나는‥, 여‥, 여‥ 고대 있을라니께‥              |
| 응칠처   | 또 시방 말씀 안 들으시고, 뭔 소리요~!                                                |
| 응 칠    | 시‥시방‥, 공연스레‥, 그러지들‥ 말어‥. 나‥나도‥, 인자‥, 도‥동무들‥ 헌티로‥, 가‥, 가봐야 혈‥ 때가‥ |
| 응칠처   | 아니랑께요!! 안된당께 아까참부터 자꼬‥ 으디를 간다 그라시오! 아니어라! 안되어라! 못 가어라! 엄니도 안 기시는디 나만 혼차 냅두고서 으디를 또 가겄다고‥! 아니오‥! 나 죽기 전에는‥, 나 허락 읎이는 아무 데도 못가 |

어라!

| 응 칠 | 이‥이‥이‥임자‥, 미‥미안‥, 미안‥허이‥ |
| 응칠처 | 미안한 줄 아시시면, 지발 암말 허지 마시고 나 허자는 대로 하시시오, 잉? 잉? |
| 응 칠 | 허허‥, 그‥ 그리어‥. 아‥알았‥응게‥, 이‥인자‥, 우‥울지‥, 울지‥말고, 우‥웃어‥, 웃어주소‥. 임자‥임자는‥, 웃을 띠가‥, 젤루, 젤루‥ 이뿡게‥, 추‥춘 삼월‥ 꽃 본 듯이‥, 하‥하냥‥ 하냥 웃어주소‥. |
| 응칠처 | ‥ (그 마음에) ‥ |
| 응 칠 | 그‥그리어‥. 고‥고렇게‥, 그렇코롬‥ 말이여‥. 허허‥, 이‥ 임자가‥, 울다가‥ 웃다가‥, 오‥오늘은‥, 호‥호랭이놈‥ 장개 가야‥ 쓰겄네‥. |
| 응칠처 | 허이구~ 분이 아부지‥. |
| 응 칠 | ‥ ( '욱씬!' ) ‥ |
| 분 이 | 엄니, 시방 얼릉 안으로‥. |
| 응칠처 | (눈물을 훔치며) 잉‥. 그려‥. 그려. |

분이, 응칠을 부축하여 만석의 어깨에 걸치도록 한다.

| 응 칠 | 저‥, 저‥ 철딱서니‥ 없는 것을‥, 나‥ 나가‥, 꼬‥꼭‥, 자네한티로다가‥, 원삼 쪽도리‥ 쪽지워‥주고‥, 갈라‥ 혔는디‥. 꼬‥꼭‥ 것을 보고‥ 갈라혔는디‥ |
| 만 석 | 하이고, 아버님. 그런 말씀 말라니께요. 얼릉 업히시오, |

잉?

만석, 웅칠을 부축하고는 질질 끌듯 초막으로 향한다. … 징징거
리며 뒤따르는 웅칠처와 분이 … 다시 쏟아지는 총성과 포성

한칼이   니미럴 놈들의 개 시러베 잡놈들이 인자 몰빵沒放질을 허
        는갑네.

대 호   민보군이여라…! 쩌 아래 길로 놈들이 올라오고 있어라.

대호와 남이, 한칼이, 고샅길 입구의 바위무리 사이에 엎드려 민
보군을 향하여 총을 쏜다. … 절벽을 타고 부서져 내리는 총성 그
리고 포성

한칼이   (몸을 사리며) 으메~ 염병헐 것…! (문득, 뒤편의 유인모를 보
        고) 대정…!! 대정은 시방 거들잖고 뭣 하시오! 은제까정
        거 그라고 손짐만 지고 기실 것이요? 잉?

유인모   … (그래도) …

연 화   이럴 때 계셨더라면 무어라 또 농弄을 하셨을꼬…? '총성
        에…, 포성에…, 산山이 우니 곡谷이 응하야…, 산명곡응
        山鳴谷應이라…. 곡은 곡哭이니…, 산에 가득 골에 가득,
        곡소리 가득이라….' 하셨을까…? 아니면, '적래곡適來哭
        이 여금소如今笑[118]라….' 하셨을까? 그것도 아니라면….
        옳거니~!! '활活에서 떠난 것인 즉, 시(矢/屍)요. 살(蠈/煞)

이라[119]…! 시살이 하늘 아래 햇살을 대신하여 온 산에 가득 가득…! 하여, 시산(屍山/矢山)을 이룸이라….' 이리 말씀 하셨겠지…? 하하하…. (난화에게) 그렇지요? 아니 그런가요? 하하하~.

한칼이    이런 니미럴…! 다들 정신들이 돌은갑네. (다시 심지에 불을 붙이며) 뎀벼봐라, 이놈들아~! 죽고 자픈 놈들부터 한놈씩 차근차근 기어 올라오드라고~!!


연이은 총성과 포성에 잔뜩 겁먹은 궁궁이, 나무 둥치 주변에서 발을 동동 구른다.


궁궁이    (아이처럼) 잉잉잉…. 호호호호호…호야…, 호야…, 호…호야…

대 호    으메~ 저런, 저… 등신같이…! 아, 안 내삐고 배냇병신맹키롬 거서 뭣 하는 겨!! 등신짓 고만 허고 으디로든…! 으디 산채 안에를 드가던가, 바우 뒤로 처박히든가, 한비짝으로 비껴 서란 말이여!!

궁궁이    (발이 떨어지지 않아 맴돌며) 잉잉잉잉…. 호호호호호…호야…, 호야, 호야…. 무…무무무무무…무섭다…. 구구구…궁궁…, 궁궁이…, 무무무무무…무섭다….

대 호    이런 옘병헐~!


대호, 벌떡 일어나 궁궁이에게 달려간다. … 궁궁이 가까이로 서

너 걸음 앞에서 총탄을 맞고 '악~!' 핏발 선 외마디 내뿜으며 궁궁이를 덮치듯이 쓰러진다. … 놀란 궁궁이, 비명을 지르며 반사적으로 대호의 가슴팍을 밀쳐버린다. … 그대로 땅바닥에 고꾸라지는 대호

궁궁이　　　(비명으로) '끼아악~!' '꺅~!!' '끼아악~~!!'

궁궁이, 소리소리 질러대며 너른 터를 사방팔방 휘젓고 다닌다.

궁궁이　　　끼아악~!! 꺅~!! 피피피‥, 피‥!! 피다‥! 피‥!!! 피피피 피‥!! 까아악~!

만석과 분이, 초막에서 나온다.

만 석　　　대호야~!
분 이　　　오라비~!!

만석과 분이, 대호에게 달려온다. … 유인모, 대호에게 다가온다.

유인모　　　… (상처를 살피려 한다) …
대 호　　　보‥볼 것도‥, 으‥ 없어라‥.
만 석　　　대호야, 이놈아‥!
대 호　　　(만석에게) 아, 그‥그런 얼굴‥, 하지‥말어‥.

| 만 석 | …… |
| --- | --- |
| 대 호 | 나‥, 나‥ 쪼까‥, 일으켜‥, 일으켜 세워‥ 보더라고‥. |
| 만 석 | … (대호를 일으켜 앉힌다) … |
| 대 호 | ('모락모락' 김이 피어오르는 상처를 보고는) 으‥으메~ 니미 럴 것‥. 오‥오지게도 뚫린‥갑네‥. ('쿨럭!' '쿨럭!') |
| 만 석 | 대호야, 잉‥! |
| 대 호 | 아‥아녀‥. 시‥시‥ 시방‥, '뻥~' 허니‥, 뚫린 것 이‥, 시‥시원스레‥, 조‥좋기만‥ 허구먼‥. (희미하 게, 애써 웃으며) 대‥대정‥, 대정 보시기엔‥, 으‥으떴 소‥? |
| 유인모 | …… |
| 대 호 | (힘겹게 숨을 몰아쉬며) 으‥으메‥, 나‥나‥나가‥, 지‥ 진즉‥, 이럴 것을‥. 바‥바늘‥, 하‥ 한 놈‥, 들어 갈‥, 구녕이‥, 으‥읎어갖꼬‥, 우‥울 한울님‥, 차‥ 참말‥, 답답도‥, 답답‥허셨을‥, 것인디‥. 이‥이 인자‥, 인자‥, 펴‥펀허시게‥, 숨이라도‥, 크‥큰 숨 으로‥, 크크크‥크게‥, 크게 쉬고‥, 가야겠네‥. |
| 만 석 | 대호야, 이놈아‥! 안 되어야! |
| 대 호 | (궁궁이를 보며) 허이고‥, 저‥, 저‥등신은‥, 워‥워 쩐‥당가‥? (만석에게) 나‥, 나가‥, 부‥부탁잉께‥. 너‥, 너가‥, 저‥등신 쪼까‥ (숨이 차서) |
| 만 석 | … (고개를 끄덕) … |
| 대 호 | (감기는 눈을 애써 뜨며) 어‥어여‥, 시‥시방‥, 싸‥싸 |

게…. 나…나…죽기…전에…, 저…저것…, 사…사는… 꼬
라지를…, 봐…봐야…, 나…마…맘이…

만 석    알았응게….

대 호    ('꿀럭~' 거리더니) 어…, 언릉….


만석, 벌떡 일어나 궁궁이에게 다가간다. … 떼쓰는 아이처럼 가
지 않으려 버티는 궁궁이의 한쪽 팔을 붙들고는 잡아끌듯 강제로
초막으로 데리고 들어간다.


궁궁이    (끌려가며) 피피피피 ‥ 피다 ‥ ! 피다 ‥ !! 피다 ‥ !

만 석    (강제로 궁궁이를 초막 안으로 밀어 넣고는) 여 안에서 죽은 듯
이, 잉? 찍소리 말고 기시오, 잉? 잉?


만석, 다시 대호에게로 향한다.


궁궁이    (초막 입구에 선채) 잉잉잉 ‥ . 피피피피 ‥ 피다 ‥ , 피 ‥ ! 잉
잉잉잉 ‥ 피~! 피다 ‥ ! (그러다 초막 안쪽에 있는 김태훈을 발
견하고) 하하하하 ‥ 할아버지 ‥ , 피피피피피 ‥ 피다 ‥ .
피 ‥


궁궁이, 초막 안쪽 구석으로 들어가서 대가리를 처박고 징징거린
다.

| 만 석 | (곁에서) 대호야, 정신 쪼까 차려보더라고…. |
|---|---|
| 대 호 | … (연신 '꿀럭꿀럭') … |
| 유인모 | (손을 꼭 쥐고) 접사…. |
| 대 호 | (마지막 힘으로) 잉…. 고…고마…우이…. 미…미안…, 미안들… 허요…. 나…나가…, 끄…끝까정…, 하…하…함께…, 하덜…하덜…, 못혀서…! (크게 숨을 쉬고는) 후우우우~~. 으…으메…, 나…나는…, 나는…, 시…시방…, 참말로…, 사람…, 사람…사는… 시상서…., 해…, 해가… 뜨는…, 아…아침녘에…, 주…죽고… 자꽜는디…. (하늘을 향하여 눈을 치켜 뜬 채, 숨을 거둔다) |
| 만 석 | 대호야~! |
| 분 이 | 오라비~!! |

응칠처, 초막 입구에 나서며 소리친다.

| 응칠처 | 분이~야아~!! 분이야, 이년아~! 너가부지…, 너가부지 돌아가셨다~!! 너가부지 돌아가셨단 말이여~!! 하이고 분이 아부지~!! 분이 아부지~!!! 분이야, 이년아~~!!! |
|---|---|

순간, 벼락이 내리치고 산이 무너지듯 '와르릉~!' 쏟아져 내리는 포성!… 초막 위편의 절벽이 무너져 내리며 그 바위더미, 흙더미가 초막을 집어 삼킨다. … 그 앞으로, 튕겨져 나가 고꾸라져 나뒹구는 응칠처

| | |
|---|---|
| 모 두 | … (입이 '쩍~' 벌어져 다물지 못하고) … |
| 한칼이 | 도‥도금찰 으르신‥. 궁궁아~야‥! 으르신~!! |
| 분 이 | (정신이 '번쩍' 들어) 엄니~!! 엄니~!!! |

분이, 응칠처에게로 달려간다. … 가는 중에 총탄에 맞고 쓰러지
는 분이

| | |
|---|---|
| 만 석 | 분이야~!!! |

만석, 분이에게 달려간다.

| | |
|---|---|
| 만 석 | (부둥켜안고는) 분이야! 분이야, 잉! |
| 분 이 | (숨넘어가는 소리로) 오‥오라‥비‥. 어‥엄니‥엄니<br>는‥? |
| 만 석 | … (피투성이가 되어 널브러져 있는 응칠처를 보고, 그러나 차마<br>말할 수 없어) … |
| 분 이 | 오‥ 오라비‥ |
| 만 석 | 아녀, 아녀‥. 괜찮으실 것이여‥. 놀라 자뿌라지신 것잉<br>께‥. |
| 분 이 | 차‥참‥, 참말‥, 이요‥? |
| 만 석 | 잉. 그려‥. 나가‥, 참말이잖고‥. |
| 분 이 | 오‥오라비‥. |

만 석     … (그렁그렁한 눈으로) …

분 이     나··나··나··나가··, 나가··, 나··나의··, 소··손엔··, 꼬··꼬··꽃보담··, 카··칼이··, 어··울린다··, 새··생각··을··혔었는디··, (말을 하려 숨을 쉴 때마다 가슴팍으로 피가 배어 나오고)

만 석     으메 으메~! 암말 말고 가만히 쫌 있어 봐야··.

분 이     아··아니오··. 여··, 여·· 이 말만은·· 꼬··꼭··, (손을 붙들고) 오··오라비를··, 마··만나갖꼬··, 꾸··꿈에서나·· 마··, 꽃··다웁기를··, 빌어··, 빌어봤고··, 꼬··꽃반지도··껴봤응께··, 차··참말··, 이··인자··, 워··원은·· 으·· 읎소··. 긍께··, (힘겨워)

만 석     으메~! 분이야, 잉··.

분 이     (마지막 힘을 내어) 오··오라비··! 부··부··불쌍허신··, 우··울··, 어··엄니··, 엄니를··! (숨을 거둔다)

만 석     (부둥켜안고는 황소처럼 목 놓아) 분이야~! 안되어야~!! 분이야~!! 분이야~!!!


커다란 총성! … 만석, 머리에 총탄을 맞고는 분이 위로 쓰러진다.


한칼이     만석아야~! 만석아~!! (고샅길 아래로 총을 쏘며, 고래고래) 야이··! 개·· 씨부럴 놈의 호로 자석들아··!! 나도 함 죽여봐라··! 나도··!!

'쉬익~!!' '쉑~!!' 갈기갈기 허공 찢어지는 소리 … '우르르릉~!!' 마디마디 뼈마디 부서지는 소리 … 방울방울 핏물 튀어 오르는 소리 … '끼아아악~!' '그아악~!!' 갑작스레 까마귀 울음을 닮은 듯 혹은 쇠가 쇠를 긁어대듯, 기이한 비명!… 발작을 일으키듯 접신接神한 난화, 눈알을 허옇게 뒤집어 까고는 '부들부들' 온 몸을 떨어가며 비명을 내지른다. … 그 소리에 고개를 돌려 뒤편 너른 터를 살피려던 남이의 동공 속으로 가슴과 허벅지에 화살을 맞은 유인모가 비틀거리며 들어온다.

남 이      대정 으른~!!


칼로 땅을 짚으며 겨우겨우 몸을 가누는 유인모


한칼이      대정~!!


한칼이, 유인모에게 달려가려 한다. … 손을 내저으며 막아서는 유인모


한칼이      … ('멈칫~!') …
유인모      ……
한칼이      ……
유인모      … (입가에는 하얀 숨결이 부서지고) …

| 한칼이 | …… |
|---|---|
| 유인모 | 하‥하늘이‥, 하늘일진데‥, |
| 한칼이 | …… |

유인모, 천천히 시선을 돌려가며 주변에 널브러진 주검 하나하나
를 바라본다.

| 유인모 | 그러하면‥, 그 역시도‥, 그러한 것이거늘‥. |
|---|---|
| 한칼이 | …… |
| 유인모 | 어‥어두운‥, 어두운‥ 하늘이로고‥. |
| 한칼이 | …… |
| 유인모 | … (다시 '휘청~!') … |
| 한칼이 | 대정‥. |
| 유인모 | … (고개를 들어 하늘을 바라보고) … |
| 한칼이 | …… |
| 유인모 | … (그 눈가에 피눈물이 맺히며) … |
| 한칼이 | (입가에 맴도는 소리로) 성님‥ |
| 유인모 | 아아~ 저 하늘은‥, 저 하늘은‥ 언제‥, 푸르려는가‥? |
| 한칼이 | …… |
| 유인모 | … (그대로 무너지듯 숨을 거둔다) … |
| 한칼이 | 대정~!! |

난화, 입에 거품을 물고 자지러지듯 더욱 심하게 몸을 떨며 기이

한 비명을 지른다.

연 화   (난화의 손을 잡고 벼랑가로 걸음을 옮기며) 그래요, 그래요,
      가십시다…. 우리도 떠나가십시다. 멀고도 가까운 언덕
      너머, 한울님 품으로 가십시다. 행로난行路亂이 난어산難
      於山 험어수險於水[120]…, 가는 길 아무리 험구嶮嶇라 하여
      도…. 가십시다. 가십시다. 미련 없이 가십시다. 가볍지
      않던 시름 설움…, 시름은 시름대로 설움은 설움대로, 남
      김없이 내던지고 못 다 나눈 연분 찾아 미련 없이 가십시
      다. 원한마저 내버리고 그리움만 간직한 채, 윤회輪廻 후
      생後生 기약하며 어서 먼 길 떠납시다. (몸을 굽히어 난화와
      눈높이를 맞추고는) 가셔야겠지요? 그렇지요? 아니 그렇습
      니까?

난 화   … (여전히 신들린 채) …

연 화   가로시되, '천일일天——에 지일이地—二요 인일人—은 삼
      三'[121]이며…, 이르시되, '집일하여 함삼(執—含三)하고 회
      삼하여 귀일(會三歸—)[122]'이라…! 그러한 즉, 셋이 모여 하
      나가 되고 하나가 다시 셋이 되나니…. 깊고도 깊으신 그
      이치를 찾아뵙고 만나 뵙고 여쭤도 보고 알아도 보십시
      다.

한칼이  다… 당굿네요…

연 화   … ('빙긋' 웃으며) …

한칼이  …!!…

연화, 난화와 함께 벼랑 아래로 '훌쩍~!' 몸을 던진다.


한칼이    으메~당굿네‥! 난화야~!! 이‥이런 니미럴 것들‥!! 다
         들‥, 지들 디지고 싶은 대로 디져 불면‥, 살자는 것들은
         으쩌자는 겨~!!

남 이     아자씨! 탄환이‥!! 탄환멩이가 다 떨어졌어라‥!!

한칼이    ⋯ ('산득! 하여) ⋯

남 이     ⋯ (또랑또랑한 눈으로) ⋯

한칼이    ⋯ (하여, 오히려 당황스러워) ⋯

남 이     아자씨⋯.

한칼이    그리 됐냐‥?

남 이     ⋯ (고개를 끄덕) ⋯

한칼이    ⋯ (하늘을 향해 입을 반쯤 벌리고) ⋯

남 이     ……

한칼이    ⋯ (길게 한숨을 내쉬며 고개를 '푹' 숙이고) ⋯

남 이     ……

한칼이    ⋯ (시선을 돌려 주변에 널브러진 주검들을 바라보고) ⋯

남 이     ⋯ (따라, 시선을 주변으로) ⋯

한칼이    ⋯ (사리물고) ⋯

남 이     ……

한칼이    참말로‥, (머금고)

남 이     ……

| | |
|---|---|
| 한칼이 | 분허고도‥, 분헌 일이구마‥. |
| 남 이 | ‥‥‥ |
| 한칼이 | 나는‥, 이 아자씨는 말이다‥. 시방, 살아갖꼬는‥, 저 개 잡놈들이 여 땅으로 올라서는 것을‥, 죽으면 죽었지 못 보겠다‥. 나의 눈에 흙알맹이가 들어가기 전까정은 저 썩을 놈들 드러운 발꼬락이 여 땅 밟는 꼬라지를 절대로 못 보겠어‥. |
| 남 이 | ‥‥‥ |
| 한칼이 | (나지막하게) 여는‥, 우덜 목숨이 하나하나가‥, 마지막까 정 딛고 섰다 드러누운‥, 그런‥ 땅이니께 말이여‥. |
| 남 이 | ‥‥‥ |
| 한칼이 | ‥ ('부르르~' 떨리는 입술을 악다물고) ‥ |
| 남 이 | ‥‥‥ |
| 한칼이 | ‥ (두 손으로 남이의 어깨를 꼭 쥐고) ‥ |
| 남 이 | ‥ (한칼이를 바라보고) ‥ |
| 한칼이 | 아저씨허고 같이 갈라냐? |
| 남 이 | ‥ (고개를 끄덕) ‥ |
| 한칼이 | 암만혀도 것이 낫지‥? 잉? |
| 남 이 | 야‥. |
| 한칼이 | 그려‥. 사내답게 그려야지. |
| 남 이 | ‥ (주먹을 '꼭' 쥐고) ‥ |
| 한칼이 | 겁나냐‥? |
| 남 이 | 아‥, 아니요‥! |

| | |
|---|---|
| 한칼이 | 솔직허니 말혀 봐라. |
| 남 이 | (머뭇거리다가) 야…, 쪼까요…. |
| 한칼이 | 그려…, 나도 솔찬히 겁이 나기는 난다. |
| 남 이 | …… |
| 한칼이 | … (다시 큰 숨으로 마음을 추스르고) … |
| 남 이 | … (그런 한칼이를 바라보고) … |
| 한칼이 | 도중이 아자씨가 사람이 선항께로 첨에 잘 몰라갖꼬 그 짝편에 섰던 것이지…, 참말로 좋은 사람이여…, 너도 알지? |
| 남 이 | (진심으로) 야…. |
| 한칼이 | 그려…. 높은 놈이 시켜놓고 지켜봉께 으짤 수가 없어갖꼬…, 안 내켜도 별수 읎이 거든 것이지, 생면부지 너가부지하고 뭔 불공대천 웬수졌다 그랬겄냐? 안 그러냐? 저승 가면 필시로 너가부지랑 다 풀고 앉아갖꼬…, 실실거리면서 장기판이나 벌리고 있을텡게, 만나 뵈면 너도 이승서 다 털고 왔다 말씀 올리고…. |
| 남 이 | . 야…. 아자씨도 한범이 꼭 만나보셔요. |
| 한칼이 | 그려…. 그려야지…. |
| 남 이 | …… |
| 한칼이 | … (그래도 마음 한 구석에 뭔가 미련이 남은 듯) … |
| 남 이 | …… |
| 한칼이 | (결심한 듯) 준비되았냐? |
| 남 이 | … (마른 입술을 핥고 손등으로 '스윽~' 훔치고는 고개를 끄덕이 |

고)…

| 한칼이 | 자, 시방…, 인자 그럼 가는 것이다. 잉? 어금니 꽉 깨물<br>고…. |
| --- | --- |
| 남 이 | (입술을 '꽉' 깨물며) 야…. |
| 한칼이 | … (칼을 뽑아든다) … |
| 남 이 | … (따라 칼을 뽑아든다) … |
| 한칼이 | … (남이의 손을 꼭 쥐고) … |
| 남 이 | … (더 힘주어 꼭 쥐고) … |
| 한칼이 | … (고개를 '끄덕') … |
| 남 이 | … (따라 고개를 '끄덕') … |
| 한칼이 | … ('후우~! 숨 한번 크게 내쉬고) … |
| 남 이 | … (따라 크게 내쉬고) … |

한칼이와 남이, 서로의 손을 '꽉' 쥔 채 얼굴 마주하여, '이야아 아아~!!!' 힘찬 고함을 지르고는 고샅길 아래로 칼을 휘두르며 득달같이 달려 내려간다. … 빗발치는 총성 … 이윽토록 긴 정적 … '스멀스멀' 저녁 안개처럼 고샅길 아래로부터 기어 올라오는 화약 연기 … '툭…, 데구르르르~' 고샅길 아래로부터 던져진 자그마한 돌멩이 하나, 너른 터 위를 뒹구는 소리 … 다시, 연이어 '투둑~ 툭', '툭~! 너른 터 안쪽 시체 주변으로 던져져 구르는 돌멩이 둘, 셋 … 이윽고 조심스런 발자국 소리 '자박~!' … 안개 속의 인기척 '어른어른' … 강병두와 김경삼, '서붓서붓' 고샅길에서 너른 터로 올라온다.

| | |
|---|---|
| 강병두 | … (잔뜩 긴장 한 채, 앞서 올라오고) … |
| 김경삼 | … (마지못해 올라오는 듯) … |
| 강병두 | … (너른 터 입구에서 조심스레 주변을 살피고) … |
| 김경삼 | … (따라, 살피고) … |
| 강병두 | … (나무둥치 주변의 주검을 총으로 '쿡!' 찔러 보고) … |
| 김경삼 | … (뒤에 물러선 채) … |
| 강병두 | … (너른 터 가운데 즈음 널브러진 주검들을 보고 지나치며) … |
| 김경삼 | … (동정어린 눈길로 그 주검들을 바라보고) … |
| 강병두 | … (무너져 내린 초막 주변으로 다가서며) … |
| 김경삼 | … (뒤따라 초막으로 다가가며) … |
| 강병두 | … (흙더미와 초막의 잔재를 살피고) … |
| 김경삼 | … (무너져 내린 흙더미 앞에 선채) … |
| 강병두 | 것들이 다인가? (뒤편 벼랑으로 가서 아래를 내려다보고는) 으메으메~! 어지러워 디져불겄네…! |

강병두, 뒷걸음질로 물러나 너른 터로 걸음을 옮긴다.

| | |
|---|---|
| 강병두 | (너른 터 주변의 주검들을 발끝으로 '툭' '툭' 건드리며) 모다 디졌을랑가…? |
| 김경삼 | 그카지 마소, 마…. 마카, 죽은 사람들 아닝교? |
| 강병두 | … ( '흘깃' 김경삼을 바라보고) … |
| 김경삼 | (무너져 내린 흙더미 위에 앉으며) 만다꼬 여를, 바락바락 기 |

를 쓰고 올라와갖꼬 이카는지 모르겠네⋯.

강병두  거⋯, 으디 기생골 샌님마냥 모르시는 말씀일랑 허덜덜을 마시시오. 아까 참에 고 어린놈의 새끼가 아락바락 대드는 꼴 못 보셨소? 요것들은⋯, (총으로 '물컹!' 찔러 가며) 워낙에나 씨알멩이부터가 상~독종 놈의 새끼들인데다가 원체 이물스런 것들이라, 흘미죽죽 냅둘 것이 아니라 잘들 디졌는가 요로코롬 한 놈 한 놈 일일이들 확인들을 혀야 쓴당께! 아, 디진 척들을 허고 있는 지도 모를 일잉께 말이요.

김경삼  ⋯ (이맛살을 찌푸리고) ⋯

강병두  다들 디지기는 잘들 처 디졌는갑네⋯.

김경삼  카믄, 여름 장마 맹키로 고마⋯, '살이다 포다' 엄청 쌔리 퍼부어 가가 다 뿌사 났는데⋯, 지 아무리 항우장새래도 우찌 살겠능교?

강병두  오호호호~ 그랑께라, 잉~! 아, 이 좋은 총 냅두고서 대갈 빼기 우로다가 활로 포로 먼처 조져 놓을 줄을 누가 생각이나 했겠소? 참말로⋯, 시방 한양서 오신 양반들은 뭣이 틀려도 틀리당께⋯!

김경삼  (혀를 차며) 쯔쯔쯔쯧~ 몬 쓰겠네⋯. 사램이 마카⋯, 얼나나 안덜이나 죄다 분간 없이 죽어 나가 송신해가 죽겠고마⋯, 뭐가 좋아갖꼬 혼차 저리 '히히득, 킥킥' 거리노?

강병두  호호호호~! 아, 그라믄 인자 시방 한 나라 당 골칫거리가 뿌렝기째로 '확~!' 허고 시원스레 뽑혀 부렀는디⋯, 좋지,

안 좋으시오?

김경삼     하이고야~ 우얄꼬…? 고마…, 당나발을 불라카네…. 아예 그 손으로 죄다 쌔리 잡아갖꼬, 마구 처직여삐야 분이 안 풀렸겠능교?

강병두     참말로…! 나의 속 맴이야 그렇지만서도, 아숩지만 것이 으찌 내 맘 같이 되겄소? 그랑께로 그라녀도 혹간이나마…, 어느 놈 하나 살아 있을 양이라믄, 고놈의 새끼 메가지를 따줄라고 여 쫍은 까풀막을 아득바득 기어 올라온 것 아니오, 잉.

김경삼     (손을 내저으며) 하이고야~ 치우소 마…! 고마…, 고만하입시더….


아래쪽 고샅길에서 너른 터로 올라오는 문일진과 여찬성


김경삼     (그 기척에) 군관 나리님 오시는가 보네…. (일어선다)

강병두     으디…? 으메, 으메…! (얼른 나무둥치 주변으로 향한다)


문일진과 여찬성, 올라와 나무둥치 주변에 멈추어 선다.


강병두     (굽실거리며) 하이고~ 나으리님…! 여는 다님길이 팽이 낮짝만헌 것이 까끌막이라 가팔라갖꼬 미끌탕진디다가, 아… 한발만 까딱 곁디뎌도 꼴창으로 꼴라당인디 으째 친히들 오셨당가요? 뒷거둠질일랑 우덜한티 맽기셔도 되실

일을….

| 문일진 | …… |
|---|---|
| 여찬성 | 물러서게. |
| 강병두 | 야‥?야, 나으리. (얼른 한 쪽으로 비켜선다) |
| 문일진 | … (나무둥치 주변에 널브러진 주검들을 바라보고) … |
| 여찬성 | … (따라 시선을 옮기며) … |
| 문일진 | … (너른 터 안쪽, 무너져 내린 절벽과 흙더미를 바라본다) … |
| 여찬성 | …… |
| 문일진 | … (그러다, 그 앞에 서 있는 김경삼과 눈이 마주치고) … |
| 김경삼 | … (시선을 피하려 머리를 조아리고) … |
| 문일진 | …… |
| 여찬성 | … (너른 터 가운데 즈음에 널브러진 주검들에 다가선다) … |
| 문일진 | … (그 주검들을 바라본다) … |
| 강병두 | (따라가며) 야. 거시기, 쇤네가요…, 죄다 꼼꼼허니 일일이 들 살펴를 봤는디요. 모다 틀림읎이 싹 다 디져 부렀어라. 에라이~! 우라질 놈들의 새끼들…!! 잘들 디져 부렀다! 카악~!!! 퉷 !! 퉤이~!! (주검에 침을 뱉는다) |
| 여찬성 | … ('씰룩~! 시선을 강병두에게) … |
| 강병두 | … ('찔끔! 하여) … |
| 여찬성 | … (시선을 문일진에게) … |
| 문일진 | …… |
| 여찬성 | …… |
| 문일진 | … (안타까운 마음으로) … |

| 여찬성 | …… |
|---|---|
| 문일진 | … (멀리로, 먼 하늘을 바라보고는) … |
| 여찬성 | …… |
| 문일진 | … ('설레설레' 고개를 가로 저으며) … |
| 여찬성 | …… |
| 강병두 | … ('왜 저럴까? 하는 생각에 고개를 '갸우뚱') … |
| 문일진 | (혼자 말하듯) 여기까지 왔거늘…. 여기가 하늘가 땅 끝이거늘…. |
| 여찬성 | …… |

물결처럼 잔잔한 한줄기 바람 자락에 몸을 부딪고 흔들리는 철릭 자락

| 문일진 | … (흔들고 지나간 그 바람 자취를 좇으며) … |
|---|---|
| 여찬성 | …… |
| 문일진 | 바야흐로… 어디로 향하시는 바람인가…? |
| 여찬성 | …… |
| 문일진 | 여기서 멈춰 버릴 바람이 아니었던가…? 허면‥, (뒷말을 머금고) |
| 여찬성 | …… |
| 강병두 | …?… |
| 문일진 | … (산 아래쪽을 내려다본다) … |
| 여찬성 | …… |

멀리로, 산 아래쪽으로 달려 내려가는 바람에 일렁이는 숲 … 모두, 잠시 그렇게 말없이


여찬성     (이윽고) 나으리 ….

문일진     ……

여찬성     ……

문일진     … (다시 어두운 하늘을 바라보며) …

여찬성     ……

문일진     눈이라도 한바탕 퍼부어 놓을 것 같으이 ….

여찬성     ……

문일진     다들 내려들 가세 ….


문일진, 앞장서 나무둥치에서 고샅길 입구 쪽으로 걸음을 옮긴다. … 뒤따르는 여찬성과 강병두 … 초막의 흙더미에서 너른 터 중앙으로 걸음을 옮기는 김경삼


김경삼     보소, 나리님요 …! 나리님요! 고마 …, 고대 내려 가실라능교?


문일진과 여찬성, 고샅길 입구 쪽에 걸음을 멈추고는 김경삼을 바라본다. … 그 뒤에서 얼떨결에 따라 멈춰 서는 강병두

| | |
|---|---|
| 여찬성 | 무슨 말인가? |
| 김경삼 | 예. 나으리님요. 거이, 뭔 말인가 카믄예…. 고마…, 여…, 여 송장들이, 마카 요기로 조기로 몰곳몰곳하이…, 이…이…, 요래…, 요래 놓여 있는데예…. 그라이, 거이…, 사리로 이리 '살~' 따져보고, 도리로 또 조리 '살~' 돌아보이…, 마카, 어데 한 데 모아놓고, 묻어놓고, 그래 가야 안 하겠능교? |
| 여찬성 | … (시선을 문일진에게) … |
| 문일진 | …… |
| 강병두 | 어허~! 이 양반이 뭣도 모르시고 아조 큰일 낼 소리를…! 아, 그라를 양이시면 아예 싹 다 모다놓고 차라리 불을 '확~!' 싸질러놓는 것이 시방… |
| 문일진 | … (시선을 강병두에게) … |
| 강병두 | … (그 시선에 기가 죽어) … |
| 문일진 | … (시선을 김경삼에게) … |
| 김경삼 | … (머리를 조아리고) … |
| 문일진 | …… |
| 김경삼 | …… |
| 문일진 | (혼잣말로) 부끄러운 손이거늘…. |
| 강병두 | … ? … |
| 김경삼 | …… |
| 문일진 | (한숨을 내쉬고) 아닐세…. 이승에 남겨진 것은 맑은 바람에 씻겨 가도록…, 그렇게 내버려 두세나. |

김경삼    (고개를 들고) 나으리님요….

문일진    내려가세.

김경삼    (그래도) 나으리님요….

여찬성    (눈을 부라리며) 어허~! 말씀 못 들었는가! 어서 내려가지
         않고!

김경삼    아, 알겠심더….


발걸음을 옮기는 김경삼 … 순간, '투두둑~' 초막 덮친 흙더미 한
귀퉁이 무너져 내리는 소리 … 김경삼, 걸음을 멈추고 흙 덮힌 초
막을 바라본다. … '투두둑~' '투둑~' 다시, 어느 한 군데 흙더미
가 무너져 내린다.


김경삼    … (불현듯 '혹시…?' 하는 생각에) …

강병두    뭣이요, 시방…?

김경삼    아…, 암 껏 아니라예…! 바…, 바람에…! 흐…흙무데기가
         쪼매…, 쪼매, 무너진기라예.

강병두    (다가오며) 바람에…? 으디가? 바람도 읎는디…?

김경삼    (막아서며) 아…, 암껏 아니라니까예! 고마, 퍼뜩 가입시더,
         마…! 하이고야~! 이… 이…, 해가… 해가 벌써 다 질라카
         네예…. (문일진에게) 나으리님요! 고마 까막 깜깜해지기
         전에 얼른 내려 가입시더마.


김경삼, 강병두를 떠밀듯이 고샅길 입구로 향한다.

| | |
|---|---|
| 문일진 | ⋯ (물끄러미) ⋯ |
| 김경삼 | 어⋯, 어데예⋯!! 아니라예⋯! 어느 안전이라꼬 감히⋯, 뭐⋯, 뭐 할라꼬 지가 거짓부렁 하겠능교? 참말⋯, 진짜 로⋯! 암 껏⋯, 아니라예. |
| 문일진 | ⋯⋯ |
| 여찬성 | 나으리⋯. |
| 문일진 | 아닐세⋯. 가세. |

문일진, 앞장서 고샅길을 내려간다. ⋯ '성큼성큼' 따라 내려가
는 여찬성과 강병두 그리고 '머뭇머뭇' 뒤따르는 김경삼 ⋯ 가다
멈추어 서서, '흘깃' 뒤돌아 흙더미를 바라보는 김경삼 ⋯ 굳게
다문 입가에 드리어지는 어렴풋한 확신! ⋯ 김경삼, 이내 고샅길
아래로 내려간다. ⋯ 이윽토록 긴 정적 ⋯ '툭⋯두드둑⋯' '투둑
~' 흙더미 한 귀퉁이가 무너져 내리는 소리 ⋯ 힘겹게 흙더미를
비집고 나오는 거무튀튀한 손 하나 ⋯ 이어 '컥~! 켁~!!' 겨우겨
우 숨통 하나 트이는 소리 ⋯ 흙더미에 매몰되어 있던 궁궁이, 밖
으로 머리를 '쑤우욱~' 내민다. ⋯ 터진 머리통에서 새어나온 검
붉은 피가 엉겨 붙은 흙 꽃 핀 얼굴⋯!! ⋯ '후우우~' '후우~!!' 거
친 숨을 몰아쉬고는 '끄으응~' '끙~!' 용을 쓰며 몸뚱이를 밖으
로 뽑아낸다. ⋯ 몸뚱이를 반쯤 빼내고서는 한 손을 도로 흙더미
안에 집어넣어 '허비적허비적', 행여 놓칠세라 다른 손으로 꼭
쥐고 있던 흙더미 속의 무언가를 끄집어내려 두 손으로 안간힘으

로 잡아당긴다.


궁궁이  이…·이·· 익~~! 나……나…와··야··, 하··하····는··
데··. 어····. 얼··릉··, 나····나와··.


쉽지 않은 듯 불편한 모양으로 몇 차례 몸을 틀어가며 시도해보
지만, 아무리 애를 써도 흙더미에 깔린 채 꿈쩍도 하지 않는 김태
훈의 주검


궁궁이  (가쁜 숨으로) 아·····안···되·····는··데······. 아·····안···
은, 까·····깜··깜····하···고··, 무······무···섭··고······,
수······숨···이······, 마······막···히·····는·· 데······.
하······할···아······버··지······. 내·····내······, 소·····
손··을··, 꼬·····꼬····옥····, 자·····잡·····고···.


누구에게 도움이라도 청하려는 듯, 둘레거리는 궁궁이의 시선이
너른 터 주변에 널브러져있는 주검들에 닿는다. ··· '어··? 뭐··
뭐지···?' 하는 생각으로 그저 눈을 한차례 '꿈뻑~!' ··· 대수롭지
않게 여기며 갈라터진 손등으로 눈을 비비고는 다시 한 번 바라
본다.


궁궁이  (눈이 휘둥그렇게 되며) 어·····? 어·····??

잠시 그렇게 '멍~' 하니 … 그러다 선뜻, 일어나 가려하지만 부러 진 다리가 '휘청!' 맥없이 꺾이어지며 흙더미 아래로 나뒹군다. … 다시 몸을 일으키고는 한쪽 다리를 '질질~' 끌며 너른 터를 향 해 기어가는 궁궁이 … 다붓다붓한 주검들로부터 두어 걸음 떨어 진 곳에 주저앉는다.

궁궁이   (손가락으로 가리키며) 우~우~~, 여…… 여…기…, 부…… 분…이……어……엄…니……, 부……분…이…! 마… 만……석…, 대……대…정…! 주……죽…… 었…다…? 다 ~? 다~?? ( 문득 ) 호……? 호……는…? 우~~우~~, 호……, 호…야…! 호야~~!! (부르며 주변을 둘러보다) 호……? 저……, 저…기…, 저…기…, 호…, 호다…! 호…야~!! (기 어가며) 내…… 내…, 도……동…생…, 호…, 호…가…? 호 가…? (주검 곁에서 어쩔 줄 몰라) 아…아~ 안…… 되…는… 데…. 구……궁…궁…이…, 호……혼…차… 두……두… 고…, 주…… 죽…으…면, 아…… 안…되……는… (놀라, 입 을 틀어막으며) 으……으……, 아…, 아…니…! 아니…!! 아…니…다…! 부…, 부…정…, 부……정…, 아…, 안…탔……다…. 아…아…안…즉…, 안…즉, 안……죽… 는…다…. 우…우…리…, 대……대호…, 크……큰…일…, 큰…일…, 해……, 해…야…, 하……하…는…데…, 큰… 큰…일…, 큰…일…, 나…나…면…, 나…면…, 아…안…… 된…다……. 하……, 하…늘…, 가……, 같…은…, 내…,

내‥, 도‥동‥생‥, 우‥‥, 우‥리‥, 호‥, 호‥가‥, 하‥‥, 하‥늘‥, 이‥이‥, 인‥데‥‥, 아‥아‥무‥ 리‥, 까‥‥깜‥깜‥, 해‥‥, 해‥도‥, 하‥‥, 하‥늘‥ 은‥, 아‥‥, 안‥무‥‥너‥져‥, 아‥‥아‥안‥‥즉‥, 저‥‥, 저‥기‥, 이‥‥있‥‥는‥데‥‥, 하‥, 하‥ 늘‥이‥, 여‥‥, 열‥‥리‥고‥, 해‥‥, 해‥를‥, 해‥ 를‥, 나‥‥, 낳고‥, 다‥달‥도‥, 달‥도‥, 나‥‥, 낳‥고‥, 낳‥고‥, 사‥‥, 사‥람‥은‥, 사‥‥, 살‥ 아‥야‥, 살‥아‥‥야‥, 하‥‥, 한‥다‥고‥, 사‥‥, 살‥아‥‥, 살‥아‥‥, 이‥‥, 이‥세‥‥세‥상‥, 이‥‥일‥으‥‥‥켜‥, 세‥‥, 세‥워‥‥야‥, 하‥‥, 한‥다‥‥, 그‥그‥래‥, 그‥래‥‥서‥, 하‥‥하‥ 늘‥이‥, 하‥늘‥, 머‥머‥먹‥고‥, 하‥‥하‥늘‥ 이‥, 하‥‥늘‥, 되‥고‥,[123] 그‥‥‥랬‥는‥데‥. (울먹 거리며) 어‥어‥‥쩌‥지‥? 어어‥‥ 떻‥게‥‥ ?? 하‥ 하‥‥‥한‥울님‥! 우‥우~, 우‥‥리‥, 대‥‥‥대‥‥ 대‥호‥, 사‥‥살‥려‥주‥‥세‥요‥‥. 이‥이‥‥ 이‥렇‥‥게‥‥, 두‥‥‥두‥‥‥손‥손‥, 모‥‥모‥ 아‥‥‥모‥‥아‥, (두 손을 모으고는 '다달다달') "지‥기‥ 지‥기‥‥그‥금‥지‥‥위‥원‥‥위‥‥대‥강‥ 대‥강‥‥‥시‥처‥천‥‥주‥‥‥조‥화‥정‥‥‥‥여‥ 영‥세‥‥‥세‥‥부‥불‥‥‥망‥마‥만‥‥사‥지‥ 사‥지‥." 다‥다‥, 시‥! 다‥, 다‥시‥! (공들여 한자

한자 또박또박 말하려) "지······기····그··금······지······
위···원······위···대···강······시······천·····주······조······
화···정······영······세 ···· 불······망 ··· 만······사···
지······." 하·····한··울··님 ····! 여··여····기···, 부·····
분··이···, 부·····분··이·· 어··어··엄니···, 부·····분··
이···, 마··만·····석···이···, 대···대··정···, 저···저··기···,
도····도··중····이···아··아···· 저··씨···, 처··처·····
천······수······, 모··모····, 모·····두···, 사··살····살···
려······주······세···요······.

삼칠자 주문을 외며 움직거리던 궁궁이, 주변에 놓인 주검들을
향하여 몸을 틀며 바닥에 손을 짚는다. ··· 순간, 손바닥으로 전해
지는 섬뜩한 느낌에 '흠칫~! ··· 무심결에 자기 손이 짚고 있는
대호의 칼을 보고는 놀란 마음으로

궁궁이    (얼른 손을 떼고는) 카~칼······!! 칼~~!!! 우~ 우~~ 우~~! 카···
         칼~~! 칼~~!!!

'부르르~' 몸을 떨며 피하듯 '주춤주춤' 뒤로 물러난다.

궁궁이    (거친 호흡으로) 으······으·····으······, 시·····시···, 싫···
         어···, 싫···어····. 무·····무·····무···서····! 아······아···,
         아·····냐··, 아··냐·····, 아··아~ 안····, 할···, 꺼····,

야……, 야…… 아…, 안……해‥, 안…해……. 우~~우~우
~ 아……, 아…냐…‥, 그……, 그…때…‥는……, 시…‥
시……키‥‥는…‥, 대……대……로……, 해……, 해…‥
야‥, 해‥야……, 하… 하…‥, 하‥면……, 어……어…엄‥‥
니……, 엄……니……, 사……사…‥, 살…려……, 살……
려‥, 주‥주……, 준……다‥‥, 해……해……, 해……서‥,
나…나……, 내……내…‥, 내…가…, 어……어…‥, 엄……
니‥, 엄……니‥, 꼬……꼬…옥……, 사…… 살…‥, 아…
야……, 하……, 하…니……까……. (가슴을 쥐어뜯으며) 우~
우~~ 어…… 어…‥, 엄……니…! 엄…니…!! 어…어…‥,
엄……니…가…‥, 내…… 내…‥가…‥, 모……못…‥,
하……하…‥, 하…게……, 하…지…‥, 마…‥ 말…라…‥,
그…‥, 그……렇…게…‥, 우~ 우~~ 뛰…‥, 뛰……어…‥,
뛰‥어…‥, 드……, 들……지…‥, 아…‥아…‥, 않…‥ 았…‥,
으……면…!! 어……어…‥, 엄……니……, 카……칼…‥
에…‥, 다……달…려……, 와…‥, 와…‥, 와……서…!
부……부‥ 딪……혀…‥, 찌…‥ 찔…‥리……고…‥,
아……아…! 아…파…‥, 아……파……, 찌…‥ 찔…‥리‥
어…‥, 우~~ 우~~~ 피…‥! 피…! 피…가…‥, 피……가…!
카……칼‥에…‥! '우~~우~ 여차…! 시…! 시…호‥,
시…‥호….' 하……, 하……던…‥, 그…‥, 그……, 카……칼‥‥
에…‥!! 우~우~~, 어……어…‥, 엄……니…! 엄…니~~!!
호……호……호…‥, 호야……!! 호야~~~!! 어…어……엄…

니……!!! 어…엄…니~~!! 엄……니……!

숨죽여가며 흐느낌으로 울부짖던 궁궁이, 불현듯 번쩍이는 시선을 칼에 꽂는다.

궁궁이    저……, 저……, 칼‥!! 시……, 시‥호……시‥‥호…. 하……, 하‥던……, 저……칼……!!

칼을 향해 기어가는 궁궁이 … 바로 눈앞에 칼을 두고는 '후우우~' '후우~' 숨을 고른다. … '부들부들' 떨리는 손으로 칼을 집으려 한다. … 그러나 궁궁이의 의지에 반反하여, 행여 칼이 손에 닿을까 두려워 '아득바득' 뒤로 빠지려는 팔

궁궁이    이‥이‥, 카‥칼을‥…! 칼‥을…, 자……잡‥아…! 잡…… 아…!

가지 않으려 버티는 그 팔모가지를 다른 한 손이 틀어잡고는 억지로 쥐어짜듯 칼 쪽으로 밀어댄다.

궁궁이    이…… 일~~!! 이~ 일~~!! 일~!!!

'기우뚱~' 한쪽 어깨가 뒤틀리며 중심을 잃고 앞으로 고꾸라진다. … 눈 한번 껌벅거리면 속눈썹이라도 닿을 만한 거리에 놓여

있는 칼 … 의외의 낯선 담담함으로 손을 뻗어 칼에 손을 댄다. … 힘주어 '꽉~!' 하고 움켜쥔다. … 칼로 짚으며 서서히 몸을 일으킨다. … 두 손으로 그러쥐고는 칼을 바라본다. … '스르룽~!' 칼집에서 칼을 뽑아 든다. … 검기운 하늘아래 새하얗게 드러나는 칼날…!!

궁궁이    아~아~! 이…이…, 칼….! 칼….!!


'파르르~' 미세하게 떨리는 칼끝을 복부에, 가슴에 대어 본다. … 한 손으로는 칼자루를, 다른 한 손으로는 칼날을 움켜쥐고 칼끝을 목에 댄다. … 멀리로 아득한 하늘을 바라보고는 눈을 감는다. … 목울대 너머로 '꿀꺽~!' 침을 삼키고서 양손에 지그시 힘을 주어 누른다. … 칼끝으로 배어나와 방울방울 칼날을 타고 손목 위로 흐르다 무릎 위로 '투둑~' 뚝~' 떨어지는 핏방울…!! … 그 핏방울 위로 아롱지는 눈물방울…!! … 몽롱해져 가는 가운데 사람들의 얼굴 하나하나가 '가물가물' 감겨진 눈에 어리어, 넋을 부르듯 새김질로 나직하게 불러본다.

궁궁이    어……어…… 엄…… 니…… , 호…… 호…… 야…… , 어…… 진…… 이…… , 나……남…… 이……


그나마 더듬거리던 말조차 점점 잊어버려 가는 궁궁이의 눈꺼풀 위로, 살포시 눈송이 하나 내리 앉는다. … 궁궁이, 콧잔등을 '찡

긋 거리더니 눈을 뜨고는 천천히 고개를 들어 하늘을 바라본다. … 그윽한 하늘로부터 '하늘하늘' 향기로운 꽃잎처럼 흩날리는 눈발…!!

궁궁이 … ('화~' 하여지는 마음으로) …

부드러운 바람이 일고 … 그 바람에, 흩날리던 눈발이 거슬러 하늘에 올라 눈구름에 부딪힌다. … 산산이 부서져 내리는 구름 조각들, 어느 사이 삼칠자 주문이 되어 하늘땅에 분분하게 허공을 떠돈다. … 부서진 구름과 하늘 사이 내비치는 달빛으로 반짝이며 부유浮游하는 글자 하나하나를 꿈결인 양 아득한 시선으로 좇으며 점차 황홀경에 빠져드는 궁궁이 … 그의 귓가에 홀연 골짜기 사이사이 지나가는 메아리의 끝자락처럼 아련한 칼노래(劍訣)가 흘러들어 온다.

궁궁이 …!!…

고샅길 아래에서 너른 터를 향하여 하나, 둘, 먼저 떠난 이들이 칼노래 부르며 올라온다.

궁궁이 … (그렁그렁한 눈으로) …

환한 얼굴로 미소 지으며 함께 노래 부르는 사람들 … 궁궁이, 마음으로 그 노래를 따라 부르며 꺼져 가는 심지가 마지막 힘을 다하듯 칼을 어르며 일어선다. … 어깨를 '들썩~!' … '사뿟~!' 드림새로 한걸음 내딛고는, 이어 도듬새로 '훌쩍~!' 솟구치며 허공을 향하여 검을 휘두르고 너울너울 칼춤(劍舞)을 추기 시작한다. … 열린 하늘 검은 땅으로 쏟아져 내리는 교교皎皎한 달빛…!!… 그 은빛 물결 머금은 주검들 하나하나, '툭…' '툭' 꽃망울 터뜨리고 꽃잎을 피우듯, 서서히 일어서며 칼춤을 춘다. … 한바탕 어울림으로 '휘~휘~' 돌고 돌며 넘실거리는 춤사위들…!!… 눈부신 소맷자락 힘찬 발부리 이는 바람에 천축天軸과 지축地軸이 흔들거리고, 이미 죽은 자와 이제 죽어가는 자가 함께 부르는 노래 소리 천지간에 아로새겨진 삼칠자주문을 휘감으며 널리로 멀리로 온누리 그윽하게 울려퍼진다.

# 주석

1 법무아문권설재판소法務衙門權說裁判所

2 "出生入死 生之徒十有三 死之徒十有三 人之生動之死地亦十有三"『道德經』五十章 參照

3 '살심殺心'을 살고자 하는 마음(心)으로 바꾼 말장난

4 "和大怨 必有餘怨"『道德經』七十九章 參照

5 "難必者不然 易斷者其然 … (此之於究其遠則) … 不然不然又不然之事 (付之於造物者則) 其然其然又其然之理哉" : "기필코 어려운 것은 불연(그렇지 아니함)이요, 판단하기 쉬운 것은 기연(그러함)이라. 먼 데를 캐어 견주어 생각하면 그렇지 않고 또 그렇지 않은 일이요. 조물자에 부처보면 그러하고 그러하고 또 그러한 이치인 저."『東經大全』不然其然 參照

6 "不然而其然 其然而不然 不然則其然하니 其然則不然" : "그렇지 않으나 그러하고 그러하나 그렇지 아니하니 그렇지 아니함이 곧 그러함이요, 그러함이 곧 그렇지 아니함이다."『東經大全』不然其然 參照

7 "불이 가물가물, 연이 모락모락~" : '아니다'라는 의미의 한자 불不과 同音의 우리말의 불(火), '그러하다'는 의미의 한자 연然과 연기를 의미하는 한자 연煙을 혼용한 말장난

8 "괘卦가 해에 걸리셨는가…?' 마찬가지로 우리말과 同音의 한자를 사용하여, 우리말 해(日)와『周易』의 卦인 雷水解의 解를 혼용한 말장난

9 "소식消息들이 생생하니" : '천지시운天地時運이 자꾸 변화하는 일'을 의미하는 '소식消息'이라는 단어와『周易』「繫辭傳」의 "生生之謂易 : 생하고 또 생하는 것을 역이라 이른다."라는 구절을 혼용한 말장난

10 "역易아닌 역" : 불역不易을 일컫는 것으로 "하나(一)의 묘리의 작용으로 삼라만상이 오가며 그 쓰임(用)은 무수히 변하지만, 근본은 다함도 변함도 없다."는 의미

11 "죽자 사인死人이 여천(如千/事人如天)" : 東學의 근본이념인 '사인여천(事人如

天 : 사람을 섬기기를 하늘 같이 하라〉에 대한 말장난으로 "죽은 자가 천을 헤아린다."는 의미

12 "사농공상士農工商 사인四人에 여汝도 천賤이라, 사해만인四海萬人이 더불어 천(與賤/事人如天)하다는 것' : '사인여천事人如天'에 대한 말장난으로, "조선시대 신분계급인 사·농·공·상과 더불어 너 역시도 천하다. 그러므로 모든 인간이 천한 것이다."는 의미

13 "시궁창恃穹蒼 인생" : '높고 푸른 하늘'을 뜻하는 궁창穹蒼과 '기다리다'라는 의미의 한자 '시恃'로 '한울을 기다리는 삶'이란 뜻에 대한 동음이의의 말장난으로 '시궁창같이 더럽고 고된 삶'을 의미

14 "오심즉여심吾心卽汝心, 여심女心은 오심惡心에 악심惡心이라" : '吾心卽汝心 : 네 마음이 곧 나의 마음'을 문장을 倒置시킨 말장난으로 "여자의 마음은 惡心(구역질)과 惡心(나쁜 마음)이다."라는 의미

15 "인즉천(人卽天/人卽賤)하시고 인내천(人乃天/忍耐賤)하시여 만사萬事 성사成事가 천한 것 인내忍耐에 달린 것" : 사람이 곧 하늘이라는 東學의 人卽天·人乃天 사상에 대한 말장난으로, "인간은 천한 것들이고 그 천한 것들이 인내를 실천하니, 모든 일의 이루어짐이 천한 것들의 인내에 달렸다."는 의미

16 "인시천(人是天/人是賤)하나니 천시인(天是人/賤視人)하시고" : 동음이의의 말장난으로, "인간은 천한 것이니 인간을 천시하고"라는 의미

17 "천시(天時/賤視) 인사(人事/人死)" : 역시 동음이의의 말장난으로, 가볍게 보는 것(賤視)'과 '하늘의 도움이 있는 시기(天時)' 그리고 '인간의 죽음(人死)'과 '인간의 일(人事)'이란 두 가지 의미를 혼용한 것

18 "인人이 사死함에 즈음하여" : "사람이 죽을 때에 즈음하여"

19 "천千 시屍가 일어나는 것" : "시체·주검(屍) 일천 구一千 軀가 생기는 것"

20 "만사萬死가 필시 성成… 사死함" : "아무리 해도 목숨을 건질 수 없는 것이 필시 죽음에 이르다."라는 의미로 앞서 언급한 만사성사萬事成事의 말장난

21 "실(實/絲)로…!' : 우리말의 실(絲)과 '실제, 실제로'라는 의미의 한자 실實을 혼용한 동음이의의 말장난

22 "호사豪奢가 다 마摩하고, 공사公私도 다 망亡하는 것" : 호사다마好事多魔와 공

사다망公私多忙을 변형시킨 말장난으로 "호사스러움이 다 갈아 없어졌고 공공의 일과 사사로운 일 모두 망해버렸다."는 의미

23 "千般比不得 萬般況不得" : "천 번을 옮겨 비교해도 얻을 수 없고 만 번을 옮겨 비유해도 얻을 수 없다."

"古亦有 今亦有" : 옛적에도 역시 있었고, 지금도 역시 있다."『景德傳燈錄』參照

24 원문은 "難之而猶易 易之而難" : "어렵다 생각한 것이 오히려 쉽고, 쉽다 생각한 것이 오히려 어려운 것"『龍潭遺詞』興比歌 參照

25 "今不聞 古不聞" : "지금도 듣지 못하고 옛적에도 들어본 적 없는 일"

"今不比 古不比" : "지금도 비교하지 못하고 옛적에도 비교할 수 없던 일"

26 "無而後有之 有而後無之 無有生有 有生無生 生於無 形於虛 無無如虛虛如" : "없음(無) 뒤에 있는(有) 것이요, 있음 뒤에 없어지는 것이니, 無가 있고 有가 있고 有가 있고 無가 있느니라. 없는 데서 생기어 빈 데서 형상을 갖추나니, 없는 듯 비인 듯 하여라."『海月神師法說』參照

27 "擬不擬 止不止" : "헤아리려 해도 짐작할 수 없고, 생각을 그치려 해도 그쳐지지 않는다." "헤아릴까 말까 그만둘까 말까 몸부림치듯 망설이며 괴로워하는 것"

28 "不知然而知之 知然而知之者" : "그런 줄 알지 못하다가 알게 된 것, 그런 줄 알고서 다시 알게 된 것" 혹은 "알지 못하고 그렇게 된 것, 알고 그렇게 된 것"

29 "아비가 규환" : 아비규환阿鼻叫喚

30 "부부부부…자네집…, 시시시…시호…시호" : 「東學呪文靈符」〈劍訣〉의 한 구절인 "時好 時好 이내 時好, 不再來之 時好로다." 즉, '다시 오지 않을 좋은 때다."를 의미와 상관없이 부르는 것

31 "合昏草" : 밤이 되면 잎사귀들이 합쳐진다는 풀. 杜甫의 詩『佳人』中 '合昏尙知時 鴛鴦不獨宿

"比翼鳥" : 두 마리의 새의 나래 한쪽이 붙어 언제나 나란히 날아다닌다는 새.『史記』「封禪書」

"連理枝" : 두 나무의 가지가 하나로 달라붙어 자라는 나무.『晉書』「元帝紀」

32 "일월日月이 거저居諸" : 쉼 없이 가는 세월. 일거월저日居月諸

33 "쑤욱(宿), 쑤욱~" : '하룻밤 묵다. 자다'의 의미를 가진 한자 숙宿과 깊이 삽입되

어 들어가는 움직임을 나타내는 의태어 '쑤욱~' 을 혼용한 말장난

34 한칼이의 "청의장삼 용호장이…" ~ 만석의 "이내 시호 좋을시고…": 「東學呪文靈符」 〈劍訣〉 奎章閣 所藏 (청구도서번호 17295) 參照

35 降靈呪文 "至氣今至願爲大降". 本呪文 "侍 天主造化定永世不忘萬事知"

36 "조롱(鳥籠/嘲弄)이가 되어버렸거늘": 새장을 뜻하는 '조롱鳥籠' 과 '비웃거나 깔보고 놀리다' 는 의미의 '조롱嘲弄' 을 혼용한 동음이의의 말장난

37 『周易』의 卦 火山旅

38 "今人不見古時月 今月曾經照古人 古人今人若流水" 李白의 詩『把酒問月』中

39 "自有時 自有時: 스스로 때가 있고 스스로 때가 있도다.

時有其時 時處處: 때는 그 때가 있으니, 때는 곳곳이라.

非月非日 時時來: 달도 아니고 날도 아닌, 때는 그때에 오는 것이다." 『海月神師法說』 參照

40 "벽闢이라, 문門안에 법法과 허물, 한울이 들어앉은 것" : '벽闢' 字를 '문門' 과 '벽辟' 으로 破字한 것으로, '벽辟' 은 '임금' , '법률' , '허물' , '지아비' , '하늘' 을 의미

41 "高飛遠走": 海月이 대구감영의 옥에서 고초를 겪던 스승 水雲을 어렵사리 찾아가자, 水雲은 "燈明水上無嫌隙 柱似枯形易有餘 (물위에 등불을 밝혀보나 혐의할 틈새가 없구나. 기둥은 말라버린 모습이나 그 힘은 여전히 있도다)" 라는 싯귀를 적어주며 유언처럼 가로되 "나는 順受天命하리니, 너는 高飛遠走하라." 하였다.

42 『周易』의 卦 雷天大壯

43 "一大藏敎只是個 '之' 字"『洞山語錄』參照

44 "人中天地爲一兮 心與神卽本"『多勿興邦之歌』參照

45 "心卽天 天卽心 心外無天 天外無心"『海月神師法設』參照

46 "天下大本 在於吾心之中一也 人失中一則無成就, 物失中一則體乃傾覆"『太白逸史』「三韓管境本紀」馬韓世家 上 參照

47 "山皆變黑 路皆布錦": 제자가 海月 에게 "언제 현도(顯道:도의 나타남)가 되겠습니까?" 하고 묻자, 海月이 가로되 "산이 다 검게 변하며 길마다 비단이 펼쳐지고 만국과 교역할 때이다.(山皆變黑 路皆布錦 萬國交易之時也)" 라고 답하였다. 『海

月神師法說』參照

48 "영산靈山으로 '빙~' 허니 회상(會相/回翔)을 허여도 보며" : 석가여래께서 설법
하시던 영산회靈山會의 불보살佛菩薩을 노래한 악곡 영산회상靈山會相과 "신
령한 산(靈山)을 빙빙 돌며 날아다녀보자(回翔)"는 이중의미를 가진 동음이의에
의한 말장난

49 소렴小殮과 대렴大殮을 일컫는 말

50 '物物天 事事天' 『海月神師法說』 以天食天 參照

51 '天地萬物皆非侍天主也 彼鳥聲亦是侍天主聲也' 『海月神師法說』 靈符呪文 參照

52 "하이고何以故" : 석가여래께서 그의 제자인 수보리須菩提에게 佛法을 說하실 적
자주 사용하신 문구로 "어찌하여 그러한가?"라는 의미 『金剛經』 參朝

53 "아이고我離姑" : "내가 시어머니를 떠나다"

54 "어의 운하於意云何…, 어이 우나…?" : 역시 석가여래께서 제자들에게 佛法을 說
하실 적 사용하신 문구인 "어의운하於意云何 : 네 생각은 어떠하냐?"를 비슷한
발음의 우리말 "어이 우나?(어찌하여 우는가?)"로 바꾼 말장난

55 "가이可以 없음" : "가엾다"는 우리말을 비슷한 발음의 한자 "가이可以 없음 : 없
음으로 가하다"로 바꾼 말장난

56 "比比有之" : 어떤 일이나 현상이 흔히 있음

   "比比皆然" : 어느 것이나 다 그러함

57 "세상일이란 것이 겪고 나고 돌아보면 여차여차우여차如此如此又如此라" 『龍潭
遺詞』 教訓歌 參照

58 "적(寂/敵)이 입入하시매" : '입적入寂하심에'를 뒤틀어 '적입敵入 : 적이 오다'라
고 말장난 하는 것

59 "뒷꿈치"는 '곽시쌍부槨示雙趺 : 석가여래께서 열반하시고도 늦게 도착한 제자
가섭을 위해 관 밖으로 양발을 내어 보이신 것'을 뜻하며, 곽시쌍부는 염화미소
拈華微笑, 분반좌分半座와 더불어 삼처전심(三處傳心 : 부처님이 세 곳에서 가섭
을 위해 以心傳心으로 법을 전했다)이라 일컬어진다.

60 "平時不燒香 急來抱佛脚" : "평시에는 향을 사르지 않지만, 위급해지자 부처님 발
뒤꿈치를 끌어안는다." 『貢父詩話』 參照

61 "기다리시던 기일(其日/忌日), 명일(明日/命日)" : 기일(其日 : 그날)과 기일(忌日 : 제삿날), 명일(明日 : 내일)과 명일(命日 : 제삿날)의 동음이의의 두 단어를 혼용한 말장난

62 "變而化 化而生 生而盛 盛而還元" : 『海月神師法說』 開闢運數 參照

63 『周易』의 卦 雷火豊

64 "豊者 大也 窮大者 必失基居…" 『周易』 「序卦傳」 參照

65 "시屍와 더불어 소식消息하나니" : '흉복(凶服/喪服)' 을 입고 있는 웅칠처와 초막에 놓여 있는 황노파의 주검(屍)을 보며 연상된 것으로, 『周易』의 구절 "與時消息 (여시소식 ; 때와 더불어 변화한다)"이 동음이의의 문장 "與屍消息 : 시체와 더불어 변화한다."로 바뀐 것

66 요절夭折하는 것을 '凶短折' 이라고 하며, 또한 사람을 상하게 함은 흉凶. 금수를 상하게 함은 단短. 초목을 상하게 함은 절折이라 한다.

67 음양가陰陽家에서 陰陽이 相剋하여 모든 일이 凶하다는 날

68 조선시대에는 대역 죄인을 육시戮屍하여 토막토막을 나누어 각각 함경도, 평안도, 전라도, 경상도 등의 각도의 남북단南北端 〈메골모루〉 란 곳에 매장하였다 한다.

69 "눈썹 붙으신 양반" : '눈썹' 을 뜻하는 한자 미眉와 '이어지다, 연결하다' 의 연/련 連을 가지고 지은 말장난으로 '미련한 양반' 이란 의미

70 "흘레가 벌떡벌떡" : 동물들의 교미交尾를 뜻하는 '흘레' 와 거칠게 숨을 몰아쉬는 모양인 '헐레벌떡' 을 조합한 말장난으로 조롱하는 것

71 "율도국" : 허균의 『홍길동전』에 나오는 이상 국가
"금병도" : 1871년(고종 8년) 영해寧海에서 민란을 주도했던 이필제가 꿈꾸었던 이상향

72 조선후기, 갑오농민전쟁 당시 민간에서 유행했던 참요讖謠. "갑오甲午세 갑오세 을미乙未적 을미적 병신丙申되면 못 가리"를 냉소적으로 바꿔 부르는 것

73 "운야산야雲耶山耶 사냐 우냐…" : '(먼 곳을 바라보며) 구름인지 산인지 분별하지 못하는 것' 과 비슷한 발음의 우리말 '우냐, 사냐?' 를 혼용한 것

74 "애재" : "슬프구나!(哀哉!)" 와 "슬픈(哀) 고개(재)" 의 이중의미

75 "薪盡火滅": "장작이 다하여 불이 꺼지다." 곧, 기연機緣이 다하여 사물이 멸滅함.
『妙法蓮華經』參照

76 "연기煙氣는 곧 연기緣起": 장작을 땔 때 피어올라 허공으로 사라지는 연기煙氣
와 불교의 십이연기설十二緣起說의 연기緣起를 동음이의로 혼용한 말장난

77 "生似着衫 死同脫袴": "삶이란 적삼 한번 입어보는 것이요, 죽음이란 바지를 벗는
것과 같다."『禪家習語』參照

78 "紅輪決定沈西去 未委魂靈往那方"『五燈會元』參照

79 "風過雨過枝 風雨霜雪來 風雨霜雪過去後 一樹花發萬世春"『東經大全』偶吟 參照

80 "念佛汚口"『五燈會元』參照

81 "녹비鹿皮에 가로 왈曰": "녹비왈자鹿皮曰字"를 일컫는 말로, 잘 늘어나고 쉽게
줄어드는 사슴 가죽 위에 쓴 '가로 왈曰' 字가 가죽을 세로로 잡아당기면 '날 일
曰' 字가 되고, 가로로 잡아당기면 다시 '가로 왈曰' 字가 된다는 데서 유래한 것
으로, "일이 이리도 되고 저리도 되는 형편" 혹은 "이렇게도 해석이 되고 저리도
해석됨"을 의미하며, 사슴가죽(鹿皮)은 관행적으로 '녹비'로 발음한다.

82 "기氣라! 정精이라…!! 돌아보고 풀어보니, 푸르고 옹골진 쌀 알갱이 왼편으로 꿰
어차고, 또 올라앉은 것이거늘": '기氣'와 '정精'이라는 한자를 파자破字한 말
장난으로, 각각 '쌀(米)' 위에 '기(气)', '쌀(米)' 옆에 '푸르름(靑)'이 있음을 뜻하
는 말

83 "지게미에 취해버린": "噇酒糟漢" 혹은 "喫酒糟漢"으로, 순수한 진리를 깨닫지 못
한 사람.『碧嚴錄』十一則「黃蘗 幢酒糟漢」參照

84 "일지반해一知半解": 하나쯤 알고 반쯤 깨달은 지식 혹은 어설픈 지식으로, 지식
이 충분히 제 것으로 되어있지 않거나 많이 알지 못하는 것

85 "유칭호수唯稱好鬚": '오로지 수염 하나만 멋들어진 모양'으로, 겉만 그럴듯하지
별 재능이 없는 사람을 일컫는 말

86 "훼장喙長이 삼척三尺": '주둥이(부리) 길이만 석 자'로, 알맹이는 없고 오로지 말
만 번지르르하게 잘 하는 사람을 일컫는 말

87 "어두귀면지졸魚頭鬼面之卒": '물고기 대가리에 귀신의 상판을 한 사람'으로, 어
중이떠중이나 지지리 못난 사람을 낮잡아 부르는 말

88 "騎驢覓驢 騎却驢了不肯止" 『古尊宿語錄』 參照

89 "(人依食而資基生成 天依人而現其造化) … 天依人 人依食 萬事知食一碗": "(사람은 밥에 의지하여 그 생성을 돕고, 하늘은 사람에 의지하여 그 조화를 나타내는 것이다) … 하늘은 사람에 의지하고 사람은 먹는 것에 의지하니, 모든 일은 밥 한 그릇을(밥 한 그릇 먹는 이치를) 아는 것이다." 『海月神師法說』 參照

90 "각근하脚跟下": "발꿈치 아래" 바로 目前. 『方會語錄』 參照

91 "보리뿌리점(麥根占)": 농가에서 보리 뿌리를 뽑아 보고 그 뿌리의 많고 적음에 따라 한해 농사의 풍년과 흉년을 점치던 풍습으로, 여주인이 素服을 하고 땅의 신(地神)에게 삼배를 올리고 보리 뿌리를 뽑아 세 가닥이면 풍년, 두 가닥이면 평년, 한 가닥이면 흉년이라 믿었다.

92 문득 떠오른 『大學』의 "物有本末 事有終始 (知所先後則近道矣)" 이란 구절에서 '본말本末' 과 '종시終始' 를 특유의 연상 작용으로 '본시本始' 와 '종말終末' 로 짝을 바꾸어 회의감에 젖은 채 끝을 예감하는 것

93 "오불관언吾不關焉이라…. 오불관吾不關에 여불관汝不關‥, 이여불관爾汝不關인 것을": "나는 상관없음이라…. 나도 상관없고 너도 상관없고‥, 너희들도 상관없는 것인 것을…."

94 "無可奈 · 無可如何 · 無可奈何": "가히 어찌 할 수 없음"

95 "粉水는 秋風이요, 牛山은 落照라…": "흩날리는 물은 가을바람이요, 소 모양의 산은 낙조(夕陽)로구나…" 『南師古秘訣』 參照

96 "잠용潛龍 · 물용勿用 · 항룡亢龍 · 유회有悔" 『周易』의 卦 重天乾 參照

97 "도룡지기屠龍之技": 용 잡는 재주. 즉, 쓸모없는 재주. 『壯子』 列禦寇 參照

98 "서간충비鼠肝蟲臂": 쥐의 간과 벌레의 다리. 즉 쓸모없는 것

99 "초망착호草網着虎": 풀로 엮은 그물을 가지고 범을 잡으려함. 어리석고 어이없는 짓

100 "화호유구畵虎類狗": "畵虎不成 反類狗者也: 범을 그리려다 도리어 개를 그렸다," 소양 없는 사람이 호걸의 풍모를 모방하다 도리어 경박하게 됨을 비유하는 말

101 "호라…! 호라…, 호狐가 제濟하다 그 꼬리를 적신 격": 호랑이를 뜻하는 '虎' 가

여우를 뜻하는 동음이의의 한자 '狐' 로 바뀐 말장난으로, "호유기미狐濡其尾 : 여우가 물을 건너다 꼬리만 적시고 끝내 건너지 못했다. 쉽게 시작한 것이 나중에는 곤경에 빠짐" 을 의미

102 『周易』의 卦 火水未濟 參照

103 "苦待春消息 春光終不來

非無春光好 不來卽非時

玆到當來節 不待自然來"『東經大全』 詩文 參照

104 "時有其時限奈何 新朝唱韻待好風"『東經大全』 訣 參照

105 "歌以吁" : "노래하며 탄식하다" 혹은 "노래 반, 한숨 반", 文天祥의 詩『六歌』 參照

106 "空山無人 水流花開" 蘇軾의『十八大阿羅漢頌』 參照

107 "황천皇天" : 크고 넓은 하늘, 한울님.

108 "호천(呼天/昊天)" : 구중천九重天의 하나인 서쪽 하늘 호천昊天을, 동음이의의 '호천呼天 : 하늘을 향해 부르짖다' 와 혼용한 말장난

109 하늘을 균천鈞天을 중심으로 하여, 동쪽은 창천蒼天 북동쪽은 변천變天 북쪽은 현천玄天 북서쪽은 유천幽天 서쪽은 호천昊天 남서쪽은 주천朱天 남쪽은 염천炎天 남동쪽은 양천陽天의 아홉 개의 방위로 나눈 것

110 "不遠覺" "浮還沒" : "먼 줄을 모른다." "떴다가 도리어 가라앉는다."

111 『五洲衍文長箋散稿』「十二重天辨證設」 參照

112 "天道是耶非耶" : "하늘이 옳은 것인가? 그렇지 아니한가?'. 하늘이 공명정대함을 한편으로는 의심하면서 한편으로는 확신하는 심정 사이의 갈등을 드러내는 말.『史記』「伯夷叔齊列傳」 參照

113 "惜地如母之肌膚"『海月神師法說』 參照

114 "중과가…,부족" : 중과부적衆寡不敵

115 "하엽荷葉, 연화蓮華" : "荷葉은 연잎, 蓮華는 연꽃"

116 "규구規矩와 준승準繩" : 규구준승規矩準繩은 목수가 쓰는 도구로, 규規는 원을 그리는 기구로 그림쇠, 구矩는 방형方形을 그리는 곱자, 준準은 수평을 측정하는 기구인 수준기水準器, 승繩은 수직을 재는 먹줄을 말하며, 행위의 표준, 사물

의 준칙準則, 그리고 규칙과 법도를 의미한다.

117 "혼魂이 강강降하고 백魄이 승昇하야" : 원래는 "혼승백강魂昇魄降"으로 "魂은 하늘로 오르고, 魄은 땅으로 내려온다."는 의미이나 여기서는 "그 반대가 되는 한이 있더라도"를 의미한다.

118 "적래곡適來哭이 여금소如今笑" : "방금 전의 울음은 지금의 웃음과 같다." 『古尊宿語錄』 參照

119 "활活에서 떠난 것인 즉, 시(矢/屍)요. 살(蠶/煞)이라." : 활(弓) 또는 활시위를 떠난 화살(矢/蠶)을 '살다', '생기가 있다'는 의미의 한자 '活活'로 바꾸어, "생기가 없어졌으니 곧 주검(屍)이요. 죽이는 것(煞)이 되었다."는 뜻으로, 우리말과 한자를 혼용한 박주천식의 말장난

120 "行路亂 難於山 險於水" : "가는 길의 어지러움이 산보다 어렵고 물보다 험하다."

121 "天一一 地一二 人一三" : "삼극三極이라, 하늘은 하나를 얻어 하나가 되고 땅은 하나를 얻어 둘이 되며 사람은 하나를 얻어 셋이 되나니, 하나를 한번함의 나뉨이라. 그러므로 道는 하나이되 하늘에 있으면 天道가 되고 땅에 있으면 地道가 되며 사람에게 있으면 人道가 되나니, 나누면 三極이요 합하면 한 근본이 되느니라."『天符經』 參照

122 "執一含三 會三歸一" : 본래는 『太白逸史』「蘇塗經典本訓」에 나오는 구절 "所以執一含三者 乃一其氣而三其神 所以會三歸一者 是易神爲三而爲一也 : 하나를 잡아 셋을 포함한다 함은 곧 그 기氣를 하나로 하는 것이고 그 신神을 셋으로 하는 것이요, 셋이 모여 하나도 돌아간다 함은 이 또한 신神이 셋이 되고 그 기氣가 하나가 되는 것이다." 이나, 여기서는 연화가 박주천을 그리워하여 그가 평소 했던 말을 기억하며, 세 사람(연화와 난화 그리고 박주천)이 다시 만나서 하나가 되고자 하는 바람을 나타낸 것.

123 "하……하…늘…이…, 하…늘…, 머…머…먹…고…, 하……하…늘…이…, 하……늘…, 되고….": 본래는, 우주 전체를 한울로 보아 한울로써 한울을 먹이고, 한울로써 한울을 섬기는 "이천식천以天食天"과 "이천화천以天化天"의 이치를 말함이나, 여기서는 궁궁이가 평소 주워들었던 그 말들을 떠올리며 읊어보는 것.

# 모심에 가시는 듯

등 록 1994.7.1 제1-1071
인 쇄 2009년 6월 10일
발 행 2009년 6월 20일

지은이 권영준
펴낸이 박길수
편집인 소경희
디자인 이주향
마케팅 김미애
펴낸곳 도서출판 모시는사람들
　　　110-775/서울시 종로구 경운동 수운회관 1207호
전화 735-7173, 737-7173 / 팩스 730-7173

출 력 삼영그래픽스(02-2277-1694)
인 쇄 (주)상지피엔비(031-955-3636)
배 본 문화유통북스(031-937-6100)
홈페이지 http://www.donghakbook.com

값은 뒤표지에 있습니다.
ISBN 89-90699-70-1